FANTASY

Die Welt der DRACHENLANZE bei Blanvalet:

Die Chronik der DRACHENLANZE

1. Drachenzwielicht (24510) · 2. Drachenjäger (24511) · 3. Drachenwinter (24512) · 4. Drachenzauber (24513) · 5. Drachenkrieg (24516) · 6. Drachendämmerung (24517)

Die Legenden der DRACHENLANZE

1. Die Brüder (24527) · 2. Die Stadt der Göttin (24528) · 3. Der Krieg der Brüder (24530) · 4. Die Königin der Finsternis (24531) · 5. Der Hammer der Götter (24533) · 6. Caramons Rückkehr (24534)

Die Raistlin-Chroniken

1. Die Zauberprüfung (24907) · 2. Der Zorn des Drachen (24930)

Die Geschichte der DRACHENLANZE

1. Die Zitadelle des Magus (24538) · 2. Der Magische Turm (24539) · 3. Die Jagd des Todes (24540) · 4. Der Zauber des Palin (24541) · 5. Der edle Ritter (24542) · 6. Raistlins Tochter (24543)

Der Krieger der DRACHENLANZE

1. Der Dieb der Zauberkraft (24816) · 2. Die Ritter der Krone (24817) · 3. Verhängnisvolle Fahrt (24845) · 4. Tödliche Beute (24846) · 5. Die Ehre des Minotaurus (24847) · 6. Die Ritter des Schwerts (24887) · 7. Theros Eisenfeld (24888) · 8. Der Lanzenschmied (24889) · 9. Diebesglück (24890) · 10. Die Ritter der Rose (24891)

Drachenauge – Stories aus der Welt der Drachenlanze (24908)

Drachenlanze – Die Neue Generation (24621)

Die Erben der DRACHENLANZE

1. Drachensommer (24708) · 2. Drachenfeuer (24718) · 3. Drachennest (24782) · 4. Die Grube der Feuerdrachen (24783) · 5. Der letzte Getreue (24938) · 6. Der Marionettenkönig (24939) · 7. Die blinde Priesterin (24967)

Die Nacht der DRACHENLANZE

1. Die silbernen Stufen (24143) · 2. Auf roten Schwingen (24144) · 3. Die schwarzen Ritter (24167) · 4. Der Sturz der Götter (24186) · 5. Der Tag des Sturms (24187) · 6. Die List der Drachen (24188) · 7. Sturz ins Ungewisse (24228) · 8. Der Dorn des Drachen (24229)

Die Kinder der DRACHENLANZE

1. Drachensturm (24971) · 2. Die Drachenkönigin (24972) · 3. Krieg der Seelen (24171) · 4. Der verlorene Stern (24172)

Weitere Bände sind in Vorbereitung.

MARGARET WEIS · TRACY HICKMAN

Die Legenden der Drachenlanze 2

Die Stadt der Göttin

Aus dem Amerikanischen
von Imke Brodersen

OFFICIAL
Wizards OF THE COAST
LICENSED PRODUCT

DRAGONLANCE®

BLANVALET

Das Buch erschien im Original unter dem Titel
»DRAGONLANCE® Saga, Legends 1: Time of the Twins«
(Book 2) bei TSR, Lake Geneva, WI, U.S.A.

Umwelthinweis:
Alle bedruckten Materialien dieses Taschenbuches
sind chlorfrei und umweltschonend.

Deutsche Erstveröffentlichung 12/90

U. S., CANADA,
ASIA, PACIFIC &
LATIN AMERICA
Wizards of the Coast, Inc.
P.O. Bos 707
Renton, WA 98057-0707
+1-800-324-6496

EUROPEAN HEADQUARTERS
Wizards of the Coast,
Belgium
P.B. 2031
2600 Berchem
Belgium
+32-70-23-32-77

Visit our website at http://www.wizards.com
Published in the Federal Republic of Germany by
Goldmann Verlag, München
Blanvalet Taschenbücher erscheinen im Goldmann Verlag, einem Unternehmen der Verlagsgruppe Random House GmbH.
Deutschsprachige Rechte beim Wilhelm Goldmann Verlag, München, in der Verlagsgruppe Random House GmbH
Umschlaggestaltung: Design Team München
Umschlagillustration: Larry Elmore, Wizards of the Coast, Inc.
Innenillustrationen: Valerie Valusek
Satz: deutsch-türkischer fotosatz, Berlin
Druck: Elsnerdruck, Berlin
Titelnummer: 24528
V.B. · Herstellung: Peter Papenbrok
Printed in Germany
ISBN 3-442-24528-1
www.blanvalet-verlag.de

9 10 8

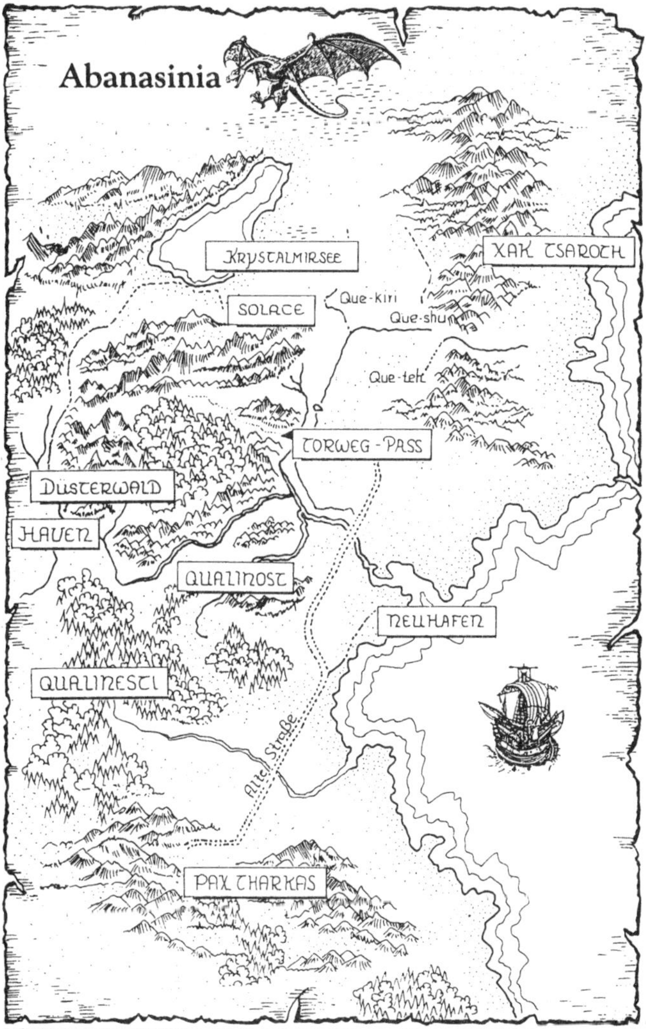
Abanasinia
KRYSTALMIRSEE
XAK TSAROTH
SOLACE
Que-Kiri
Que-shu
Que-teh
TORWEG-PASS
DÜSTERWALD
HAVEN
QUALINOST
NEUHAFEN
QUALINESTI
Alte Straße
PAX THARKAS

TURM DER KLERIKER
PALANTHAS
NORDERGOTH
SOLAMNIA
SÜDERGOTH
NEUMEER
SIRRION SEE
QUALINESTI
SOLACE
THORBADIN
STAUBEBENE
TARSIS
EISWALL

NORDMAAR
KALAMAN
ESTWILDE
BLUTSEE VON ISTAR
NERAKA
KHUR
FLOTSAM
SANCTION
BALIFOR
SILVANESTI
ANSALON
N

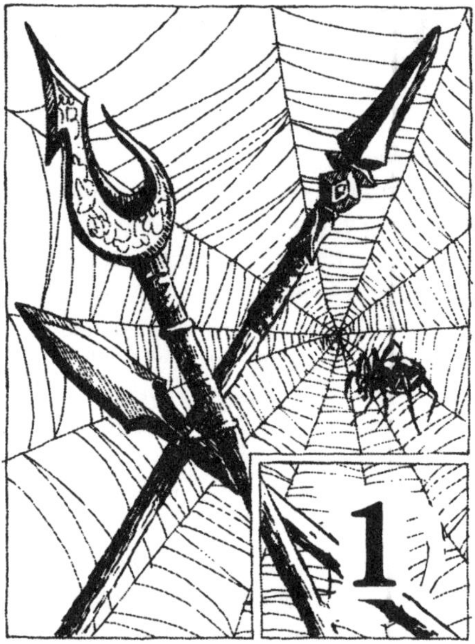

Denubis ging langsamen Schrittes durch die weiten luftigen Korridore von Istars lichterfülltem Tempel der Götter. Sein Blick war geistesabwesend auf die verschlungenen Muster des Marmorbodens gerichtet. Wenn man ihn so ziellos und gedankenverloren herumgehen sah, hätte man vermuten können, daß sich der Kleriker der Tatsache nicht bewußt war, sich im Herzen des Universums zu befinden. Doch Denubis war sich dieser Tatsache wohl bewußt und vergaß sie wahrscheinlich auch nicht. Dafür sorgte schon der Königspriester, der ihn tagtäglich in seinem morgendlichen Aufruf zur Andacht daran erinnerte.

»Wir sind das Herz des Universums«, sagte der Königspriester mit einer so melodischen Stimme, daß man gelegentlich den Worten zuzuhören vergaß. »Istar, die von den Göttern geliebte Stadt, bildet den Mittelpunkt des Universums, und folglich sind wir – die im Herzen dieser Stadt leben – das Herz des Universums. So wie das Blut aus dem Herzen fließt und sogar den kleinen Zeh mit Nahrung versorgt, fließen unser Glaube und unsere Lehren aus diesem riesigen Tempel zu den Niedrigsten und Unbedeutendsten unter uns. Vergeßt das nicht, wenn ihr euren täglichen Pflichten nachgeht, denn ihr, die hier Tätigen, seid von den Göttern begünstigt. So wie jemand die winzigste Faser eines Spinngewebes berührt und dadurch das ganze Gewebe zum Zittern bringt, kann eure unbedeutendste Tat ein Zittern auslösen, das sich auf ganz Krynn auswirkt.«

Denubis erschauerte. Er wünschte, der Königspriester würde diese bestimmte Metapher nicht gebrauchen. Denubis verabscheute Spinnen. In der Tat haßte er alle Insekten, etwas, das er niemals zugab und dessen er sich gleichzeitig schuldig fühlte. Wurde von ihm nicht gefordert, alle Kreaturen zu lieben, außer jenen natürlich, die von der Königin der Finsternis geschaffen worden waren? Dies schloß Menschenfresser, Goblins, Trolle und andere bösartige Wesen ein, aber Denubis war sich bei Spinnen nicht sicher. Schon immer wollte er deswegen fragen, aber er wußte, daß dies eine stundenlange philosophische Auseinandersetzung bei den Verehrten Söhnen nach sich ziehen würde, und er glaubte einfach nicht, daß es das wert war. Insgeheim würde er weiterhin Spinnen hassen.

Denubis schlug sich selbst sanft auf den kahlen Kopf. Wie waren seine Gedanken zu den Spinnen gewandert? Ich werde alt, dachte er seufzend. Bald wird es mir wie dem armen Arabakus ergehen, der den ganzen Tag nichts anderes tut, als im Garten zu sitzen und zu schlafen, bis er zum Abendessen geweckt wird. Bei diesem Gedanken seufzte Denubis wieder, aber es war eher ein Seufzen des Neides als des Mitleids. Armer Arabakus, in der Tat! Zumindest blieb ihm erspart...

»Denubis...«

Denubis hielt inne. Er blickte sich im langen Korridor in beiden Richtungen um, sah aber niemanden. Der Kleriker schauderte. Hatte er diese sanfte Stimme wirklich gehört oder sich nur eingebildet?

»Denubis«, ertönte es wieder.

Jetzt sah der Kleriker gründlicher in den von den riesigen

Marmorsäulen geworfenen Schatten, die die vergoldete Decke trugen. Ein schwarzer Fleck war in der Dunkelheit erkennbar. Denubis verkniff sich einen wütenden Ausruf. Einen zweiten Schauder unterdrückend, der durch seinen Körper jagte, änderte er seine Richtung und ging langsam auf die Gestalt zu, die im Dunklen stand, da er wußte, daß sie niemals aus dem Schatten hervorkommen würde. Es war nicht so, daß dieser Person, die auf Denubis wartete, das Licht Schaden zufügen würde, so wie es bei einigen Kreaturen der Finsternis der Fall war. Tatsächlich fragte sich Denubis, ob diesem Mann überhaupt etwas auf dem Antlitz der Welt Schaden zufügen könnte. Nein, er bevorzugte einfach den Schatten. Übertriebenes Gehabe, dachte Denubis sarkastisch.

»Du hast mich gerufen, Schwarzer?« fragte Denubis und bemühte sich, mit freundlicher Stimme zu sprechen. Er sah das Gesicht im Schatten lächeln und wußte sofort, daß dem Mann all seine Gedanken bekannt waren.

»Verdammt!« fluchte Denubis – eine Angewohnheit, die vom Königspriester mißbilligt wurde, die sich Denubis, ein einfacher Mann, aber niemals abgewöhnen konnte. »Warum läßt der Königspriester zu, daß er sich am Hof aufhält? Warum wird er nicht wie die anderen verbannt?« Natürlich sagte er das nicht laut, denn tief in seiner Seele kannte er die Antwort.

Dieser Mann war zu gefährlich, zu mächtig. Er war nicht wie die anderen. Der Königspriester behandelte ihn so wie jemand, der einen wilden Hund zum Schutz seines Hauses hielt und wußte, daß der Hund auf Befehl angreifen würde; aber er mußte ständig auf die Hundeleine achten. Wenn die Leine jemals reißen sollte, würde sich das Tier auf die Kehle seines Besitzers stürzen.

»Es tut mir leid, dich zu stören, Denubis«, sagte der Mann mit seiner sanften Stimme, »insbesondere, wenn ich dich in so gewichtige Gedanken vertieft sehe. Aber ein Ereignis von größter Bedeutung findet gerade jetzt statt, während wir uns unterhalten. Geh mit einer Gruppe von Tempelwachen zum Marktplatz. Dort an der Kreuzung wirst du eine Verehrte Tochter

Paladins finden. Sie ist dem Tode nahe. Und dort ist auch der Mann, der sie angegriffen hat.«

Denubis riß die Augen auf, dann verengten sie sich in plötzlichem Argwohn. »Woher weißt du das?« herrschte er den anderen an.

Die Gestalt im Schatten rührte sich, die dunkle Linie, die die dünnen Lippen bildeten, öffnete sich zur Andeutung eines Lachens. »Denubis«, tadelte die Gestalt, »du kennst mich jetzt schon seit vielen Jahren. Fragst du den Wind, warum er weht? Befragst du die Sterne, um herauszufinden, warum sie leuchten? Ich *weiß* es, Denubis. Begnüge dich damit.«

»Aber…« Denubis legte verwirrt die Hand an den Kopf. Ein entsprechendes Handeln würde Erklärungen nach sich ziehen, Berichte an die zuständigen Autoritäten. Man befahl nicht einfach einer Gruppe von Tempelwachen!

»Beeil dich, Denubis«, drängte der Mann sanft. »Sie wird nicht mehr lange leben…«

Denubis schluckte. Eine Verehrte Tochter Paladins, angegriffen! Sterbend – auf dem Marktplatz! Wahrscheinlich von einer gaffenden Menge umgeben. Ein Skandal! Der Königspriester würde höchst erzürnt sein…

Der Kleriker öffnete den Mund, schloß ihn aber wieder. Er sah kurz zu der Gestalt im Schatten, aber als er von ihr keine Hilfe bekam, drehte er sich um, und mit flatternden Roben stürmte er in die Richtung zurück, aus der er gekommen war. Seine Ledersandalen klapperten auf dem Marmorboden.

Als er das Hauptquartier des Hauptmanns der Wache erreicht hatte, schaffte er es gerade, seine Bitte dem diensthabenden Leutnant vorzukeuchen. Wie vorausgesehen, löste das Unruhe aus. Denubis, der auf den Hauptmann warten mußte, brach auf einem Stuhl zusammen und versuchte, wieder Atem zu schöpfen.

Die Identität des Erschaffers von Spinnen stand wohl offen zur Debatte, dachte Denubis verdrießlich, aber für ihn bestand kein Zweifel an dem Erschaffer jener Kreatur der Finsternis, die sicherlich noch im Schatten stand und ihn auslachte.

»Tolpan!«

Der Kender öffnete die Augen. Einen Augenblick hatte er keine Vorstellung, wo und wer er überhaupt war. Eine Stimme hatte einen Namen gerufen, der ihm irgendwie bekannt vorkam. Verwirrt sah sich der Kender um. Er befand sich auf einem großen Mann, der flach auf dem Rücken mitten auf einer Straße lag. Der große Mann betrachtete ihn mit äußerstem Erstaunen, vielleicht weil Tolpan auf seinem dicken Bauch hockte.

»Tolpan?« wiederholte der große Mann, und dieses Mal nahm sein Gesicht einen verwirrten Ausdruck an. »Solltest du etwa hier sein?«

»Ich... ich bin mir nicht ganz sicher«, antwortete der Kender, der sich fragte, wer »Tolpan« sein mochte. Dann fiel ihm wieder alles ein – er hörte Par-Salians Singsang, er riß sich den Ring vom Daumen, das blendende Licht, die singenden Steine, das entsetzte Kreischen des Magiers...

»Natürlich soll ich hier sein«, brauste Tolpan auf, während er gleichzeitig Par-Salians entsetzten Aufschrei aus seinem Gedächtnis verbannte. »Du hast doch wohl nicht gedacht, daß sie dich allein in die Vergangenheit zurückschicken, oder?« Der Kender befand sich praktisch Nase an Nase mit dem großen Mann.

Caramons verwirrter Ausdruck verfinsterte sich zu einem Runzeln. »Ich bin mir nicht so sicher«, murmelte er, »aber ich glaube nicht, daß du...«

»Nun, ich bin hier.« Tolpan rollte sich von Caramons dickem Bauch und landete neben ihm auf den Pflastersteinen. »Wo auch ›hier‹ ist«, murmelte er. »Komm, ich helfe dir beim Aufstehen«, sagte er zu Caramon und streckte seine kleine Hand aus, in der Hoffnung, Caramon ablenken zu können. Tolpan wußte nicht, ob er zurückgeschickt werden konnte oder nicht, aber er hatte auch nicht die Absicht, es herauszufinden.

Caramon richtete sich mühsam auf. In jeder Hinsicht sah er wie eine umgekippte Schildkröte aus, dachte Tolpan kichernd. Und jetzt fiel ihm auf, daß sich Caramons Kleidung von der unterschied, die er im Turm getragen hatte. Er hatte seine Rüstung getragen – so viel davon noch paßte – und eine lose sitzende Tunika aus feinem Tuch, die Tika mit liebevoller Sorgfalt zusammengenäht hatte.

Aber nun war er mit einem groben, schlampig zusammengeflickten Tuch bekleidet. Eine unfeine Lederweste hing über seinen Schultern. An der Weste waren einst vielleicht Knöpfe gewesen, aber wenn dem so gewesen war, fehlten sie jetzt. Knöpfe wären sowieso sinnlos, dachte Tolpan, denn es bestand keine Möglichkeit, die Weste um Caramons herabhängenden Bauch zu schließen. Ausgebeulte lederne Kniebundhosen und geflickte Lederstiefel, die an einem Zeh ein riesiges Loch aufwiesen, vervollständigten das unangenehme Bild.

»Puh!« murmelte Caramon schnüffelnd. »Was ist das für ein entsetzlicher Gestank?«

»Du«, antwortete Tolpan, der sich mit einer Hand die Nase zuhielt und mit der anderen herumfuchtelte, als ob er so den Geruch vertreiben könnte. Caramon stank nach Zwergenspiritus! Der Kender betrachtete ihn scharf. Caramon war nüchtern gewesen, als sie aufgebrochen waren, und er wirkte auch jetzt nüchtern. Seine Augen waren klar, und er stand aufrecht, ohne zu taumeln.

Der große Mann schaute hinunter und sah zum ersten Mal seine Aufmachung. »Was? Wie?« fragte er verwirrt.

»Man könnte doch davon ausgehen«, sagte Tolpan streng und musterte voll Abscheu Caramons Kleidung, »daß die Magier sich etwas Besseres als dies hier leisten könnten!« Ein plötzlicher Gedanke stieg in ihm hoch. Ängstlich sah er auf seine eigenen Kleider, seufzte dann aber erleichtert auf. Ihm war nichts geschehen. Er hatte sogar seine Beutel bei sich, alles war völlig in Ordnung. Eine nagende Stimme in seinem Inneren erwähnte, daß dies wahrscheinlich daran lag, daß er nicht hätte mitkommen sollen, aber er ignorierte sie.

»Nun, sehen wir uns hier um«, schlug Tolpan fröhlich vor und ließ auf seine Worte Taten folgen. Er war bereits in der Lage gewesen, aufgrund des Geruchs Vermutungen anzustellen, wo sie sich befanden – in einer Gasse. Der Kender zog die

Nase kraus. Er hatte angenommen, daß Caramon stank! Die Gasse, überfüllt mit Müll und Abfall jeglicher Art, war dunkel, überschattet von einem riesigen Gebäude. Aber Tolpan konnte erkennen, daß es hellichter Tag war, als er zum Ende der Gasse blickte, die offensichtlich in eine geschäftige Straße mündete; sie wimmelte von Leuten, die kamen und gingen.

»Ich glaube, das ist ein Markt«, sagte Tolpan und schickte sich an, zu weiteren Untersuchungen das Ende der Gasse aufzusuchen. »In welche Stadt, sagtest du, wollten sie uns schicken?«

»Istar«, hörte er Caramon hinter seinem Rücken murmeln. Dann: »Tolpan!«

Ein ängstlicher Ton in Caramons Stimme ließ den Kender sich eilig umdrehen, seine Hand griff unverzüglich zu dem kleinen Messer, das er in seinem Gürtel trug. Caramon kniete bei einer Person, die in der Gasse lag.

»Was ist denn?« rief Tolpan, während er zurücklief.

»Crysania«, antwortete Caramon und hob einen dunklen Umhang hoch.

»Caramon!« Tolpan holte entsetzt Atem. »Was haben sie mit ihr angestellt? Hat ihre Magie nicht funktioniert?«

»Ich weiß nicht«, antwortete Caramon leise, »aber wir müssen Hilfe holen.« Sorgfältig bedeckte er das blutige Gesicht der Frau mit dem Umhang.

»Ich gehe«, bot sich Tolpan an, »und du bleibst bei ihr. Das scheint hier wirklich kein guter Stadtteil zu sein, wenn du verstehst, was ich meine.«

»Ja«, stimmte Caramon aufseufzend zu.

»Es wird alles gut werden«, versicherte Tolpan und tätschelte beruhigend die Schulter des großen Mannes. Dann drehte er sich um und eilte zur Straße.

»Hil...«, begann er dort, aber eine Hand schloß sich mit eisernem Griff um seinen Arm.

»Aber, aber«, ertönte eine strenge Stimme, »wohin willst du denn?«

Tolpan drehte sich um und erblickte einen bärtigen Mann, dessen Gesicht teilweise von dem glänzenden Visier eines

Helms bedeckt war und der ihn mit dunklen kalten Augen anstarrte.

Stadtwache, erkannte der Kender sofort, der sehr viel Erfahrung mit dieser Art von offiziellen Persönlichkeiten hatte.

»Nun, ich war auf der Suche nach dir«, antwortete Tolpan und versuchte, sich freizuwinden und gleichzeitig einen unschuldigen Ausdruck anzunehmen.

»Das ist die typische Ausrede eines Kenders!« Der Hauptmann schnaufte verächtlich und verstärkte seinen Griff um Tolpan. »Wenn das stimmt, geht dieses Ereignis in die Geschichte Krynns ein, das steht fest.«

»Aber es stimmt«, entgegnete Tolpan und funkelte den Mann beleidigt an. »Ein Freund von uns ist verletzt.«

Er sah, wie der Hauptmann einem anderen Mann einen Blick zuwarf, den er vorher nicht bemerkt hatte – einem in weiße Roben gekleideten Kleriker.

Tolpan war froh. »Oh? Ein Kleriker? Wie…«

»Was meinst du, Denubis? Hier ist die Bettlergasse. Wahrscheinlich eine Messerstecherei, Diebe, die sich streiten.«

Der Kleriker war ein Mann mittleren Alters mit dünnen Haaren und einem ernsten Gesicht. Tolpan sah, wie er über den Marktplatz schaute und dann den Kopf schüttelte. »Wir sollten der Sache nachgehen.«

»Nun gut.« Der Hauptmann zuckte die Achseln. Er kommandierte zwei seiner Untergebenen ab und beobachtete, wie sie sich vorsichtig in die schmutzige Gasse bewegten. Er hielt die Hand über den Mund des Kenders, und Tolpan, der langsam erstickte, gab einen quietschenden Ton von sich.

Der Kleriker, der die Wachen unruhig beobachtet hatte, blickte sich um. »Laß ihn atmen, Hauptmann«, sagte er.

»Dann müssen wir seinem Geplapper zuhören«, murrte der Hauptmann ärgerlich, aber er nahm seine Hand von Tolpans Mund.

»Er wird ruhig sein, nicht wahr?« fragte der Kleriker und sah Tolpan mit Augen an, die irgendwie besorgt wirkten. »Ihm ist klar, wie wichtig es ist, nicht wahr?«

Nicht ganz sicher, ob der Kleriker ihn ansprach oder den Hauptmann oder beide, hielt es Tolpan für das Beste, einfach zustimmend zu nicken. Er sah Caramon aufstehen und auf das dunkle formlose Bündel zeigen, das neben ihm lag. Einer der Wachmänner kniete nieder und zog den Umhang beiseite.

»Hauptmann!« rief er, während der andere Wachmann sofort Caramon ergriff. Verblüfft und wütend über diese grobe Behandlung, riß sich der große Mann aus dem Griff des Wachmanns frei. Dieser schrie, und sein Gefährte erhob sich. Stahl blitzte auf.

»Verdammt!« fluchte der Hauptmann. »Hier, paß auf den kleinen Bastard auf, Denubis!« Er schob Tolpan in die Richtung des Klerikers.

»Soll ich nicht lieber gehen?« protestierte Denubis, während er Tolpan auffing, als der Kender auf ihn zustolperte.

»Nein!« Der Hauptmann lief bereits mit gezogenem Kurzschwert die Gasse hinunter. Tolpan hörte ihn etwas wie »großes Scheusal... gefährlich« murmeln.

»Caramon ist nicht gefährlich«, protestierte Tolpan und sah besorgt zu dem Kleriker auf, der Denubis genannt wurde. »Sie werden ihn doch nicht verletzen, oder? Was ist denn nicht in Ordnung?«

»Das werden wir schnell genug herausfinden«, sagte Denubis in strengem Ton. Er hielt Tolpan in einem sanften Griff fest, so daß der Kender sich mühelos hätte befreien können. Zuerst hatte Tolpan Flucht in Erwägung gezogen, aber er konnte seinen Freund nicht zurücklassen.

»Sie werden ihn nicht verletzen, wenn er friedlich mitkommt.« Denubis seufzte. »Aber wenn er das verübt hat...« Der Kleriker erbebte und stockte einen Augenblick. »Nun, wenn er *das* verübt hat, findet er hier wohl einen leichteren Tod.«

»Was getan?« Tolpan wurde immer verwirrter. Auch Caramon wirkte verwirrt, denn Tolpan sah, wie er in Unschuldsbeteuerungen die Hände erhob.

Aber noch während er das tat, stellte sich einer der Wachmänner hinter dem großen Mann auf und stieß mit dem Schaft seines Speers in seine Kniekehlen. Caramons Beine gaben nach. Als er taumelte, schlug der vor ihm stehende Wachmann ihn mit einem fast lässigen Hieb gegen die Brust zu Boden.

Caramon war noch nicht einmal auf dem Pflasterstein aufgeschlagen, als die Speerspitze schon an seiner Kehle war. In einer Geste der Ergebung hob er die Hände. Schnell rollten die Wachen ihn auf den Bauch, ergriffen seine Hände und fesselten sie flink und geschickt hinter seinem Rücken.

»Sie sollen aufhören!« schrie Tolpan. »Das können sie nicht machen...«

Der Kleriker hielt ihn fest. »Nein, kleiner Freund, für dich wäre es am besten, wenn du bei mir bleibst. Bitte«, sagte er und faßte Tolpan sanft an den Schultern. »Du kannst ihm nicht helfen.«

Die Wachmänner zogen Caramon auf die Füße und begannen, ihn gründlich zu durchsuchen; ihre Hände griffen sogar in seine Lederhose. Sie fanden an seinem Gürtel einen Dolch – diesen übergaben sie dem Hauptmann – und eine Flasche. Sie öffneten sie, und nachdem sie an ihr gerochen hatten, warfen sie sie voll Abscheu fort.

Einer der Wachmänner wies auf das dunkle Bündel auf den Pflastersteinen. Der Hauptmann kniete nieder und hob den Umhang hoch. Tolpan sah ihn den Kopf schütteln. Dann hob der Hauptmann das Bündel auf und drehte sich um, um die Gasse zu verlassen. Beim Vorbeigehen sagte er etwas zu Caramon. Tolpan hörte das unflätige Wort mit Entsetzen, so wie offenbar auch Caramon, denn das Gesicht des großen Mannes wurde leichenblaß.

Tolpan blickte zu Denubis auf und sah, wie sich die Lippen des Klerikers zusammenzogen; die Finger an Tolpans Schulter zitterten.

Dann verstand Tolpan. »Nein«, flüsterte er gequält, »o nein! Das können sie doch nicht denken! Caramon würde keiner Maus etwas zuleide tun! Er hat Crysania nicht verletzt! Er versuchte nur, ihr zu helfen! Darum sind wir gekommen. Nun, das war jedenfalls ein Grund. Bitte!« Tolpan wirbelte herum, um Denubis ins Gesicht zu sehen, und schlug die Hände zusammen. »Bitte, du mußt mir glauben! Caramon ist ein Soldat! Er hat getötet – sicher. Aber nur eklige Dinge wie Drakonier und Goblins. Bitte, bitte, glaub mir!«

Aber Denubis sah ihn nur streng an.

»Nein! Wie kannst du das nur denken? Ich hasse diesen Ort! Ich will wieder nach Hause!« schrie Tolpan jämmerlich, als er Caramons schmerzerfülltes, verwirrtes Gesicht sah. Der Kender brach in Tränen aus, vergrub das Gesicht in beide Hände und schluchzte.

Dann spürte Tolpan, wie ihn eine Hand zögernd berührte und dann sanft streichelte.

»Nun, nun«, sagte Denubis. »Du wirst Gelegenheit erhalten, deine Geschichte zu erzählen. Dein Freund auch. Und wenn du unschuldig bist, wird dir kein Leid geschehen.« Aber Tolpan hörte den Kleriker seufzen. »Dein Freund hatte getrunken, nicht wahr?«

»Nein!« Tolpan schniefte und sah Denubis flehend an. »Nicht einen Tropfen, das schwöre ich…«

Die Stimme des Kenders erstarb jedoch bein Anblick Caramons, als die Wachmänner ihn aus der Gasse zur Straße führten, wo Tolpan und der Kleriker standen. Caramons Gesicht war mit dem Schmutz und Unrat der Gasse verschmiert, Blut tropfte aus einer Schnittwunde an seiner Lippe, sein Gesichtsausdruck war leer und angsterfüllt. Seine vergangenen Trinkgelage waren in den aufgedunsenen roten Wangen und den zitternden Gliedern nur allzu sichtbar. Angesichts der Wachmänner hatte sich eine Menschenmenge gebildet, die ein höhnisches Gelächter von sich gab.

Tolpan ließ den Kopf hängen. Was hatte Par-Salian getan, fragte er sich verwirrt. War irgend etwas schiefgelaufen? Waren sie überhaupt in Istar? Waren sie irgendwo untergegangen? Oder vielleicht war alles ein entsetzlicher Alptraum…

»Wer… was ist geschehen?« fragte Denubis den Hauptmann. »Hatte der Schwarze recht?«

»Recht? Natürlich hatte er recht. Hast du jemals erlebt, daß er sich geirrt hat?« rief der Hauptmann. »Ich weiß nicht, wer sie ist, aber sie ist ein Mitglied deines Ordens. Trägt um ihren Hals das Medaillon von Paladin. Sie ist übel zugerichtet. Zuerst dachte ich, sie sei tot, aber ihr Puls schlägt noch.«

»Glaubst du, daß sie...«, stammelte Denubis.

»Ich weiß nicht«, antwortete der Hauptmann grimmig. »Aber sie wurde zusammengeschlagen. Ich vermute, sie hat eine Art Schock erlitten. Ihre Augen sind weit geöffnet, aber sie scheint nichts zu sehen oder zu hören.«

»Wir müssen sie unverzüglich zum Tempel bringen«, sagte Denubis energisch, obwohl Tolpan ein Zittern in der Stimme des Mannes hörte. Die Wachmänner trieben die Menge auseinander, hielten ihre Speere vor sich gerichtet und stießen die Neugierigen zurück.

»Alles ist unter Kontrolle. Weitergehen, weitergehen! Der Markt wird bald geschlossen. Kümmert euch lieber um eure Einkäufe, solange die Zeit reicht.«

»Ich habe sie nicht verletzt!« sagte Caramon düster. Er zitterte vor Angst. »Ich habe sie nicht verletzt«, wiederholte er, während Tränen über sein Gesicht liefen.

»Ja!« sagte der Hauptmann bitter. »Bringt die beiden ins Gefängnis«, befahl er den Wachmännern.

Tolpan wimmerte. Einer der Wachmänner griff grob nach ihm, aber der Kender hielt sich an Denubis' Roben fest und weigerte sich, sie loszulassen. Der Kleriker, dessen Hand auf Crysanias lebloser Gestalt ruhte, drehte sich um, als er die klammernden Hände des Kenders spürte.

»Bitte«, bettelte Tolpan, »bitte, er sagt die Wahrheit.«

Denubis' Gesicht wurde weich. »Du bist ein treuer Freund«, sagte er sanft. »Ein ziemlich ungewöhnlicher Charakterzug bei einem Kender. Ich hoffe, dein Glaube an diesen Mann ist gerechtfertigt.« Abwesend streichelte der Kleriker Tolpans Zopf, sein Gesichtsausdruck war traurig. »Aber du mußt dir im klaren sein, daß der Alkohol einen Mann zuweilen zu Dingen verleitet...«

»Komm schon, du!« fauchte der Wachmann und riß Tolpan zurück. »Laß dieses Spielchen. Es funktioniert nicht.«

»Laß dich davon nicht durcheinanderbringen, Verehrter Sohn«, sagte der Hauptmann. »Du kennst doch Kender!«

»Ja«, erwiderte Denubis. Seine Augen waren auf Tolpan gerichtet, als die zwei Wachmänner den Kender und Caramon durch die schnell kleiner werdende Menge auf dem Marktplatz führten. »Ich kenne Kender. Und dieser hier ist ein bemerkenswerter.« Dann schüttelte er den Kopf und wandte seine Aufmerksamkeit wieder Crysania zu. »Halte sie bitte noch fest, Hauptmann«, sagte er leise, »ich werde Paladin bitten, uns mit aller Geschwindigkeit in den Tempel zu befördern.«

Tolpan, der sich im Griff der Wache wand, sah den Kleriker und den Hauptmann der Wache allein auf dem Marktplatz stehen. Ein weißes Licht leuchtete auf, und dann waren sie verschwunden.

Tolpan blinzelte und stolperte über seine Füße, da er vergessen hatte, auf seine Schritte zu achten. Er fiel auf das Pflaster, schürfte sich Knie und Hände auf. Ein fester Griff an seinem Kragen riß ihn nach oben, und eine starke Hand stieß in seinen Rücken.

»Komm weiter. Keine Tricks.«

Tolpan bewegte sich vorwärts, zu aufgeregt, um einen Blick auf seine Umgebung zu werfen. Sein Blick ging zu Caramon, und der Kender fühlte sein Herz schmerzen. Überwältigt von Scham und Angst, schleppte sich Caramon blind auf der Straße dahin, seine Schritte waren unsicher.

»Ich habe sie nicht verletzt!« hörte Tolpan ihn murmeln. »Es muß eine Verwechslung vorliegen…«

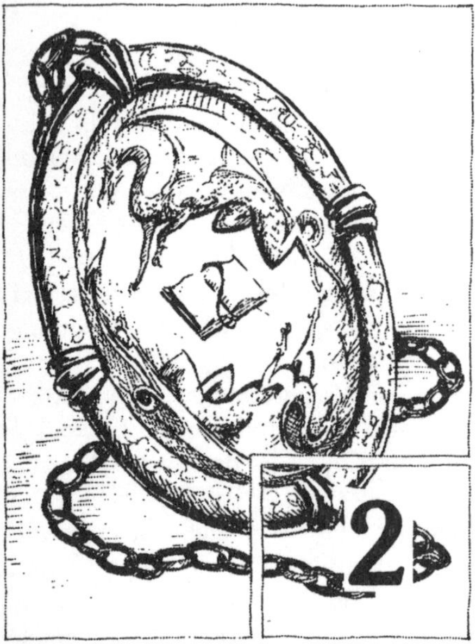

2

Die wunderschönen Elfenstimmen stiegen höher und höher, die Gesichter der Elfenfrauen, berührt von den Strahlen der untergehenden Sonne, die durch die hohen Kristallfenster drangen, waren zartrosa gefärbt, und ihre Augen glänzten in leidenschaftlicher Inspiration.

An diesem Abend empfand Denubis den Gesang als störend, da er sich um die junge Frau sorgte, die er am Morgen in den Tempel gebracht hatte. Eigentlich war es ihm fast gelungen, an diesem Abend nicht zu erscheinen, aber im letzten Moment hatte ihn Gerald in Anspruch genommen, ein alter Kleriker, dessen Tage auf Krynn gezählt waren und der seinen größten Trost in der Abendandacht fand. Höchstwahrscheinlich, sinnierte Denubis, weil der alte Mann fast völlig taub war. Es war völlig unmöglich gewesen, Gerald zu erklären, daß er, Denubis, woanders hingehen mußte. Schließlich hatte Denubis es aufgegeben und dem alten Kleriker seinen Arm zur Unterstützung gereicht. Jetzt stand Gerald mit entzücktem Gesichtsausdruck neben ihm.

Denubis dachte über die junge Frau nach, als er eine sanfte Berührung an seinem Arm spürte. Der Kleriker zuckte zusammen und sah sich schuldbewußt um; er fragte sich, ob seine Unaufmerksamkeit bemerkt worden war und darüber Bericht erstattet werden würde. Zuerst konnte er nicht erkennen, wer ihn berührt hatte, denn seine beiden Nachbarn waren augenscheinlich in ihre Gebete vertieft. Dann spürte er wieder die Berührung und erkannte, daß sie von hinten kam. Als er sich umschaute, sah er eine Hand, die unauffällig aus dem Vorhang geglitten war.

Die Hand winkte ihm zu. Denubis verließ verwirrt seinen Platz, tastete sich zum Vorhang, wobei er versuchte, keine Aufmerksamkeit zu erregen. Die Hand hatte sich zurückgezogen, und Denubis konnte den Schlitz in den Falten des schweren Samtvorhangs nicht finden. Als er sich sicher war, daß jeder Pilger seine Augen in Abscheu auf ihn gerichtet hatte, fand er endlich die Öffnung und stolperte durch.

Ein junger Meßdiener mit glattem und sanftem Gesicht verbeugte sich vor dem schwitzenden Kleriker. »Ich bitte um Entschuldigung, daß ich Euer Abendgebet unterbrochen habe, Verehrter Sohn, aber der Königspriester wünscht, daß Ihr ihn mit einigen Augenblicken Eurer Zeit beehrt, wenn es Euch angenehm ist.« Der Meßdiener sprach die vorgeschriebenen Worte mit so lässiger Höflichkeit, daß es einem Beobachter nicht ungewöhnlich erschienen wäre, wenn Denubis »Nein, nicht jetzt. Ich muß mich erst um andere Angelegenheiten kümmern. Vielleicht später?« geantwortet hätte.

Denubis jedoch sagte nichts dergleichen. Sichtbar erblassend, murmelte er etwas wie: »Fühle mich sehr geehrt«, seine Stimme brach ab. Der Meßdiener war an solche Reaktionen gewöhnt, drehte sich um und ging den Weg voran durch die riesigen, luftigen, sich schlängelnden Korridore des Tempels zu den Gemächern von Istars Königspriester.

Denubis, der hinter dem Jüngeren herschritt, brauchte sich

keine Sorgen um den Grund zu machen. Natürlich ging es um die junge Frau. Er war seit gut zwei Jahren nicht mehr in der Nähe des Königspriesters gewesen, und es konnte kein Zufall sein, daß er gerade an diesem Tag, an dem er eine Verehrte Tochter sterbend in einer Gasse gefunden hatte, zu ihm gerufen wurde.

Vielleicht war sie gestorben, dachte Denubis traurig. Der Königspriester wollte ihm das nun persönlich mitteilen. Das war wirklich nett von dem Mann – vielleicht nicht gerade typisch für einen, der so gewichtige Probleme wie das Schicksal von Nationen im Kopf hatte, aber wirklich nett.

Er hoffte, daß sie nicht gestorben war. Nicht nur um ihretwillen, sondern um des Menschen und des Kenders willen. Denubis hatte auch über sie nachgedacht, insbesondere über den Kender. Wie fast alle Bewohner Krynns hielt Denubis nicht viel von Kendern, die Regeln und persönlichem Eigentum gegenüber keinen Respekt hegten. Aber dieser Kender schien anders zu sein. Viele Kender, die Denubis kannte, wären beim ersten Anzeichen von Ärger davongelaufen. Dieser war mit rührender Treue bei seinem dicken Freund geblieben und hatte sich sogar für ihn eingesetzt.

Denubis schüttelte traurig den Kopf. Wenn das Mädchen tot war, würden sie ... Nein, er konnte nicht daran denken. Ein aufrichtiges Gebet zu Paladin murmelnd, das alle Beteiligten, wenn sie es wert waren, beschützen sollte, riß Denubis sich von seinen bedrückenden Gedanken los und zwang sich, die Pracht der privaten Gemächer des Königspriesters im Tempel zu bewundern.

Er hatte die Schönheit vergessen, die milchigen weißen Wände, die in sanftem Licht glänzten, das – so lautete die Legende – von den Steinen selbst erzeugt wurde. In ihnen verliefen blasse hellblaue Adern, die das strenge und harte Weiß glätteten.

Der herrliche Korridor ging in die Schönheit der Vorkammer über. Hier stiegen die Wände zur Stützung der Kuppel nach oben wie das Gebet eines Sterblichen, das zu den Göttern emporsteigt. Fresken der Götter waren darauf in hellen Farben gemalt. Auch sie schienen in ihrem eigenen Licht zu glühen – Paladin, der Platindrache und Gott des Guten; Gilean, der Gott der Schriften; selbst die Königin der Finsternis war hier vertreten – denn der Königspriester wollte keinen Gott beleidigen. Sie war als fünfköpfiger Drache dargestellt, aber es war ein so demütiger und harmloser Drache, daß sich Denubis fragte, warum sie sich nicht hinüberwälzte und Paladins Fuß leckte.

Aber dies fiel ihm erst später ein. Gerade jetzt war er zu nervös, um die wundervollen Gemälde zu betrachten. Sein Blick war starr auf die sorgfältig geschmiedeten Platintüren gerichtet, die zum Herz des Tempels führten.

Die Türen öffneten sich und strahlten ein prachtvolles Licht aus. Die Zeit seiner Audienz war gekommen.

Die Empfangshalle vermittelte den Ankömmlingen zuerst ein Gefühl der eigenen Demut und Bescheidenheit. Dies war das Herz des Guten. Hier wurden die Pracht und die Macht der Kirche repräsentiert. Die Türen führten zu einem großen kreisförmigen Saal mit einem Boden aus poliertem weißen Granit. Der Boden setzte sich nach oben hin in die Wände fort, die die Blätter einer riesigen Rose bildeten, sich himmelwärts erhoben und eine große Kuppel stützten. Die Kuppel selbst bestand aus Kristall, das den Glanz der Sonne und der Monde in sich aufnahm. Ihre strahlende Helligkeit füllte jeden Teil des Saales.

Eine riesige gewölbte Welle in Meerschaumblau zog sich von der Mitte des Bodens in eine Nische, die sich gegenüber der Tür befand. Hier stand ein einzelner Thron. Strahlender als das Licht, das von der Kuppel herabströmte, waren das Licht und die Wärme, die sich von diesem Thron ergossen.

Denubis betrat den Saal mit gebeugtem Haupt und mit gefalteten Händen, wie es angemessen war. Es war Abend, und die Sonne war bereits untergegangen. Der Saal, den Denubis betrat, war von Kerzen beleuchtet. Dennoch hatte Denubis wie immer den Eindruck, daß er in einen sonnenüberfluteten offenen Hof trat.

Tatsächlich waren seine Augen kurz von der Helligkeit geblendet. Seinen Blick vorschriftsmäßig gesenkt, bis ihm die Erlaubnis erteilt wurde, ihn zu heben, erhaschte er kurze Eindrücke vom Boden, von den Gegenständen und den im Saal Anwesenden. Er sah die Stühle, denen er sich näherte.

»Hebe deine Augen, Verehrter Sohn Paladins«, ertönte eine Stimme, deren musikalischer Klang Tränen in Denubis' Augen trieb.

Denubis sah auf, und seine Seele erbebte ehrfürchtig. Vor zwei Jahren war er dem Königspriester so nahe gewesen, und die Zeit hatte sein Gedächtnis getrübt. Wie beglückend es doch war, ihn jeden Morgen zu sehen, wie man die Sonne sieht, die am Horizont erscheint, vor ihm zu stehen und die Seele von der Reinheit und Klarheit seines Glanzes brennen zu spüren.

Dieses Mal werde ich es mir merken, dachte Denubis streng. Aber niemand, der von einer Audienz bei dem Königspriester kam, konnte sich genau erinnern, wie er aussah. Schon der Versuch schien wie eine Gotteslästerung – als ob der Gedanke, daß auch er aus bloßem Fleisch bestehe, eine Entweihung gewesen wäre. Man konnte sich nur noch erinnern, daß man sich in der Gegenwart einer unglaublich schönen Person befunden hatte.

Die Aura von Licht umgab Denubis, und unverzüglich wurde er von den schrecklichsten Schuldgefühlen wegen seiner Zweifel und Befürchtungen und Fragen zerrissen. Er sah sich als die erbärmlichste Kreatur auf Krynn an. Er fiel auf die Knie, bat um Vergebung, war sich fast nicht bewußt, was er tat, und wußte nur, daß es das einzig Richtige war.

Und ihm wurde Vergebung gewährt. Die melodische Stimme ertönte wieder, und Denubis war sofort von einem Gefühl des Friedens und der Ruhe erfüllt. Er erhob sich, trat dem Königspriester in ehrfürchtiger Bescheidenheit gegenüber und bat zu erfahren, wie er ihm dienen könnte.

»Du brachtest heute morgen eine junge Frau, eine Verehrte Tochter Paladins, in den Tempel«, sagte die Stimme, »und wir verstehen, daß du besorgst um sie bist – was nur natürlich ist. Wir dachten, es würde dich beruhigen zu erfahren, daß es ihr gut geht und sie sich von ihren Qualen völlig erholt hat. Es dürfte dich auch erleichtern, Denubis, geliebter Sohn Paladins, zu wissen, daß sie körperlich unversehrt war.«

Denubis dankte Paladin für die Genesung der jungen Frau und bereitete sich gerade vor, zurückzutreten und sich einige Augenblicke in dem prachtvollen Licht aufzuhalten, als er die ganze Tragweite der Worte des Königspriesters erfaßte. »Sie... sie wurde nicht angegriffen?« stammelte er.

»Nein, mein Sohn«, erscholl die Stimme. »Paladin hatte in seiner unendlichen Weisheit ihre Seele zu sich genommen, und ich konnte ihn in vielen langen Stunden des Gebets bewegen, uns diesen Schatz zurückzugeben, da sie verfrüht aus ihrem Körper gerissen wurde. Die junge Frau findet nun Ruhe in einem lebenspendenden Schlaf.«

»Aber die Male an ihrem Gesicht?« erhob Denubis verwirrt Einspruch. »Das Blut...«

»Es gab keine Male...«, unterbrach ihn der Königspriester mild, aber mit einer Spur von Tadel. »Ich sagte dir, sie war körperlich unversehrt.«

»Ich bin erfreut, daß ich mich geirrt habe«, antwortete Denubis aufrichtig. »Um so mehr, als es bedeutet, daß der verhaftete Mann unschuldig ist, wie er behauptet hat, und jetzt freigelassen werden kann.«

»Ich bin dankbar, Verehrter Sohn, zu wissen, daß kein menschliches Wesen ein so furchtbares Verbrechen begangen hat, wie anfangs befürchtet wurde. Doch wer unter uns ist wirklich unschuldig?«

Die melodische Stimme hielt inne und schien auf eine Antwort zu warten. Und die Antworten kamen. Der Kleriker hörte murmelnde Stimmen die richtige Antwort geben, und Denubis wurde sich zum ersten Mal bewußt, daß sich neben dem Thron noch andere Personen befanden. So stark war der Einfluß des Königspriesters, daß Denubis überzeugt gewesen war, mit dem Mann allein zu sein.

Denubis murmelte mit den anderen die Antwort auf diese Frage und wußte plötzlich, ohne daß man es ihm gesagt hatte, daß er aus der erhabenen Gegenwart des Königspriesters entlassen war. Das Licht strahlte nicht mehr auf ihn, sondern hatte sich einem anderen zugewandt. Er hatte das Gefühl, aus der hellen Sonne in den Schatten getreten zu sein, und taumelte halbblind zu den Stühlen. Hier war er in der Lage, Atem zu holen, sich zu entspannen und sich umzuschauen.

Der Königspriester, von Licht umgeben, saß an einem Ende. Die Gestalten um ihn waren die Oberhäupter der verschiedenen Orden – die Verehrten Söhne und Verehrten Töchter. Als die »Hände und Füße der Sonne« bezeichnet, waren sie es, die sich um die alltäglichen Angelegenheiten der Kirche kümmerten. Sie waren es, die über Krynn herrschten. Aber außer den hohen Kirchenbeamten waren hier auch noch andere vertreten. Denubis' Blick wurde in eine Ecke des Saales gezogen, die einzige Ecke, so schien es, die in Schatten getaucht war.

Dort saß eine schwarzgekleidete Gestalt.

Die Erkenntnis, daß dem Schwarzen, wie Fistandantilus am Hof genannt wurde, der Eintritt in die Empfangshalle des Königspriesters erlaubt war, traf Denubis wie ein Schock. Der Königspriester versuchte, die Welt vom Bösen zu befreien, dennoch weilte es hier – an seinem Hof! Und dann hatte Denubis einen tröstenden Gedanken: Wenn die Welt von dem Bösen völlig befreit war, wenn der letzte Menschenfresser ausgelöscht war, dann würde Fistandantilus wohl auch stürzen.

Aber noch während er dies dachte und darüber lächelte, sah Denubis, wie sich die glitzernden Augen des Magiers auf ihn richteten. Denubis erzitterte und sah eilig weg. Was für ein Gegensatz bestand zwischen diesem Mann und dem Königspriester! Wenn Denubis sich im Licht des Königspriesters sonnte, fühlte er sich von Ruhe und Frieden erfüllt. Wenn er jedoch in die Augen von Fistandantilus sah, wurde er zwangsläufig an seine eigene Dunkelheit erinnert.

Und unter dem Blick dieser Augen fragte er sich plötzlich, was der Königspriester mit der seltsamen Bemerkung: »Wer von uns ist wirklich unschuldig?« gemeint haben konnte.

Mit einem unbehaglichen Gefühl ging Denubis in die Vorkammer, wo ein gigantischer Bankettisch stand.

Der Duft köstlicher exotischer Speisen, von frommen Pilgern aus ganz Ansalon herbeigebracht oder auf den großen, weit entfernten Stadtmärkten wie Xak Tsaroth gekauft, erinnerte Denubis daran, daß er seit dem Morgen nichts mehr gegessen hatte. Er nahm sich einen Teller, betrachtete das herrliche Essen und wählte Verschiedenes aus, bis sein Teller gefüllt war.

Ein Diener brachte runde Becher mit wohlriechendem Elfenwein. Er nahm sich einen Becher, und mit dem Teller in der einen Hand und dem Becher in der anderen jonglierend, sank er auf einen Stuhl und begann herzhaft zu essen. Er genoß gerade die himmlische Kombination von einem Mundvoll gebratenen Fasans und dem nachklingenden Geschmack des Elfenweins, als ein Schatten auf seinen Teller fiel.

Denubis sah auf, würgte und schlang den Rest Fasan hinunter, tupfte den Wein ab, den er in seiner Verlegenheit über sein Kinn gegossen hatte.

»V... Verehrter Sohn«, stotterte er und machte einen schwachen Versuch, sich in einer respektvollen Geste zu erheben, die das Oberhaupt der Bruderschaft verdiente.

Quarat musterte ihn mit sardonischem Vergnügen und winkte träge mit einer Hand ab. »Bitte, Verehrter Sohn, laß dich nicht von mir stören. Ich habe nicht die Absicht, dich beim Abendessen zu unterbrechen. Ich wollte mich nur mit dir unterhalten. Vielleicht wenn du fertig bist...«

»Fast... fast fertig«, unterbrach Denubis hastig und überreichte seinen halbvollen Teller und das Glas einem vorbeigehenden Diener. »Ich bin wohl nicht so hungrig, wie ich dachte.« Das war zumindest wahr. Ihm war der Appetit völlig vergangen.

Quarat lächelte zart. Sein schmales Elfengesicht mit den feingeschnittenen Zügen schien aus zerbrechlichem Porzellan zu bestehen. »Dann komm mit mir, Verehrter Sohn. Es ist schon lange her, seitdem wir uns unterhalten haben.« Er nahm Denubis' Arm mit einer lässigen Vertrautheit – obgleich es Monate her war, daß der Kleriker seinen Vorgesetzten zum letzten Mal gesehen hatte.

Zuerst der Königspriester, jetzt Quarat. Denubis spürte einen kalten Klumpen im Magen. Als Quarat ihn aus dem Empfangssaal führte, erhob sich die melodische Stimme des Königspriesters. Denubis warf einen Blick zurück und sonnte sich noch einen Augenblick in diesem wundersamen Licht. Als er sich dann mit einem Seufzer umdrehte, blieb sein Blick auf dem schwarzgekleideten Magier ruhen. Fistandantilus lächelte und nickte. Schaudernd begleitete Denubis Quarat eilig aus der Tür.

Die zwei Kleriker gingen durch prächtig dekorierte Korridore, bis sie eine kleine Kammer erreichten, Quarats Kammer. Auch sie war im Inneren prächtig geschmückt.

»Nimm bitte Platz, Denubis. Ich darf dich ruhig so nennen, da wir nun ganz gemütlich unter uns sind.«

Denubis wußte nicht, ob es gemütlich war, aber sicherlich waren sie unter sich. Er saß auf dem Rand eines Stuhls, den Quarat ihm angeboten hatte, nahm ein kleines Glas Likör an, das er aber nicht trank, und wartete. Quarat sprach kurz über Nichtigkeiten, fragte Denubis nach seiner Arbeit – er übersetzte Passagen der Scheiben der Mishakal in seine eigene Sprache Solamnisch – und erwähnte andere Themen, an denen er offensichtlich keineswegs interessiert war.

Nach einer Pause sagte Quarat beiläufig: »Ich konnte nicht umhin zu hören, daß du den Königspriester in Frage gestellt hast.«

Denubis setzte seinen Likör auf einen Tisch ab, seine Hand zitterte so stark, daß er ihn beinahe verschüttet hätte. »Ich... ich war... einfach besorgt... um den jungen Mann... der irrtümlicherweise verhaftet wurde«, stammelte er schwach.

Quarat nickte ernst. »Sehr richtig. Sehr angemessen. Es steht geschrieben, daß wir um unsere Mitbürger auf dieser Welt besorgt sein sollen. Es geziemt sich für dich, Denubis, und ich werde es sicherlich in meinem Jahresbericht erwähnen.«

»Ich danke dir, Verehrter Sohn«, murmelte Denubis, nicht sicher, was er sonst hätte antworten sollen.

Quarat schwieg eine Weile und musterte den ihm gegenübersitzenden Kleriker mit seinen leicht schrägen Elfenaugen.

Denubis fuhr mit dem Ärmel seiner Robe über sein Gesicht. Es war unglaublich heiß im Zimmer. Elfen hatten ein dünnes Blut.

»Gab es sonst noch etwas?« fragte Quarat mild.

Denubis holte tief Luft. »Herr«, sagte er aufrichtig, »dieser junge Mann, wird er freigelassen? Und der Kender? Ich dachte, ich könnte vielleicht von Hilfe sein, sie wieder auf den Pfad des Guten zurückzuführen. Da der junge Mann unschuldig ist...«

»Wer von uns ist wirklich unschuldig?« unterbrach ihn Quarat und sah zur Decke, als ob die Götter persönlich dort die Antwort für ihn aufschrieben.

»Das ist gewiß eine sehr gute Frage«, sagte Denubis demütig, »und sie ist zweifellos des Studiums und der Diskussion wert, aber dieser junge Mann ist offensichtlich unschuldig – zumindest so unschuldig, wie er es wahrscheinlich auch in anderen Dingen ist...« Denubis stockte leicht verwirrt.

Quarat lächelte traurig. »Ah, du verstehst«, sagte er und wandte seinen Blick dem Kleriker zu. Er lehnte sich in seinem Stuhl zurück und betrachtete wieder die Decke. »Die zwei werden morgen auf dem Sklavenmarkt verkauft.«

Denubis erhob sich halb. »Was? Herr...«

Quarats Blick heftete sich unverzüglich auf den Kleriker, ließ ihn in seiner Bewegung erstarren. »In Frage stellen? Schon wieder?«

»Aber... er ist unschuldig!« war alles, was Denubis hervorbringen konnte.

Quarat lächelte wieder, dieses Mal gelangweilt, nachsichtig. »Du bist ein guter Mann, Denubis. Ein guter Mann, ein guter Kleriker. Ein einfacher Mann vielleicht, aber ein guter. Dies war keine Entscheidung, bei der wir es uns einfach gemacht haben. Wir haben den Mann verhört. Sein Bericht darüber, woher er kommt und was er hier in Istar macht, ist verwirrend. Wenn er bezüglich der Verletzungen des Mädchens unschuldig ist, dann hat er zweifellos andere Verbrechen auf dem Gewissen, die seine Seele quälen. So viel steht in seinem Gesicht geschrieben. Er hatte kein Geld bei sich. Er ist ein Landstreicher und wendet sich wahrscheinlich der Dieberei zu, wenn er auf sich gestellt ist. Wir tun ihm einen Gefallen, wenn wir ihn einem Herrn übergeben, der sich um ihn kümmert. Im Laufe der Zeit kann er seine Freiheit verdienen, und hoffentlich wird seine Seele von der Last ihrer Schuld gereinigt werden. Was den Kender betrifft...« Quarat winkte gleichgültig ab.

»Weiß der Königspriester davon?« Denubis faßte für diese Frage seinen ganzen Mut zusammen.

Quarat seufzte, und dieses Mal sah der Kleriker eine kleine Falte der Verärgerung an der glatten Augenbraue des Elfen erscheinen. »Der Königspriester hat viel dringlichere Dinge im Kopf, Verehrter Sohn Denubis«, sagte er kalt. »Er ist so gutherzig, daß der Schmerz über das Leiden dieses Mannes ihn tagelang aufregen würde. Er hat nicht ausdrücklich gesagt, daß der Mann freigelassen werden soll, so daß wir einfach die Last dieser Entscheidung aus seinen Gedanken entfernt haben.«

Als Quarat Denubis' Gesicht von Zweifel erfüllt sah, setzte er sich auf und musterte seinen Kleriker stirnrunzelnd. »Na schön, Denubis, wenn du es wissen mußt – es gab einige sehr seltsame Umstände hinsichtlich der Entdeckung der jungen Frau. Und es ist nicht gerade unbedeutend, daß sie, wie wir unterrichtet wurden, von dem Schwarzen in die Wege geleitet wurde.«

Denubis schluckte und sank auf seinen Stuhl zurück. Das Zimmer war nicht mehr heiß. Er zitterte. »Es ist wahr«, sagte er und fuhr mit einer Hand über sein Gesicht. »Er traf mich...«

»Ich weiß!« sagte Quarat. »Er hat es mir gesagt. Die junge Frau wird bei uns bleiben. Sie ist eine Verehrte Tochter. Sie trägt das Medaillon Paladins. Sie ist auch etwas verwirrt, aber das war zu erwarten. Ich bin sicher, du siehst ein, daß wir... diesen jungen Mann nicht einfach davonwandern lassen können. Früher hätte man ihn in ein Verlies geworfen und keinen weiteren Gedanken an ihn verschwendet. Wir sind inzwischen aufgeklärter. Wir werden ihm ein anständiges Zuhause zur Verfügung stellen und gleichzeitig in der Lage sein, über ihn zu wachen.«

Quarat ließ es wie eine barmherzige Tat erscheinen, einen Mann in die Sklaverei zu verkaufen, dachte Denubis verwirrt. Vielleicht trifft das zu. Vielleicht irre ich mich. Wie er sagt, bin ich ein einfacher Mann. Benommen erhob er sich von seinem Stuhl. Das schwere Essen lag wie ein Pflasterstein in seinem Magen. Eine Entschuldigung murmelnd, ging er zur Tür.

Quarat erhob sich ebenfalls, in seinem Gesicht lag ein versöhnliches Lächeln. »Besuch mich wieder, Verehrter Sohn«, sagte er, an der Tür stehend. »Und fürchte dich nicht, uns zu fragen. Daraus lernen wir doch.«

Denubis nickte betäubt, dann hielt er inne. »Ich... ich habe eine weitere Frage«, sagte er zögernd. »Du hast den Schwarzen erwähnt. Was weißt du über ihn? Ich meine, warum ist er hier? Er – er macht mir Angst.«

Quarats Gesicht wurde ernst, aber er schien über diese Frage nicht verstimmt. Vielleicht war er erleichtert, daß sich Denubis einem anderen Thema zugewandt hatte. »Wer weiß schon etwas über die Wege der Zauberkundigen«, antwortete er, »außer daß ihre Wege nicht die unseren sind noch die Wege der Götter. Aus diesem Grund fühlte sich der Königspriester gezwungen, sie auf Ansalon loszuwerden, so gut es möglich war. Nun sind sie im letzten Turm der Erzmagier im Wald von Wayreth eingesperrt. Aber auch dieser wird bald verschwinden, so wie sie selbst dahinschwinden, da wir ihre Schulen geschlossen haben. Hast du von dem Fluch über den Turm von Palanthas gehört?«

Denubis nickte stumm.

»Dieser schreckliche Vorfall!« Quarat runzelte die Stirn. »Er beweist einfach, wie die Götter diesen Zauberer verflucht und in den Wahnsinn getrieben haben, der sich an den Toren aufgespießt, den Zorn der Götter heraufbeschworen und den Turm für alle Ewigkeit verschlossen hat, wie wir vermuten. Aber worüber haben wir uns unterhalten?«

»Fistandantilus«, murmelte Denubis, dem es jetzt leid tat, das Thema aufgebracht zu haben. Er wollte nur noch in sein Zimmer zurück und sein Magenpulver einnehmen.

Quarat zog seine fedrigen Augenbrauen hoch. »Alles, was ich über ihn weiß, ist, daß er schon hier war, als ich vor einigen hundert Jahren kam. Er ist alt – älter sogar als viele Elfen, denn es gibt nur wenige unter den Ältesten meiner Rasse, die sich an eine Zeit erinnern können, als sein Name nicht geflüstert wurde. Aber er ist ein Mensch und muß folglich seine magischen Künste benutzen, um sein Leben zu verlängern. Wie er das macht, wage ich mir nicht vorzustellen.« Quarat sah Denubis aufmerksam an. »Jetzt verstehst du natürlich, warum der Königspriester ihn am Hof läßt?«

»Er fürchtet ihn?« fragte Denubis unschuldig.

Quarats Porzellanlächeln wurde zuerst starr, dann war es das Lächeln eines Vaters, der einem dummen Kind eine einfache Angelegenheit erklärt. »Nein, Verehrter Sohn«, sagte er geduldig. »Fistandantilus ist von großem Nutzen für uns. Wer kennt die Welt besser? Er hat sie kreuz und quer bereist. Er kennt die Sprachen, die Sitten, die Legenden jeder Rasse auf Krynn. Sein Wissen ist gewaltig. Er ist für den Königspriester von Nutzen, und darum erlauben wir ihm, hier zu bleiben, anstatt ihn nach Wayreth zu verbannen, so wie es seinen Kollegen geschehen ist.«

Denubis nickte. »Ich verstehe«, sagte er mit einem schwachen Lächeln. »Und… und jetzt muß ich gehen. Ich danke dir für deine Gastfreundschaft, Verehrter Sohn, und für die Klärung meiner Zweifel. Ich fühle mich jetzt viel besser.«

»Ich freue mich, daß ich dir helfen konnte«, sagte Quarat. »Mögen dir die Götter einen friedlichen Schlaf gewähren.«

»Und dir auch«, murmelte Denubis, dann ging er und schloß mit Erleichterung die Tür hinter sich.

Er hastete an der Empfangshalle des Königspriesters vorbei. Licht kam unter der Tür hervor, der Klang der süßen melodischen Stimme berührte ihn, als er vorbeiging, aber er widerstand der Versuchung stehenzubleiben. Sich nach dem Frieden seines ruhigen Zimmers sehnend, ging er schnell durch den Tempel. Andere Kleriker gingen mit geflüsterten Abendgrüßen an ihm vorbei.

Einen Seufzer der Erleichterung ausstoßend, erreichte Denubis sein kleines Zimmer und öffnete die Tür. Da hielt er inne. Aus den Augenwinkeln erhaschte er eine Bewegung, einen dunklen Schatten in einem noch dunkleren Schatten. Er starrte aufmerksam in den Korridor. Da war nichts. Er war leer.

Ich werde alt. Meine Augen spielen mir Streiche, sagte sich Denubis und schüttelte müde den Kopf. Er trat in das Zimmer, schloß die Tür hinter sich und griff nach seinem Magenpulver.

Ein Schlüssel klapperte im Schloß der Zellentür.

Tolpan setzte sich kerzengerade auf. Blasses Licht kroch durch ein winziges vergittertes Fenster, das hoch in der dicken Steinwand eingebaut war, in die Zelle. Dämmerung, dachte er verschlafen. Der Schlüssel klapperte wieder, als ob der Gefängniswärter Schwierigkeiten mit dem Schloß hätte. Tolpan warf einen besorgten Blick auf Caramon an der gegenüberliegenden Wand der Zelle. Der große Mann lag auf den Steinplatten, die sein Bett darstellten, ohne sich zu bewegen oder ein Zeichen zu geben, daß er den Lärm gehört habe.

Ein schlechtes Omen, dachte Tolpan unruhig, der wußte, daß der gut durchtrainierte Krieger – wenn er nicht betrunken war – bei dem Geräusch von Fußtritten außerhalb des Raumes sofort wach geworden wäre. Aber Caramon hatte sich weder bewegt noch gesprochen, seitdem die Wachen sie am Tag zuvor hierhergebracht hatten. Er hatte Essen und Wasser abgelehnt, lag auf den Steinplatten und starrte bis zum Anbruch der Nacht zur Decke. Dann hatte er die Augen geschlossen.

Der Schlüssel klapperte jetzt lauter als zuvor, und zu dem Lärm kam noch das Fluchen des Gefängniswärters. Eilig erhob sich Tolpan und ging über den Steinboden, zog Stroh aus seinem Haar und strich beim Laufen seine Kleider glatt. Der Kender sichtete einen arg mitgenommenen Hocker in einer Ecke, zog ihn zur Tür, stellte sich darauf und spähte durch das vergitterte Fenster in der Tür zum Gefängniswärter auf der anderen Seite.

»Guten Morgen«, sagte Tolpan fröhlich. »Hast du Probleme?«

Der Gefängniswärter sprang bei dem unerwarteten Ton drei Meter zurück und ließ fast seine Schlüssel fallen. Er war ein kleiner Mann, schrumpelig und grau wie die Wände. Als er wütend zum Gesicht des Kenders im Gitterfenster hochstarrte, knurrte er und steckte wieder den Schlüssel in das Schloß, stieß und rüttelte heftig daran. Ein Mann, der hinter dem Gefängniswärter stand, blickte finster drein. Es war ein großer, gutgebauter Mann, in feine Kleider und einen Bärenfellumhang gegen die morgendliche Kälte gehüllt. In der Hand hielt er eine kleine Schiefertafel, von der ein Stück Kreide an einem Lederriemen baumelte.

»Beeil dich«, knurrte der Mann den Gefängniswärter an. »Der Markt öffnet am Mittag, und bis dahin muß ich mich darum kümmern, daß dieser Haufen anständig aussieht.«

»Der Schlüssel muß gebrochen sein«, murmelte der Gefängniswärter.

»O nein, er ist nicht gebrochen«, sagte Tolpan hilfsbereit. »Ich bin überzeugt, daß er genau richtig passen würde, wenn ihm mein Dietrich nicht im Weg wäre.«

Der Gefängniswärter hob die Augen haßerfüllt zu dem Kender.

»Es war der merkwürdigste Zufall«, fuhr Tolpan fort. »Siehst du, letzte Nacht habe ich mich ziemlich gelangweilt – Caramon ist früh eingeschlafen –, und du hast mir alle meine Sachen weggenommen; doch als ich zufällig entdeckte, daß dir ein Dietrich in meinem Socken entgangen ist, habe ich entschieden, ihn an dieser Tür auszuprobieren, um sozusagen in Übung zu bleiben und zu sehen, was für Gefängnisse ihr hier habt. Nebenbei bemerkt, habt ihr hier ein sehr nettes Gefängnis«, erklärte Tolpan feierlich. »Eines der nettesten, in denen ich jemals – äh, eines der nettesten, die ich jemals besichtigt habe. Übrigens, mein Name ist Tolpan Barfuß.« Der Kender quetschte seine Hand durch das Gitter für den Fall, daß einer von beiden sie schütteln wollte. Sie taten es nicht. »Und ich komme aus Solace. Wie mein Freund. Wir befinden uns hier auf einer Art Mission, könnte man sagen, und – ja, das Schloß. Nun, du brauchst mich nicht so böse anzufunkeln, es war nicht meine Schuld, sondern dein dummes Schloß, das meinen Dietrich zerbrochen hat! Zudem einen meiner besten. Den von meinem Vater«, sagte der Kender traurig. »Er schenkte ihn mir an dem Tag, als ich volljährig wurde. Ich finde wirklich«, fügte er in strengem Ton hinzu, »daß du dich zumindestens entschuldigen könntest.«

Daraufhin gab der Gefängniswärter einen seltsamen Laut von sich, eine Mischung aus Schnaufen und Wutausbruch. Er schüttelte seine Schlüssel, schnappte etwas Unzusammenhängendes wie: »in der Zelle auf ewig verrotten« und wollte davongehen, aber der Mann im Bärenfellumhang hielt ihn fest.

»Nicht so schnell. Ich brauche den einen hier.«

»Ich weiß, ich weiß«, sagte der Gefängniswärter mit dünner Stimme, »aber ich muß auf den Schlosser warten...«

»Unmöglich. Mein Auftrag ist, ihn heute versteigern zu lassen.«

»Nun, dann mußt du schon etwas erfinden, um sie hier herauszukriegen«, höhnte der Gefängniswärter. »Gib dem Kender einen neuen Dietrich.« Er begann fortzugehen und ließ den Mann im Bärenfell an der Tür zurück.

»Du weißt, von wem ich meine Anweisungen habe«, sagte dieser in unheilvollem Ton.

»Meine Anordnungen kommen von der gleichen Stelle«, entgegnete der Gefängniswärter über seine knochige Schulter,

»und wenn es ihnen nicht gefällt, können sie ja kommen und die Tür aufbeten. Wenn das nicht funktioniert, können sie auf den Schlosser warten, so wie jeder andere auch.«

»Willst du uns rauslassen?« fragte Tolpan eifrig. »Wenn ja, dann können wir vielleicht helfen...« Ein plötzlicher Gedanke kam ihm. »Du wirst uns doch nicht aufs Schafott schicken, nicht wahr? Denn in dem Fall, glaube ich, warten wir doch lieber auf den Schlosser...«

»Hinrichten?« knurrte der Mann im Bärenfell. »Seit zehn Jahren gibt es keine Hinrichtung mehr in Istar. Die Kirche verbietet das.«

»Ein schneller, sauberer Tod war zu gut für einen Mann«, gackerte der Gefängniswärter, der sich wieder umdrehte.

»Nun«, stammelte Tolpan, »wenn ihr uns nicht hinrichten wollt, was wollt ihr dann mit uns machen? Vermutlich werdet ihr uns nicht laufen lassen. Wir sind trotz allem unschuldig. Ich meine, wir haben nicht...«

»Ich werde mit *dir* überhaupt nichts machen«, antwortete der Mann im Bärenfell. »Deinen Freund will ich haben. Sie werden ihn nicht freilassen.«

»Schneller, sauberer Tod«, murmelte der alte Gefängniswärter und grinste. »Und auch immer eine nette Menge, die zugesehen hat. Vermittelte einem Mann das Gefühl, daß sein Tod etwas Besonderes war, so wie mir Harry Schnackel erklärte, als sie ihn zum Galgen führten. Er hoffte, daß eine große Menge kommen werde, und das traf auch ein. Brachte eine Träne in sein Auge. ›All diese Leute‹, sagte er zu mir, ›nehmen sich frei, nur um zu kommen und sich von mir zu verabschieden.‹ Ein Ehrenmann bis zum Ende.«

»Er wird zur Versteigerung angeboten!« sagte der Mann im Bärenfell, den Gefängniswärter ignorierend.

»Schnell und sauber.« Der Gefängniswärter schüttelte den Kopf.

»Nun«, sagte Tolpan zweifelnd. »Ich bin mir nicht sicher, was ihr vorhabt, aber wenn du uns wirklich rausläßt, kann Caramon vielleicht helfen.«

Der Kender verschwand vom Fenster, und sie hörten ihn schreien: »Caramon, wach auf! Sie wollen uns rauslassen, und sie können die Tür nicht öffnen, und ich befürchte, es ist meine Schuld, nun, teilweise…«

»Ist dir eigentlich klar, daß du beide nehmen mußt?« fragte der Gefängniswärter listig.

»Was?« Der Mann im Bärenfell warf dem Gefängniswärter einen finsteren Blick zu.

»Sie sollen zusammen verkauft werden. Das sind meine Anweisungen, und da deine Anweisungen und meine Anweisungen von der gleichen Stelle kommen…«

»Hast du das schriftlich?« knurrte der Mann.

»Natürlich«, gab der Gefängniswärter selbstgefällig zurück.

»Ich verliere Geld! Wer kauft schon einen Kender?«

Der Gefängniswärter zuckte mit den Schultern. Es war nicht sein Problem.

Der Mann im Bärenfell öffnete den Mund, schloß ihn aber wieder, als ein anderes Gesicht im Fenster der Zellentür erschien. Dieses Mal war es nicht der Kender. Es war das Gesicht eines Menschen, eines jungen Mannes um achtundzwanzig. Das Gesicht war wohl einst gutaussehend gewesen, aber jetzt war die kräftige Kieferlinie von Fett verwischt, die braunen Augen waren glanzlos, das lockige Haar verfilzt.

»Wie geht es Crysania?« fragte Caramon.

Der Mann im Bärenfell blinzelte verwirrt.

»Crysania. Man brachte sie in den Tempel«, wiederholte Caramon.

Der Gefängniswärter stieß den Mann im Bärenfell in den Rücken. »Du weißt doch – die Frau, die er zusammengeschlagen hat.«

»Ich habe sie nicht angerührt«, sagte Caramon ruhig. »Nun, wie geht es ihr?«

»Das ist nicht deine Angelegenheit«, sagte der Mann im Bärenfell, der sich plötzlich daran erinnerte, wie spät es war. »Bist du ein Schlosser? Der Kender sagte etwas, daß du in der Lage wärst, die Tür zu öffnen.«

»Ich bin kein Schlosser«, sagte Caramon, »aber vielleicht kann ich sie öffnen.« Seine Augen gingen zum Gefängniswärter. »Wenn es dich nicht stört, daß sie dabei kaputt geht?«

»Das Schloß ist schon kaputt!« sagte der Gefängniswärter mit schriller Stimme. »Willst du die Tür aufbrechen?«

»Genau das habe ich vor«, erwiderte Caramon kühl.

Der Mann im Bärenfell hatte einen Blick auf Caramons Schultern und Stiernacken erhascht. »Laß uns das mal ansehen. Wenn es ihm gelingt, komme ich für den Schaden auf.«

»Darauf kannst du wetten!« plapperte der Gefängniswärter. Der Mann im Bärenfell sah ihn aus den Augenwinkeln an, und der Gefängniswärter verfiel in Schweigen.

Caramon schloß die Augen und holte einige Male tief Luft, die er langsam wieder ausatmete. Der Mann im Bärenfell und der Gefängniswärter traten von der Tür zurück. Caramon verschwand. Sie hörten ein Grunzen und dann einen gewaltigen Schlag, der die Holztür traf. Sie erzitterte in ihren Angeln, sogar die Steinwände schienen zu erbeben. Aber die Tür hielt. Der Gefängniswärter trat mit offenem Mund einen weiteren Schritt zurück.

Man hörte aus dem Inneren der Zelle erneut ein Grunzen, dann wieder einen Schlag. Die Tür zerbrach mit einer solchen Wucht, daß als einzig erkennbare Teile die Angeln und das Schloß übrigblieben – das immer noch den Türrahmen verschlossen hielt. Die Wucht von Caramons Schlagkraft ließ ihn in den Korridor fliegen. Unterdrückte Jubelgeräusche hörte man aus den benachbarten Zellen, in denen die anderen Gefangenen ihre Gesichter an die Gitter drückten.

»Dafür wirst du bezahlen!« schrie der Gefängniswärter den Mann im Bärenfell an.

»Er ist jeden Pfennig wert«, sagte der Mann, der Caramon auf die Füße half, den Staub von ihm strich und ihn gleichzeitig beäugte. »Ein bißchen zu viel gegessen, he? Auch zu viel Schnaps getrunken, wette ich? Wahrscheinlich ist das der Grund, warum du hier bist. Nun, mach dir keine Gedanken. Das wird bald in Ordnung gebracht. Name? Caramon?«

Der große Mann nickte mürrisch.

»Und ich bin Tolpan Barfuß«, sagte der Kender, der durch die zerbrochene Tür trat. »Ich gehe überall mit ihm hin, absolut überall. Ich habe Tika versprochen, daß ich es tue und...«

Der Mann im Bärenfell schrieb etwas auf seine Schiefertafel und warf dem Kender einen flüchtigen Blick zu. »Ich verstehe.«

»Nun dann«, fuhr der Kender fort, der mit einem Seufzer die Hand in die Tasche steckte, »wenn du diese Ketten von unseren Füßen abnehmen würdest, könnten wir bestimmt einfacher gehen.«

»Sicher«, murmelte der Mann im Bärenfell, der einige Zahlen auf seiner Tafel notierte. Als er sie zusammenzählte, lächelte er. »Mach voran«, wies er den Gefängniswärter an. »Hol die anderen für den heutigen Tag.«

Der alte Mann schlurfte davon, nicht ohne vorher einen bösartigen Blick auf Tolpan und Caramon zu werfen.

»Ihr zwei, setzt euch hier an die Wand hin«, befahl der Mann im Bärenfell.

Caramon kauerte sich auf den Boden und rieb seine Schulter. Tolpan setzte sich mit einem glücklichen Seufzer zu ihm. Die Welt außerhalb der Gefängniszelle sah bereits rosiger aus. Wie er Caramon schon gesagt hatte: »Wenn wir erst einmal draußen sind, haben wir eine Chance! Wir haben überhaupt keine Chance, solange wir eingesperrt sind.«

»Oh, nebenbei bemerkt«, rief Tolpan dem sich entfernenden Gefängniswärter nach, »würdest du dich bitte darum kümmern, daß ich meinen Dietrich zurückbekomme? Erinnerungswert, weißt du.«

»Eine Chance?« sagte Caramon zu Tolpan, als der Schmied sich daranmachte, das Eisenhalsband zu befestigen. Es hatte eine Zeitlang gedauert, ein passendes zu finden, und Caramon war der letzte, dem das Zeichen der Sklaverei um den Hals gelegt wurde. Der große Mann zuckte vor Schmerz zusammen, als der Schmied den Bolzen mit einem glühendheißen Eisen zusammenschweißte. Es roch nach angebranntem Fleisch.

Tolpan zerrte an seinem Halsband und zuckte mitfühlend zusammen. »Es tut mir leid«, sagte er schniefend. »Ich habe ihn nicht richtig verstanden! Sie haben sich so witzig ausgedrückt. Ehrlich, Caramon…«

»Es ist schon in Ordnung«, sagte Caramon mit einem Seufzer. »Es ist nicht deine Schuld.«

»Aber es ist die Schuld von jemandem«, sagte Tolpan nachdenklich, während er interessiert zusah, wie der Schmied Fett über Caramons Brandwunde strich und dann seine Arbeit mit einem kritischen Auge begutachtete.

»Wie meinst du das?« murrte Caramon teilnahmslos. Sein Gesicht trug wieder einen leeren Ausdruck.

»Nun«, flüsterte Tolpan mit einem Seitenblick auf den Schmied, »denk doch mal nach. Sieh mal, welche Kleider du getragen hast, als wir hierhergekommen sind. Du hast wirklich wie ein Raufbold ausgesehen. Dann sind auf einmal dieser Kleriker und diese Wachmänner aufgetaucht, als ob sie uns erwartet hätten. Und denk an Crysania, wie sie ausgesehen hat.«

»Du hast recht«, pflichtete Caramon bei. In seinen abgestumpften Augen flackerte ein Lebensfunke auf. Der Funke wurde zu einem Blitz, der ein schwelendes Feuer entzündete. »Raistlin«, murmelte er. »Er weiß, daß ich versuche, ihn aufzuhalten. *Er* hat das alles arrangiert!«

»Dessen bin ich mir nicht so sicher«, widersprach Tolpan nach einigem Nachdenken. »Ich meine, wäre es nicht wahrscheinlicher für ihn, dich einzumauern?«

»Nein!« sagte Caramon, und Tolpan sah Aufregung in seinen Augen. »Verstehst du nicht? Er will mich hier in der Vergangenheit haben. Er will uns nicht umbringen. Dieser… dieser Dunkelelf, der für ihn arbeitet, hat das gesagt, erinnerst du dich?«

Tolpan sah zweifelnd drein und wollte gerade etwas erwidern, als der Schmied dem Krieger an die Füße stieß. Der Mann im Bärenfell, der sie von der Tür der Schmiede ungeduldig angestarrt hatte, winkte zwei seiner eigenen Sklaven herbei. Sie gingen hinein, griffen grob nach Caramon und Tolpan und ketteten sie an die anderen Sklaven an. Auf eine Geste des Mannes im Bärenfell schlurfte die erbärmliche Kette der Menschen, Halbelfen und zwei Goblins vorwärts.

Sie hatten nicht mehr als drei Schritte zurückgelegt, als sie sich unverzüglich ineinander verhedderten, da Tolpan die falsche Richtung eingeschlagen hatte.

Nach vielen Flüchen und einigen Hieben mit einem Weidenstock brachte der Mann im Bärenfell den Zug wieder in Bewegung. Tolpan hüpfte im Versuch, Schritt zu halten. Als der Kender jedoch zweimal auf die Knie stürzte und die gesamte Reihe in Gefahr brachte, legte Caramon seinen riesigen Arm um seine Taille, hob ihn hoch und trug ihn.

»Das war ja lustig«, bemerkte Tolpan atemlos. »Besonders als ich gestürzt bin. Hast du das Gesicht von dem Mann gesehen? Ich...«

»Was hast du vorhin gemeint?« unterbrach Caramon. »Wie kommst du zu der Ansicht, daß Raistlin nicht hinter dieser ganzen Sache steckt?«

Tolpans Gesicht wurde ungewöhnlich ernst und nachdenklich. »Caramon«, sagte er nach einem Augenblick, legte seine Arme um Caramons Hals und sprach in sein Ohr, um über dem Kettengerassel und den Straßengeräuschen gehört zu werden, »Raistlin muß furchtbar beschäftigt gewesen sein mit dieser Reise zurück. Nun, Par-Salian hat Tage gebraucht, um den Zeitreisezauber auszuführen, und er ist ein wahrhaft mächtiger Magier. Es muß also eine Menge von Raistlins Energie in Anspruch genommen haben. Wie soll er das wohl geschafft und uns das gleichzeitig angetan haben?«

»Nun«, sagte Caramon stirnrunzelnd. »Wenn er es nicht war, wer dann?«

»Was ist mit – Fistandantilus?« flüsterte Tolpan.

Caramon hielt den Atem an, sein Gesicht wurde düster.

»Er... er ist ein wirklich mächtiger Zauberer«, gab Tolpan zu bedenken, »und, nun ja, du hast aus der Tatsache kein Geheimnis gemacht, daß du zurück in die Vergangenheit reisen und ihn um die Ecke bringen willst, sozusagen. Ich meine, du hast das im Turm der Erzmagier gesagt. Und wir wissen, daß

Fistandantilus im Turm herumhängen kann. Dort hat er auch Raistlin getroffen, nicht wahr? Was ist, wenn er da herumgestanden und dich gehört hat? Ich vermute, er ist ganz schön sauer.«

»Pah! Wenn er so mächtig ist, dann hätte er mich auf der Stelle umbringen können!« knurrte Caramon.

»Nein, das kann er nicht«, erwiderte Tolpan bestimmt. »Sieh mal, ich habe alles kapiert. Er kann nicht den Bruder seines Schülers umbringen. Insbesondere, wenn dich Raistlin aus einem Grund hier haben will. Außerdem weiß Fistandantilus bestimmt, daß Raistlin dich wohl liebt, ganz tief in seinem Inneren.«

Caramon erblaßte, und Tolpan hatte das Gefühl, sich auf die Zunge gebissen zu haben. »Egal«, fuhr er eilig fort, »er kann dich nicht offen loswerden. Er muß es unauffällig erledigen, damit es gut aussieht.«

»Also?«

»Also...« Tolpan holte tief Atem. »Nun, in dieser Gegend werden keine Leute mehr hingerichtet, aber offenbar haben sie andere Methoden, um mit jenen fertig zu werden, die man nicht herumhängen haben will. Dieser Kleriker und der Gefängniswärter haben beide gesagt, Hinrichtungen seien ein ›leichter‹ Tod verglichen mit dem, was sie jetzt vorhaben.«

Ein Peitschenhieb über Caramons Rücken beendete die Unterhaltung. Caramon warf dem Sklaven, der ihn geschlagen hatte, einen wütenden Blick zu – es war ein Bursche, der seine Arbeit offensichtlich genoß – und versank in ein düsteres Schweigen. Er dachte darüber nach, was Tolpan ihm gesagt hatte. Es ergab sicherlich einen Sinn. Er hatte gesehen, wieviel Kraft und Konzentration es Par-Salian gekostet hatte, diesen schwierigen Zauber durchzuführen.

Caramon erkannte plötzlich alles ganz klar. Tolpan hatte recht! Wir wurden in eine Falle gelockt. Fistandantilus will mich irgendwie loswerden und Raistlin meinen Tod als Unfall erklären.

Irgendwo in einer Ecke seines Gehirns hörte Caramon eine

mürrische alte Zwergenstimme sagen: »Ich weiß nicht, wer der größere Idiot ist – du oder dieser Türknopf von Kender! Wenn das einer von euch mal in eurem Leben herausfinden wird, würde mich das überraschen!« Caramon lächelte traurig über den Gedanken an seinen alten Freund. Aber Flint war nicht hier, und auch nicht Tanis oder sonst jemand, der ihm einen Ratschlag hätte geben können. Er und Tolpan waren auf sich selbst gestellt, und wenn der Kender nicht diesen Sprung in den Zauberkreis gewagt hätte, wäre er ganz allein hier in der Vergangenheit. Dieser Gedanke erschreckte ihn. Caramon erbebte. »Das alles bedeutet nur, daß ich diesen Fistandantilus erwischen muß, bevor er mich erwischt«, sagte er leise zu sich.

Die riesigen Türme des Tempels sahen auf tadellos saubere Stadtstraßen herab. Die Straßen wimmelten von Leuten. Tempelwachen strichen umher, hielten die Ordnung aufrecht, hoben sich von der Menge mit ihren farbenfrohen Umhängen und mit ihren Helmen ab. Wunderschöne Frauen warfen den Wachen bewundernde Blicke zu, während sie in den Basaren und Geschäften bummelten. Es gab jedoch einen Platz in der Stadt, den die Frauen nicht aufsuchten, auch wenn viele neugierige Blicke in seine Richtung warfen – den Sklavenmarkt.

Der Sklavenmarkt war wie immer überfüllt. Einmal in der Woche wurden Versteigerungen abgehalten – ein Grund, warum der Mann im Bärenfell so eifrig gewesen war, seine wöchentliche Anzahl von Sklaven aus den Gefängnissen zu bekommen. Obgleich das Geld aus den Verkäufen der Gefangenen in die öffentlichen Schatzkammern wanderte, erhielt der Mann natürlich seinen Anteil. Und diese Woche schien besonders erfolgversprechend zu sein.

Wie er Tolpan bereits gesagt hatte, gab es in Istar oder in Teilen Krynns, die von der Stadt kontrolliert wurden, keine Hinrichtungen mehr. Die Ritter von Solamnia beharrten noch darauf. Aber der Königspriester hielt mit den Rittern Beratungen ab, und es bestand Hoffnung, daß es mit diesem abscheulichen Brauch bald ein Ende haben würde.

Natürlich hatte das Ende der Hinrichtungen in Istar ein anderes Problem heraufbeschworen – was sollte man mit den Gefangenen anstellen, deren Anzahl zunahm? Die Kirche führte aus diesem Grunde eine Untersuchung durch. Aus dieser ergab sich, daß die meisten Gefangenen mittel- und obdachlos waren. Die Verbrechen, die sie verübten – Diebstahl, Einbruch, Prostitution und dergleichen –, waren eine Folge aus diesen Umständen.

»Ist es dann also nicht logisch«, sagte der Königspriester zu seinen Ministern an dem Tag, als er die offizielle Erklärung abgab, »daß Sklaverei nicht nur die Antwort auf das Problem der Überfüllung unserer Gefängnisse ist, sondern eine höchst menschenfreundliche Methode, mit diesen armen Leuten umzugehen, deren einziges Verbrechen darin besteht, daß sie in einem Netz der Armut gefangen sind, aus dem sie nicht entkommen können? Natürlich ist sie das. Es ist also unsere Pflicht, ihnen zu helfen. Als Sklaven werden sie ernährt, gekleidet und untergebracht. Es wird ihnen alles gegeben, was ihnen fehlt. Wir werden uns selbstverständlich darum kümmern, daß sie gut behandelt werden, und Vorkehrungen treffen, daß sie nach einer gewissen Zeit der Sklaverei – wenn sie sich gut verhalten haben – sich die Freiheit zurückkaufen können. Sie werden dann zu uns als produktive Mitglieder der Gesellschaft zurückkehren.«

Die Idee wurde unverzüglich in die Tat umgesetzt und nun seit über zehn Jahren praktiziert. Es hatte Probleme gegeben. Aber diese waren dem Königspriester niemals zu Ohren gekommen – sie waren nicht schwerwiegend genug gewesen, um sein Interesse in Anspruch zu nehmen. Unterminister hatten sich zur Genüge damit auseinandergesetzt, und jetzt funktionierte das System recht gut. Die Kirche erhielt ein ständiges Einkommen von den Erlösen, die mit den Gefängnissklaven erzielt wurden, und die Sklaverei wirkte sich sogar abschreckend auf Verbrechen aus.

Die sich ergebenden Probleme betrafen zwei Verbrechergruppen – Kender und jene Kriminellen, deren Verbrechen besonders anstößig waren. Es stellte sich heraus, daß es unmöglich war, einen Kender zu verkaufen, und sehr schwierig, einen Mörder, Vergewaltiger oder Verrückten unterzubringen. Die Lösung war einfach. Kender wurden über Nacht eingesperrt und dann zu den Stadttoren eskortiert – das führte zu einer allmorgendlichen kleinen Prozession. Institutionen wurden geschaffen, um mit den Schwerverbrechern fertig zu werden.

Mit dem Leiter solch einer Institution, einem Zwerg, führte der Mann im Bärenfell an diesem Morgen eine angeregte Unterhaltung und zeigte dabei auf Caramon, der mit den anderen Gefangenen in einem schmutzigen und stinkenden Pferch stand und eine dramatische Bewegung mit der Schulter machte, als ob er eine Tür einschlagen wollte.

Der Leiter der Institution schien nicht beeindruckt zu sein. Das war jedoch nicht ungewöhnlich. Er hatte vor langer Zeit gelernt, daß der verlangte Preis auf der Stelle um das Doppelte erhöht wurde, wenn man von einem Gefangenen beeindruckt schien. Also warf der Zwerg Caramon einen finsteren Blick zu, spuckte auf den Boden, verschränkte die Arme, setzte die Füße entschlossen auf das Pflaster und funkelte den Mann im Bärenfell an.

»Er ist nicht in Form, zu fett. Außerdem ist er ein Trunkenbold, sieh dir seine Nase an.« Der Zwerg schüttelte den Kopf. »Und er sieht nicht gemein aus. Was soll er angestellt haben? Einen Kleriker überfallen? Pah!« Er schnaufte verächtlich. »So wie er aussieht, kann er höchstens einen Weinkrug überfallen!«

Natürlich war der Mann im Bärenfell an solche Kommentare gewöhnt.

»Du bist dabei, eine einmalige Chance deines Lebens zu verpassen, Steinbrecher«, sagte er glattzüngig. »Du hättest sehen sollen, wie er die Tür zerschmettert hat. Ich habe bei einem Mann noch nie so viel Kraft gesehen. Vielleicht ist er übergewichtig, aber das kann man kurieren. Stutz ihn zurecht, und die Damen werden ihn bewundern. Sieh dir diese schmelzenden braunen Augen und dieses lockige Haar an.« Der Mann im Bärenfell senkte die Stimme. »Es wäre eine echte Schande, ihn an die Minen zu verlieren... Ich habe versucht, über seine Tat

Schweigen zu bewahren, aber Harold hat leider davon Wind bekommen.«

Sowohl der Mann im Bärenfell als auch der Zwerg warfen einem Menschen einen Blick zu, der sich etwas entfernt mit einigen seiner stämmigen Wachmänner unterhielt und lachte.

Der Mann im Bärenfell fuhr fort: »Harold hat geschworen, daß er ihn haben will. Sagt, er wird ihn antreiben, so daß er wie zwei normale Menschen arbeitet. Nun, du bist ein bevorzugter Kunde, und ich versuche, die Dinge in deine Richtung zu lenken…«

»Laß Harold ihn haben«, knurrte der Zwerg. »Fetter Trottel.«

Aber der Mann im Bärenfell sah, daß der Zwerg Caramon mit einem abwägenden Auge musterte. Da er aus langer Erfahrung wußte, wann er zu reden und wann zu schweigen hatte, verbeugte er sich vor dem Zwerg und ging, sich die Hände reibend, seiner Wege.

Caramon, der die Unterhaltung gehört hatte und den Blick des Zwerges auf sich ruhen sah, verspürte den plötzlichen Wunsch, seine Ketten zu zerbrechen, durch den Pferch, in dem er eingesperrt war, zu stürzen und sowohl den Mann im Bärenfell als auch den Zwerg zu erwürgen. Das Blut hämmerte in seinem Gehirn, die Muskeln seiner Arme schwollen an – ein Anblick, der den Zwerg die Augen aufreißen und die Wachen, die um den Pferch standen, die Schwerter aus den Scheiden ziehen ließ.

Aber Tolpan stieß ihn plötzlich mit dem Ellbogen in die Rippen. »Caramon, sieh mal!« sagte er aufgeregt. »Dort drüben, am Rand der Menge, der Mann, der da allein steht. Siehst du ihn?«

Caramon holte Atem und zwang sich zur Ruhe. Er sah in die Richtung, in die der Kender zeigte, und plötzlich wurde das heiße Blut in seinen Adern kalt.

Am Rand der Menge stand eine schwarzgekleidete Gestalt. Sie stand allein da. In der Tat hatte sich ein großer leerer Kreis um sie gebildet. Niemand aus der Menge näherte sich ihr. Viele machten Umwege, gingen einen anderen Weg, um auf keinen Fall zu dicht an ihr vorbeizugehen. Niemand sprach mit ihr, aber alle waren sich ihrer Gegenwart bewußt.

Die Gestalt war ein Mann. Seine Roben waren tiefschwarz und ohne jegliche Verzierungen. Kein silberner Faden glitzerte an seinen Ärmeln, kein Saum umgab die schwarze Kapuze, die tief über sein Gesicht gezogen war. Er trug keinen Stab, kein Vertrauter ging an seiner Seite. Andere Magier trugen Runen der Abwehr und des Schutzes, Stäbe der Macht oder hatten Tiere, die ihnen zu Befehl standen, bei sich. Dieser Mann brauchte nichts dergleichen. Seine Macht rührte aus seinem Inneren. Man konnte sie spüren, sie strahlte um ihn wie die Hitze aus der Esse eines Schmieds.

Er war hochgewachsen und gutgebaut, die schwarzen Roben fielen über Schultern, die schlank, aber muskulös waren. Seine weißen Hände – die einzigen sichtbaren Teile seines Körpers – waren stark, zierlich und geschmeidig. Obgleich er so alt war, daß nur wenige auf Krynn es wagen konnten, sein Alter zu schätzen, hatte er den Körper eines Jungen und Starken. Dunkle Gerüchte besagten, daß er seine magischen Künste benutzte, um die Schwächen seines Alters zu überwinden.

Und so stand er allein da, als ob eine schwarze Sonne in den Hof gefallen wäre. Nicht einmal seine glitzernden Augen konnten in den dunklen Tiefen seiner Kapuze gesehen werden.

»Wer ist das?« fragte Tolpan einen Mitgefangenen und nickte zu der schwarzgekleideten Gestalt hin.

»Weißt du das nicht?« fragte der Gefangene.

»Ich bin nicht aus der Stadt«, entschuldigte sich Tolpan.

»Nun, das ist der Schwarze – Fistandantilus. Vermutlich hast du von ihm gehört.«

»Ja«, antwortete Tolpan und warf Caramon einen Blick zu. »Wir haben von ihm gehört.«

4

Als Crysania von dem Zauber, den Paladin auf sie geworfen hatte, erwachte, befand sie sich in einem verwirrten Zustand, der die Kleriker fürchten ließ, daß die schwere Prüfung eine Geistesstörung herbeigeführt habe.

Sie sprach von Paladin, folglich nahmen sie an, daß sie von ihm kommen mußte. Aber sie verlangte ständig nach dem Oberhaupt ihres Ordens – jemand mit Namen Elistan. Die Kleriker waren vertraut mit den Oberhäuptern aller Orden auf Krynn, und dieser Elistan war nicht bekannt. Aber sie war so beharrlich in dieser Sache, daß einige anfangs fürchteten, dem derzeitigen Oberhaupt in Palanthas sei etwas zugestoßen. Eilig wurden Boten ausgesandt.

Dann sprach Crysania auch von einem Tempel in Palanthas, wo aber kein Tempel existierte. Schließlich redete sie so wild über Drachen und die »Rückkehr der Götter«, daß Quarat und Elsa, das Oberhaupt der Verehrten Töchter, sich entsetzt ansahen und Schutzzeichen gegen Gotteslästerung machten. Crysania wurde ein Kräutertrank verabreicht, der sie beruhigte, und schließlich fiel sie in Schlaf. Die zwei blieben noch lange Zeit bei ihr, nachdem sie eingeschlafen war, und erörterten im Flüsterton ihren Fall. Dann betrat der Königspriester das Zimmer.

»Ich hatte eine Wahrsagung«, erklang die melodische Stimme, »und mir wurde gesagt, daß Paladin sie zu sich gerufen habe, um sie vor einem Zauber böser Magie zu beschützen, der auf sie verübt wurde. Ich glaube nicht, daß wir das zu bezweifeln brauchen.«

Quarat und Elsa schüttelten den Kopf und tauschten wissende Blicke aus. Der Haß des Königspriesters auf Zauberkundige war nur zu bekannt.

»Sie ist also bei Paladin gewesen und hat in jenem wundersamen Reich gelebt, das wir auf diesem Boden wiederzuerschaffen suchen. Zweifellos wurde ihr dort Wissen über die Zukunft gegeben. Sie spricht von einem wunderschönen Tempel, der in Palanthas gebaut wird. Verfügen wir nicht über Pläne, solch einen Tempel zu bauen? Sie spricht von Elistan, wahrscheinlich einem Kleriker, der dort herrschen soll.«

»Aber... Drachen, Rückkehr der Götter?« murmelte Elsa.

»Was die Drachen betrifft«, sagte der Königspriester, »ist das wahrscheinlich eine Geschichte aus ihrer Kindheit, die sie in ihrer Krankheit nun heimsucht, oder vielleicht hat es etwas mit dem Zauber zu tun, den der Zauberkundige auf sie geworfen hat.« Seine Stimme wurde ernst. »Es wird gesagt, wie ihr wißt, daß die Zauberer die Macht haben, Leute dazu zu bringen, Dinge zu sehen, die nicht existieren. Was ihr Gerede über die ›Rückkehr der Götter‹ betrifft...«

Der Königspriester schwieg kurz. Als er wieder sprach, war es in einem beruhigenden und zugleich atemlosen Ton. »Ihr zwei, meine engsten Berater, kennt meinen Herzenswunsch. Ihr wißt, daß ich eines Tages – und dieser Tag nähert sich schnell – die Götter aufrufen und ihre Hilfe verlangen will, um das Böse zu bekämpfen, das immer noch unter uns weilt. An diesem Tag wird Paladin selbst meine Gebete befolgen. Er wird kommen und an meiner Seite stehen, und gemeinsam werden wir die Dunkelheit bekämpfen, bis sie für alle Ewigkeit überwunden ist! Das hat sie vorausgesehen! Das ist es, was sie mit ›Rückkehr der Götter‹ meint!«

Licht erfüllte das Zimmer. Elsa flüsterte ein Gebet, und selbst Quarat senkte den Blick.

»Laßt sie schlafen«, sagte der Königspriester. »Morgen wird es ihr besser gehen. Ich werde sie in meinen Gebeten zu Paladin erwähnen.«

Er verließ das Zimmer, und mit seinem Verschwinden wurde es dunkler. Elsa stand da und sah ihm schweigend nach. Dann, als sich die Tür von Crysanias Zimmer schloß, wandte sich die Elfe an Quarat.

»Verfügt er wirklich über die Macht?« fragte Elsa ihren Kollegen, der nachdenklich auf Crysania starrte. »Beabsichtigt er wahrhaftig, das zu tun… wovon er spricht?«

»Was?« Quarat war mit seinen Gedanken weit entfernt gewesen. Er blickte dem Königspriester nach. »Oh, das? Natürlich hat er die Macht. Du hast gesehen, wie er diese junge Frau geheilt hat. Und die Götter sprechen zu ihm durch die Wahrsagung. Wann hast du zum letzten Mal jemanden geheilt, Verehrte Tochter?«

»Dann glaubst du also daran, daß Paladin ihre Seele genommen hat und sie die Zukunft hat sehen lassen?« Elsa wirkte erstaunt. »Du glaubst, daß er sie wahrhaftig geheilt hat?«

»Ich glaube, daß etwas sehr Seltsames an dieser jungen Frau und den beiden, die bei ihr waren, ist«, sagte Quarat ernst. »Ich werde mich um die beiden kümmern. Du behältst die Frau im Auge. Was den Königspriester betrifft« – Quarat zuckte die Schultern –, »laß ihn die Macht der Götter herbeiflehen. Wenn sie herabkommen, um für ihn zu kämpfen, dann ist es gut. Wenn nicht, wird es uns nicht weiter stören. Wir wissen, wer die Arbeit der Götter auf Krynn erledigt.«

»Ich überlege gerade«, bemerkte Elsa, die Crysanias dunkles Haar aus ihrem schlafenden Gesicht strich. »In unserem Orden gab es ein junges Mädchen, das über die Macht des wahren Heilens verfügte. Dieses junge Mädchen, das von dem solamnischen Ritter verführt wurde. Wie war sein Name?«

»Soth«, sagte Quarat. »Soth von der Burg Dargaard. Oh, ich zweifle nicht daran. Man findet gelegentlich Personen mit der Gabe. Beobachte diese junge Frau, Elsa. Wenn sie morgen früh immer noch solche Dinge erzählt, obwohl sie wiederhergestellt sein müßte, werden wir vielleicht drastischere Maßnahmen ergreifen müssen. Aber jetzt...«

Er verstummte. Elsa nickte. Wissend, daß die junge Frau unter dem Einfluß des Trankes tief schlafen würde, ließen sie Crysania allein in einem Zimmer des großen Tempels von Istar zurück.

Crysania erwachte am nächsten Morgen mit dem Gefühl, daß ihr Kopf mit Baumwolle ausgestopft sei. Sie hatte einen bitteren Geschmack im Mund und war schrecklich durstig. Benommen setzte sie sich auf und versuchte, ihre Gedanken zu ordnen. Nichts ergab einen Sinn. Sie hatte eine schwache Erinnerung an eine geisterhafte Kreatur, die sich ihr aus einem Grab näherte. Dann war sie bei Raistlin im Turm der Erzmagier. Es folgte eine verschwommene Erinnerung, von Magiern umgeben zu sein, die in Weiß, Rot und Schwarz gekleidet waren. Sie glaubte, singende Steine gehört zu haben.

Sie erinnerte sich auch, wach geworden zu sein. Ein Mann war bei ihr gewesen, dessen Schönheit überwältigend war; seine Stimme hatte ihren Geist und ihre Seele mit Frieden erfüllt. Aber er hatte gesagt, er sei der Königspriester und sie sei im Tempel der Götter in Istar. Das ergab überhaupt keinen Sinn. Sie erinnerte sich, nach Elistan gerufen zu haben, aber niemand schien ihn zu kennen. Sie hatte ihnen von ihm erzählt – wie er von Goldmond, der Klerikerin von Mishakal, geheilt worden war, wie er gegen die bösen Drachen gekämpft und den Leuten von der Rückkehr der Götter erzählt hatte. Aber ihre Worte ließen die Kleriker sie nur mit Mitleid und Beunruhigung mustern. Schließlich hatte man ihr einen merkwürdig schmekkenden Trunk gegeben, und sie war eingeschlafen.

Jetzt war sie immer noch verwirrt, aber entschlossen herauszufinden, wo sie sich befand und was geschehen war. Sie erhob sich vom Bett und zwang sich, sich wie jeden Morgen zu waschen. Dann setzte sie sich an den seltsam aussehenden Toilettentisch und bürstete und kämmte ruhig ihr langes dunkles Haar. Diese vertrauten und gewohnten Arbeiten entspannten sie.

Sie nahm sich sogar die Zeit, sich in dem Schlafzimmer umzuschauen, und sie konnte nur dessen prachtvolle Schönheit bewundern. Dennoch dachte sie, daß es für einen den Göttern geweihten Tempel unangemessen war, falls sie sich wirklich in einem Tempel befand. Ihr Schlafzimmer in ihrem Elternhaus in Palanthas war nicht halb so prachtvoll gewesen, und es war mit jedem erdenklichen Luxus, den man sich mit Geld kaufen konnte, ausgestattet gewesen.

Ihre Gedanken gingen plötzlich zu dem Stadtteil, den Raistlin ihr gezeigt hatte – die Armut und die Not so dicht am Tempel –, und sie errötete beschämt.

»Vielleicht ist das ein Gästezimmer«, sagte Crysania laut zu sich und empfand den vertrauten Klang ihrer Stimme als beruhigend. »Schließlich sind die Gästezimmer in unserem neuen Tempel auch so eingerichtet, daß sich unsere Gäste wohl fühlen. Trotzdem« – sie runzelte die Stirn, ihr Blick wanderte zu einer kostbaren Goldstatue einer Dryade, die in ihren goldenen Händen eine Kerze hielt – »ist das extravagant. Man könnte davon eine ganze Familie monatelang ernähren.«

Wie dankbar war sie, daß er dies nicht sehen konnte! Sie würde mit dem Oberhaupt dieses Ordens sprechen, wer das auch war. Sie hatte es sicherlich mißverstanden, als er sich als den Königspriester vorgestellt hatte!

Nachdem sie diesen Entschluß gefaßt hatte und sich besser fühlte, zog sie die Nachtwäsche aus, die sie trug, und legte die weißen Roben an, die sie ordentlich am Fuß ihres Bettes zusammengelegt vorgefunden hatte.

Was für merkwürdige altmodische Roben, bemerkte sie, als sie sie über ihren Kopf zog. Überhaupt nicht so wie die schlichten weißen Roben, die in ihrem Orden in Palanthas getragen wurden. Diese waren reich verziert. Goldene Fäden funkelten an den Ärmeln und am Saum, karmesinrote und purpurne Bänder zierten das Vorderteil, und ein schwerer goldener Gürtel hielt die Falten um ihre schlanke Taille zusammen. Crysania sah sich lange in einem goldgerahmten Spiegel an. Sie mußte sich eingestehen, daß alles sehr kleidsam war.

Erst da bemerkte sie eine Nachricht in der Tasche der Roben. Sie griff hinein und zog ein viermal gefaltetes Stück Reispapier hervor. Sie starrte es neugierig an, fragte sich, ob die Besitzerin der Roben es vergessen habe, sah dann aber verblüfft, daß es an sie gerichtet war. Verwirrt öffnete sie es.

»Crysania,

ich weiß, daß du beabsichtigt hast, meine Hilfe zu suchen, um in die Vergangenheit zurückzukehren und den jungen Magier Raistlin von der Ausführung seiner bösen Pläne abzuhalten. Auf deinem Weg zu uns wurdest du jedoch von einem toten Ritter angegriffen. Um dich zu retten, nahm Paladin deine Seele zu sich in sein himmlisches Reich. In unserer Zeit ist keiner von uns, auch Elistan nicht, in der Lage, dich wieder zurückzuholen. Nur die Kleriker, die zur Zeit des Königspriesters leben, verfügen über diese Kraft. Wir haben dich also in der Begleitung von Raistlins Bruder Caramon zurück in die Zeit vor der Umwälzung nach Istar geschickt. Wir schicken dich aus zwei Gründen zurück. Erstens, um dir die Heilung deiner schweren Verletzung zu ermöglichen, und zweitens, damit du bei deinen Bemühungen erfolgreich bist, den jungen Magier vor sich selbst zu retten.

Wenn du darin das Wirken der Götter siehst, magst du deine Bemühungen als gesegnet betrachten. Ich gebe dir jedoch folgenden Rat: Die Götter wirken auf Wegen, die den Sterblichen seltsam erscheinen, da wir nur den Ausschnitt des Bildes sehen können, der um uns gemalt ist. Ich hatte gehofft, darüber mit dir persönlich vor deinem Aufbruch sprechen zu können, aber das erwies sich als unmöglich. Ich kann dich nur warnen – hüte dich vor Raistlin.

Du bist tugendhaft, stark im Glauben und stolz auf deine Tugend. Dies ist eine verhängnisvolle Kombination, meine Teure. Er wird daraus seinen Vorteil ziehen.

Vergiß auch eins nicht. Du und Caramon seid in gefährliche Zeiten zurückgekehrt. Die Tage des Königspriesters sind gezählt. Caramon befindet sich auf einer Mission, die sich für ihn als gefährlich erweisen könnte. Aber du, Crysania, befindest dich in Gefahr in bezug auf dein Leben und deine Seele. Ich sehe voraus, daß du gezwungen bist, dich zu entscheiden – um eines zu retten, mußt du das andere aufgeben. Es gibt für dich viele Möglichkeiten, diese Zeit zu verlassen; eine davon ist die mit Hilfe von Caramon. Möge Paladin bei dir sein.

Par-Salian vom Orden der Weißen Roben
im Turm der Erzmagier zu Wayreth«

Crysania sank auf ihr Bett, die Knie gaben unter ihr nach. Die Hand, die den Brief hielt, zitterte. Benommen starrte sie darauf, las ihn immer wieder, ohne die Worte zu begreifen. Nach einiger Zeit wurde sie ruhiger und zwang sich, jeden Satz langsam zu lesen und erst dann weiterzugehen, wenn sie sicher war, daß sie die Bedeutung verstanden hatte.

Sie brauchte für das Lesen und Nachdenken fast eine halbe Stunde. Schließlich glaubte sie verstanden zu haben. Die Erinnerung, warum sie in den Wald von Wayreth gereist war, kehrte zurück. Par-Salian hatte es also gewußt. Er hatte sie erwartet. Um so besser. Und er hatte recht – der Angriff des toten Ritters war offensichtlich ein Beispiel von Paladins Eingreifen gewesen, das bekräftigte, daß sie hier zurück in die Vergangenheit reisen sollte. Was die Bemerkung über ihren Glauben und ihre Tugend betraf...

Crysania erhob sich. Ihr blasses Gesicht wirkte entschlossen, auf beiden Wangen lag ein heller Farbfleck, und ihre Augen funkelten vor Zorn. Es tat ihr nur leid, daß sie nicht in der Lage gewesen war, ihn persönlich damit zu konfrontieren! Wie konnte er es wagen!

Ihre Lippen zogen sich zu einer geraden Linie zusammen. Crysania faltete den Brief wieder zusammen. Eine kleine goldene Dose stand auf dem Toilettentisch neben dem goldumrahmten Spiegel und der Bürste. Crysania hob die Dose auf, warf den Brief hinein und schloß sie wieder. Sie steckte den Schlüssel hinein, drehte ihn um und hörte das Schloß zuschnappen. Sie ließ den Schlüssel in die Tasche fallen, in der sie den Brief gefunden hatte, und sah sich dann noch einmal im Spiegel an.

Sie strich ihr schwarzes Haar aus dem Gesicht, nahm die Kapuze ihrer Robe und zog sie sich über den Kopf. Als sie ihre geröteten Wangen bemerkte, zwang sie sich zum Entspannen und ließ ihren Zorn langsam versickern. Der alte Magier meinte es schließlich gut, sagte sie sich. Und wie sollte ein Magier auch einen Gläubigen verstehen? Sie konnte sich über einen derartigen kleinmütigen Zorn erheben. Paladin war bei ihr. Sie konnte seine Anwesenheit fast spüren. Und der Mann, den sie getroffen hatte, war wirklich der Königspriester!

Sie lächelte, als sie sich an das Gute erinnerte, das er ausgestrahlt hatte. Wie konnte er für die Umwälzung verantwortlich sein? Nein, ihre Seele weigerte sich, das zu glauben. Die Geschichte mußte ihn verleumdet haben. Es stimmte wohl, daß sie nur ein paar Sekunden mit ihm zusammen gewesen war, aber ein so schöner, guter und heiliger Mann und verantwortlich für dieses Sterben und diese Zerstörung? Es war unmöglich! Vielleicht würde sie in der Lage sein, ihn zu verteidigen. Vielleicht war das ein weiterer Grund, warum Paladin sie zurückgeschickt hatte – um die Wahrheit herauszufinden!

Freude erfüllte Crysanias Seele, und in diesem Augenblick hörte sie, daß ihre Freude beantwortet wurde – so schien es ihr bei dem Läuten der Glocken für die Morgenandacht. Die Schönheit der Töne brachte Tränen in ihre Augen. Ihr Herz zersprang vor Aufregung und Glück; sie verließ das Zimmer, eilte hinaus in die prächtigen Korridore und lief fast in Elsa hinein.

»Im Namen der Götter«, rief Elsa erstaunt aus, »ist das möglich? Wie fühlst du dich?«

»Ich fühle mich viel besser, Verehrte Tochter«, antwortete Crysania mit einiger Verwirrung, daran denkend, daß ihre Erzählungen auf sie wie ein wildes und unzusammenhängendes

Gefasel gewirkt haben mußten. »Als... als wäre ich aus einem seltsamen Traum erwacht.«

»Paladin sei gelobt«, murmelte Elsa und musterte Crysania mit einem scharfen, durchdringenden Blick.

»Das habe ich nicht außer Acht gelassen, da kannst du dir sicher sein«, sagte Crysania aufrichtig. In ihrer Freude entging ihr der seltsame Blick der Elfe. »Wolltest du gerade zur Morgenandacht? Wenn ja, darf ich dich begleiten?« Sie sah sich ehrfürchtig in dem prachtvollen Gebäude um. »Ich fürchte, es wird eine Zeitlang dauern, bis ich mich hier zurechtfinde.«

»Natürlich«, entgegnete Elsa, die sich wieder faßte. »Hier entlang.« Sie gingen zurück in den Korridor.

»Ich habe mir auch Sorgen gemacht um den... den jungen Mann, der... der bei mir gefunden wurde«, stammelte Crysania, der plötzlich einfiel, daß sie sehr wenig über die Umstände ihres Erscheinens in dieser Zeit wußte.

Elsas Gesicht wurde kalt und streng. »Er ist gut untergebracht, und man kümmert sich um ihn, meine Liebe. Ist er ein Freund von dir?«

»Nein, natürlich nicht«, antwortete Crysania schnell, sich an ihre letzte Begegnung mit dem betrunkenen Caramon erinnernd. »Er... er war nur meine Eskorte. Eine gemietete Eskorte«, stotterte sie, in der plötzlichen Erkenntnis, daß sie nicht gut im Lügen war.

»Er ist in der Schule der Spiele«, erwiderte Elsa. »Man könnte ihm eine Nachricht zukommen lassen, wenn du besorgt bist.«

Crysania hatte keine Vorstellung, um was für eine Schule es sich handelte, aber sie fürchtete zu viele Fragen zu stellen. Sie bedankte sich also bei Elsa und ließ die Angelegenheit auf sich beruhen. Zumindest wußte sie jetzt, wo Caramon war und daß er sich in Sicherheit befand. Da sie jetzt die Gewißheit über einen Weg zurück in ihre eigene Zeit hatte, entspannte sie sich völlig.

»Ah, sieh, meine Liebe«, sagte Elsa, »da kommt noch jemand, der sich nach deinem Wohlbefinden erkundigen will.«

»Verehrter Sohn.« Crysania verbeugte sich ehrfürchtig, als Quarat auf die zwei Frauen zukam. Dadurch verpaßte sie jedoch den schnellen fragenden Blick zu Elsa und ihr leichtes Nikken.

»Ich bin froh, dich so zu sehen«, sagte Quarat und nahm Crysanias Hand. Er sprach so gefühlvoll und warm, daß die junge Frau vor Freude errötete. »Der Königspriester hat die Nacht im Gebet für deine Genesung verbracht. Dieser Beweis seines Glaubens und seiner Kraft ist überaus erfreulich. Wir werden ihn dir heute abend formal vorstellen. Aber jetzt halte ich dich von der Andacht ab. Bitte, laß dich nicht weiter aufhalten.« Er verbeugte sich vor ihnen und ging an ihnen vorbei.

»Geht er nicht zur Andacht?« fragte Crysania; ihr Blick folgte dem Kleriker.

»Nein, meine Liebe«, sagte Elsa und lächelte über Crysanias Naivität. »Er besucht immer früh am Morgen den Königspriester bei seinen eigenen privaten Zeremonien. Quarat steht immerhin an zweiter Stelle hinter dem Königspriester und muß sich tagtäglich um die allerwichtigsten Angelegenheiten kümmern. Man könnte sagen, wenn der Königspriester das Herz und die Seele der Kirche ist, dann ist Quarat das Gehirn.«

»Oh, wie seltsam«, murmelte Crysania, deren Gedanken bei Elistan weilten.

»Seltsam, meine Liebe?« fragte Elsa in einem leicht mißbilligenden Ton. »Die Gedanken des Königspriesters sind bei den Göttern. Man kann doch nicht erwarten, daß er sich mit den alltäglichen Angelegenheiten der Kirche beschäftigt, oder?«

»O nein, natürlich nicht.« Crysania errötete vor Verlegenheit.

Wie provinziell mußte sie diesen Leuten erscheinen, wie einfach und rückständig! Als sie Elsa durch die hellen und luftigen Gänge folgte, erfüllten die wunderschöne Glockenmusik und der prächtige Gesang des Kirchenchors ihre Seele mit Glückseligkeit. Crysania erinnerte sich an den einfachen Gottesdienst, den Elistan jeden Morgen abhielt. Und er erledigte immer noch den größten Teil der Kirchenarbeit allein!

Jener einfache Gottesdienst kam ihr jetzt schäbig vor, Elistans Tun erniedrigend. Sicherlich war es nicht spurlos an seiner Gesundheit vorbeigegangen. Vielleicht, dachte sie mit Bedauern, würde er länger leben, wenn er von ihm hilfreich zur Seite stehenden Mitarbeitern umgeben wäre.

Nun, das würde sich ändern, entschied Crysania plötzlich, der klar wurde, daß dies ein weiterer Grund war, warum man sie zurückgeschickt hatte – sie war auserwählt worden, den Ruhm der Kirche wiederherzustellen! Vor Aufregung erbebend, in Gedanken bereits mit Änderungsplänen beschäftigt, bat Crysania Elsa, ihr die Kirchenhierarchie zu beschreiben. Elsa war nur allzu erfreut, sich darüber auszulassen, während sie ihren Weg durch den Korridor fortsetzten.

In die Unterhaltung versunken, aufmerksam jedem Wort von Elsa lauschend, dachte Crysania nicht weiter an Quarat, der in diesem Augenblick leise die Tür zu ihrem Schlafzimmer öffnete und hineinging.

Quarat fand innerhalb weniger Augenblicke den Brief Par-Salians. Er hatte fast sofort bemerkt, daß die goldene Dose auf dem Frisiertisch bewegt worden war. Eine schnelle Durchsuchung der Schubladen enthüllte es, und da er den Hauptschlüssel für die Schlösser jeder Dose, Schublade und Tür im Tempel besaß, öffnete er die Dose mühelos.

Der Brief selbst war jedoch nicht so mühelos zu verstehen. Er würde aber in seinem Gedächtnis eingeprägt bleiben; Quarats unglaubliche Fähigkeit, alles, was er sah, sofort zu behalten, war eine seiner großen Begabungen. So hatte er den vollständigen Text des Briefes innerhalb von Sekunden in seinem Gedächtnis gespeichert. Aber, das wurde ihm klar, es würde Stunden des Nachdenkens in Anspruch nehmen, um dem Text einen Sinn zu entnehmen.

Geistesabwesend faltete Quarat den Pergamentbogen zusammen und legte ihn wieder in die Dose zurück, dann stellte er sie in der gleichen Position auf den Tisch. Er verschloß sie, untersuchte ohne viel Interesse die anderen Schubladen, und als er nichts fand, verließ er gedankenverloren das Zimmer der jungen Frau.

Der Inhalt des Briefes war so verwirrend und beunruhigend, daß er seine Termine an diesem Morgen absagte oder sie auf die Schultern von Untergebenen abwälzte. Dann ging er in sein Arbeitszimmer. Hier saß er und rief sich jedes Wort, jeden Satz ins Gedächtnis zurück.

Schließlich hatte er alles verstanden. Drei Dinge waren offenkundig. Erstens konnte die junge Frau zwar eine Klerikerin sein, aber sie hatte mit Zauberkundigen zu tun und war folglich verdächtig. Zweitens befand sich der Königspriester in Gefahr. Das war nicht überraschend, denn die Zauberkundigen hatten gute Gründe, diesen Mann zu hassen und zu fürchten. Drittens, der junge Mann, den man bei Crysania gefunden hatte, war zweifellos ein Meuchelmörder. Crysania selbst konnte eine Komplizin sein.

Quarat lächelte grimmig und beglückwünschte sich, bereits die angemessenen Maßnahmen, um mit dieser Gefahr fertig zu werden, ergriffen zu haben. Er hatte sich darum gekümmert, daß der junge Mann – Caramon war offenbar sein Name – an einem Ort gefangensaß, an dem sich von Zeit zu Zeit fatale Unglücksfälle ereigneten.

Was Crysania betraf, so war sie innerhalb der Tempelmauern gut aufgehoben, wo man sie beobachten und geschickt ausfragen konnte.

Erleichtert aufatmend und geklärten Geistes läutete der Kleriker nach dem Diener, der sein Mittagessen bringen sollte, heilfroh über das Wissen, daß sich zumindest vorläufig der Königspriester in Sicherheit befand.

Quarat war in vielerlei Hinsicht ein außergewöhnlicher Mann, nicht zuletzt deswegen, weil er trotz seines Ehrgeizes die Grenzen seiner Fähigkeiten kannte. Er brauchte den Königspriester, hatte aber nicht den Wunsch, seinen Platz einzunehmen. Quarat war damit zufrieden, sich im Licht seines Herrn zu sonnen, während er unterdessen seine Autorität und Macht auf der Welt ausdehnte – und alles im Namen der Kirche.

Quarat empfand es als unglücklichen Umstand, daß die Götter es für angebracht gehalten hatten, andere, schwächere Rassen zu erschaffen, Rassen wie die Menschen, die – mit ihrem kurzen und hektischen Leben – leichte Ziele für die Versuchungen des Bösen waren. Aber die Elfen lernten damit umzugehen. Wenn sie schon nicht das Böse auf der Welt völlig ausmerzen konnten, dann konnten sie es zumindest unter ihre Kontrolle bringen. Es war die Freiheit, die das Böse hervorbrachte – die Freiheit, eigene Entscheidungen zu treffen. Die Menschen mißbrauchten diese Gabe ständig. Gib ihnen strikte Anweisungen, mach ihnen in eindeutigen Begriffen klar, was recht und falsch ist, schränke diese wilde Freiheit ein, die sie mißbrauchen. Dann, so glaubte Quarat, wären die Menschen zufrieden.

Was die anderen Rassen auf Krynn betraf, nämlich Gnome und Zwerge und Kender, so zwangen Quarat und die Kirche sie, sich in kleinen isolierten Gebieten niederzulassen, wo sie nur wenig Ärger verursachen konnten und im Laufe der Zeit wahrscheinlich aussterben würden. Dieser Plan funktionierte gut bei den Gnomen und Zwergen, die sowieso wenig mit der übrigen Bevölkerung Krynns anfangen konnten. Jedoch fanden die Kender überhaupt keinen Gefallen daran und wanderten immer noch glücklich durch die Lande, verursachten unaufhörlich Ärger und genossen das Leben durch und durch.

An all dies dachte Quarat, als er spät zu Mittag aß und seine Pläne zu schmieden begann. Mit Crysania würde er sich Zeit lassen. Geduld bei allen Dingen. Beobachten. Warten. Ihm fehlte nur noch eines, und das waren weitere Informationen. Zu diesem Zweck läutete er mit seiner kleinen goldenen Glocke.

Der junge Meßdiener, der Denubis zum Königspriester geführt hatte, erschien so schnell und geräuschlos auf diesen Befehl, daß er unter der Tür hervorgeglitten zu sein schien, anstatt sie zu öffnen. »Wie lautet Euer Befehl, Verehrter Sohn?«

»Zwei kleine Aufgaben«, antwortete Quarat, der mit dem Schreiben einer Notiz beschäftigt war und nicht aufsah. »Bring dies zu Fistandantilus. Es ist schon eine Zeit her, daß er mein Gast beim Abendessen war, und ich wünsche mit ihm zu reden.«

»Fistandantilus ist nicht hier, Herr«, entgegnete der Meßdiener. »Ich war auf dem Weg, um Euch davon zu berichten.«

Quarat hob erstaunt seinen Kopf. »Nicht hier?«

»Nein, Verehrter Sohn. Er ist vermutlich in der letzten Nacht aufgebrochen. Zumindest wurde er gestern zum letzten Mal gesehen. Sein Zimmer ist leer, seine Sachen sind verschwunden. Aus gewissen Dingen, die er sagte, kann geschlossen werden, daß er zum Turm der Erzmagier nach Wayreth gereist ist. Gemäß Gerüchten halten die Zauberer eine Versammlung ab, aber niemand weiß Genaues.«

»Eine Versammlung«, wiederholte Quarat stirnrunzelnd. Wayreth war weit entfernt... trotzdem, vielleicht war es doch nicht so entfernt... Umwälzung – dieses seltsame Wort, das in dem Brief verwendet wurde. Konnte es möglich sein, daß die Zauberkundigen eine vernichtende Katastrophe ausheckten? Quarat wurde eiskalt. Langsam zerknüllte er seine Einladung. »Wurden seine Bewegungen verfolgt?«

»Natürlich, Verehrter Sohn. So weit es bei ihm möglich ist. Er hat den Tempel offensichtlich monatelang nicht verlassen. Dann wurde er gestern auf dem Sklavenmarkt gesehen.«

»Dem Sklavenmarkt?« Quarat spürte, wie sich die Eiseskälte auf seinen ganzen Körper ausbreitete. »Was hatte er dort zu suchen?«

»Er hat zwei Sklaven gekauft, Verehrter Sohn.«

Quarat sagte nichts, sah den Meßdiener lediglich mit einem fragenden Blick an.

»Er hat die Sklaven nicht selbst gekauft, Herr. Der Kauf wurde durch einen seiner Agenten getätigt.«

»Was für Sklaven?« Aber Quarat wußte bereits die Antwort.

»Die zwei, die beschuldigt wurden, die Klerikerin überfallen zu haben, Verehrter Sohn.«

»Ich gab Befehl, daß sie entweder an den Zwerg oder an die Minen verkauft werden sollten.«

»Barak hat sein Bestes getan, und in der Tat hat der Zwerg für sie geboten, Herr. Aber die Agenten des Schwarzen haben ihn überboten. Barak konnte dagegen nichts unternehmen. Denkt an den Skandal. Außerdem hat sein Agent sie in die Schule geschickt...«

»Ja«, murmelte Quarat. Es paßte also alles zusammen. Fistandantilus hatte sogar die Frechheit besessen, den jungen Mann, den Meuchelmörder, zu kaufen! Dann war er verschwunden. Zweifellos zur Berichterstattung. Aber warum sollten sich die Magier mit Meuchelmördern abgeben? Fistandantilus hätte den Königspriester bei zahllosen Gelegenheiten töten können. Quarat hatte den unangenehmen Eindruck, daß er von einem gutbeleuchteten Weg in einen dunklen und verräterischen Wald gelaufen war.

Er saß so lange in sorgenvollem Schweigen da, daß der junge Meßdiener sich dreimal räusperte, um an seine Anwesenheit zu erinnern.

»Ihr habt noch eine weitere Aufgabe für mich, Verehrter Sohn?«

Quarat nickte langsam. »Ja, und diese Neuigkeit macht sie noch wichtiger. Ich wünsche, daß du dich persönlich darum kümmerst. Ich muß mit dem Zwerg sprechen.«

Der Meßdiener verbeugte sich und verließ das Zimmer. Es bestand keine Notwendigkeit zu fragen, wen Quarat meinte – in Istar gab es nur einen Zwerg!

Doch niemand wußte so genau, wer Arak Steinbrecher eigentlich war oder woher er kam. Er machte über seine Vergangenheit niemals eine Bemerkung und knurrte im allgemeinen so bösartig, wenn dieses Thema aufkam, daß es unverzüglich fallengelassen wurde. Es gab mehrere interessante Vermutungen über ihn. Die beliebteste war, daß er ein Ausgestoßener aus Thorbadin sei, der uralten Heimat der Bergzwerge, wo er ein Verbrechen verübt habe, das zu seinem Exil führte. Aber welches Verbrechen er verübt haben könnte, das wußte keiner.

Andere Gerüchte behaupteten, daß er in Wirklichkeit ein

Dewar sei, einer der bösartigen Zwerge, die von ihren Verwandten fast ausgelöscht und regelrecht ins Erdinnere getrieben worden waren. Obgleich Arak eigentlich nicht wie ein Dewar aussah oder so handelte, wurde dieses Gerücht angesichts der Tatsache gern geglaubt, daß Araks einziger Begleiter ein Oger war. Nach anderen Gerüchten kam Arak überhaupt nicht aus Ansalon, sondern von irgendwo jenseits des Meeres.

Fest stand jedoch, daß er der am niederträchtigsten aussehende Vertreter seiner Rasse war, der jemals gesichtet wurde. Die ungleichmäßigen Narben, die sich senkrecht über sein Gesicht zogen, verliehen ihm einen ständigen finsteren Ausdruck. Er war nicht fett, er wog nicht ein Gramm zuviel. Er bewegte sich mit der Anmut einer Katze, und wenn er stand, dann setzte er seine Füße so fest, daß sie ein Teil des Bodens zu sein schienen.

Woher er auch kam – Arak lebte in Istar nun seit so vielen Jahren, daß seine Herkunft selten besprochen wurde. Er und der Oger, der Raag hieß, waren in den alten Zeiten wegen der Spiele gekommen, als diese noch wirkliche Spiele waren. Unverzüglich wurden sie große Lieblinge der Zuschauer. Einwohner Istars erzählten immer noch, wie Raag und Arak den mächtigen Minotaurus Darmork in drei Runden besiegt hatten. Es fing damit an, daß Darmork den Zwerg aus der Arena geschleudert hatte. Raag, in einem rasenden Wutanfall, hob, mehrere schreckliche Messerwunden ignorierend, den Minotaurus vom Boden und spießte ihn auf dem riesigen Freiheitsturm inmitten des Rings auf.

Arak erzählte seinen zwei neuen Sklaven die grauenhaften Einzelheiten dieses Kampfes. »Auf diese Weise habe ich dieses alte zersprungene Gesicht erhalten«, sagte er zu Caramon, als er den großen Mann und den Kender durch die Straßen Istars führte. »Und auf diese Weise haben Raag und ich uns einen Namen bei den Spielen gemacht.«

»Was für Spielen?« fragte Tolpan, der über seine Ketten stolperte und zum großen Vergnügen der Menge auf dem Marktplatz flach auf sein Gesicht fiel.

Arak blickte vor Verärgerung finster. »Nimm diese verdammten Dinger ab«, befahl er dem riesenhaften gelbhäutigen Oger, der als Wache tätig war. »Ich denke, du wirst nicht davonlaufen und deinen Freund allein zurücklassen, nicht wahr?« Er musterte Tolpan eingehend. »Nein, ich glaube es nicht. Man sagte mir, daß du eine Gelegenheit zum Weglaufen hattest und sie nicht genutzt hast. Denk einfach daran, daß du nicht an mir vorbeiläufst!« Araks üblicher finsterer Blick vertiefte sich. »Ich habe noch nie einen Kender gekauft, aber mir blieb nichts anderes übrig. *Sie* sagten, daß man euch nur zusammen kaufen kann. Vergiß nur nicht, daß – soweit es mich betrifft – du wertlos bist. Nun, welche dämliche Frage hast du gestellt?«

»Wie willst du uns die Ketten abnehmen? Brauchst du keinen Schlüssel? Oh...« Tolpan beobachtete mit Erstaunen, wie der Oger die Ketten ergriff und mit einem schnellen Ruck auseinanderriß.

»Hat du das gesehen, Caramon?« fragte Tolpan, als der Oger ihn hochhob und auf die Füße stellte. »Er ist wirklich stark! Ich habe noch nie einen Oger kennengelernt. Was habe ich gesagt? Oh, die Spiele. Was für Spiele?«

»Nun, die Spiele!« schnappte Arak aufgebracht.

Tolpan warf Caramon einen Blick zu, aber der große Mann zuckte mit den Schultern und schüttelte den Kopf. Offensichtlich war es etwas, worüber jedermann Bescheid wußte. Zu viele Fragen würden verdächtig wirken. Tolpan stöberte in seinem Gedächtnis, versuchte sich jede Geschichte in Erinnerung zu rufen, die er jemals über die alten Zeiten vor der Umwälzung gehört hatte. Plötzlich hielt er den Atem an. »Die Spiele!« sagte er zu Caramon und vergaß dabei den Zwerg, der zuhörte. »Die großen Spiele von Istar! Erinnerst du dich nicht?«

Caramons Gesicht verzog sich grimmig.

»Du meinst, dahin gehen wir?« wandte sich Tolpan mit großen Augen an den Zwerg. »Wir werden Gladiatoren? Und kämpfen in der Arena, mit Zuschauern und allem? Caramon, denk doch! Die großen Spiele von Istar! Ich habe Geschichten gehört...«

»Ich auch«, sagte der große Mann langsam, »und du kannst es vergessen, Zwerg. Ich habe Menschen getötet, das gebe ich zu – aber nur, wenn es um mein Leben ging. Ich habe das Töten nie genossen. Ich sehe immer noch manchmal in der Nacht ihre Gesichter. Ich bringe niemanden zum Vergnügen um!«

Er sagte das so ernst, daß Raag dem Zwerg einen fragenden Blick zuwarf und leicht seine Keule hob; ein eifriger Ausdruck lag in seinem gelben, warzigen Gesicht. Aber Arak funkelte ihn wütend an und schüttelte den Kopf.

Tolpan musterte Caramon mit neuem Respekt. »Aus dieser Sicht habe ich das noch nie betrachtet«, sagte der Kender leise. »Ich denke, du hast recht, Caramon.« Er wandte sich wieder zum Zwerg: »Es tut mir wirklich leid, Arak, aber wir werden für dich nicht kämpfen können.«

Arak kicherte. »Du wirst kämpfen. Und warum? Weil das die einzige Möglichkeit ist, daß du dieses Band vom Hals bekommst, darum.«

Caramon schüttelte den Kopf. »Ich werde nicht töten...«

Der Zwerg schnaufte verächtlich. »Wo habt ihr beide eigentlich gelebt? Am Grund des Sirrion-Meeres? Oder sind in Solace alle so dämlich wie ihr? Niemand kämpft mehr in der Arena, um zu töten.« Sein Blick verschleierte sich. »Diese Zeiten sind vorbei, auch wenn es eine Schande ist. Es ist alles vorgetäuscht.«

»Vorgetäuscht?« wiederholte Tolpan verblüfft. Caramon blickte den Zwerg finster an und sagte nichts; offensichtlich glaubte er kein einziges Wort.

»Vor zehn Jahren gab es in der alten Arena den letzten richtigen Kampf«, bekannte Arak. »Es fing alles mit den Elfen an.« Er spuckte auf den Boden. »Vor zehn Jahren überredeten die Elfenkleriker – zur Hölle mit ihnen! – den Königspriester, den Spielen ein Ende zu bereiten. Bezeichneten sie als ›barbarisch‹! Barbarisch, ha!« Der finstere Blick des Zwergen verzerrte sich, dann seufzte er wieder und schüttelte den Kopf. »Alle großen Gladiatoren sind gegangen«, sagte er sehnsüchtig. »Danark, der Hobgoblin – so einem bösartigen Kämpfer bist du noch nie über den Weg gelaufen. Und der alte einäugige Josef. Erinnerst du dich an ihn, Raag?« Der Oger nickte traurig. »Behauptete, ein Ritter aus Solamnia zu sein. Kämpfte immer in voller Rüstung. Sie sind alle gegangen, außer mir und Raag.« Tief in den kalten Augen des Zwerges erschien ein Glanz. »Wir wußten nicht, wohin wir gehen sollten, weißt du, und außerdem – ich hatte das Gefühl, daß es mit den Spielen nicht vorbei ist. Noch nicht.«

Arak und Raag blieben in Istar. Sie behielten ihre Quartiere in der verlassenen Arena bei und wurden dann inoffizielle Verwalter. Raag schleppte sich zwischen den Tribünen dahin, fegte die Gänge mit einem primitiven Besen oder saß einfach da und starrte stumpfsinnig in die Arena, wo Arak arbeitete – der Zwerg kümmerte sich liebevoll um die Maschinen in den Totengruben, ölte sie und hielt sie betriebsbereit. Die den Zwerg sahen, bemerkten manchmal ein seltsames Lächeln in seinem bärtigen Gesicht mit der gebrochenen Nase.

Arak behielt recht. Die Spiele waren einige Monate verboten, als die Kleriker zu bemerken begannen, daß ihre friedliche Stadt gar nicht mehr so friedlich war. In den Tavernen brachen in beunruhigender Häufigkeit Kämpfe aus, in den Straßen kam es zu Schlägereien und einmal sogar zu einem großen Aufruhr. Es gab Gerüchte, daß die Spiele in Höhlen außerhalb der Stadt abgehalten würden. Die Entdeckung mehrerer mißhandelter und verstümmelter Körper schien diese Gerüchte zu bestätigen. Schließlich schickte eine Gruppe menschlicher und elfischer Herren eine Delegation zum Königspriester mit der Bitte, die Spiele wieder stattfinden zu lassen.

Zuerst wollte der Königspriester nichts davon hören. Er hatte schon immer die brutalen Wettkämpfe verabscheut. Das Leben war ein heiliges Geschenk der Götter, nicht etwas, das genommen werden durfte.

»Und dann kam ich, der ihnen die Antwort gab«, erzählte Arak selbstgefällig. »Zuerst wollten sie mich nicht in ihren feinen Tempel einlassen.« Er grinste. »Aber niemand kann Raag aufhalten, wenn er es sich in den Kopf gesetzt hat, irgendwohin zu gehen. Ihnen blieb also keine andere Wahl. ›Fangt wieder mit den Spielen an‹, sagte ich ihnen, und sie sahen mit ihren langen Nasen auf mich herab. ›Aber es braucht kein Töten zu geben‹, sagte ich. ›Kein richtiges Töten, genau gesagt. Jetzt hört mir mal zu. Ihr habt doch die Straßenkomödianten gesehen, die Huma spielen, oder nicht? Ihr habt gesehen, wie der Ritter auf den Boden fällt, blutend und stöhnend. Doch fünf Minuten später ist er wieder auf den Beinen und trinkt in einer Taverne Bier. Komm her, Raag.‹ Raag kam zu mir, ein breites Grinsen in seinem häßlichen gelben Gesicht. ›Gib mir dein Schwert, Raag‹, befahl ich. Bevor sie ein Wort sagen konnten, stieß ich das Schwert in Raags Bauch. Du hättest ihn sehen sollen. Überall Blut! Lief über meine Hände, spritzte aus seinem Mund. Er schrie laut auf und fiel zu Boden, zuckte und stöhnte. Du hättest sie kreischen hören sollen«, erzählte der Zwerg ausgelassen. »Ich dachte, wir müßten die Elfenherren vom Boden aufheben. Bevor sie die Wachen rufen konnten, ging ich zu Raag. ›Du kannst jetzt aufstehen, Raag‹, sagte ich. Und er setzte sich auf und grinste sie breit an. Nun, sie fingen alle gleichzeitig zu reden an.« Der Zwerg ahmte die hohen Elfenstimmen nach. »›Bemerkenswert! Wie habt ihr das gemacht?‹«

»Ja, wie habt ihr das wirklich gemacht?« fragte Tolpan begierig.

Arak zuckte die Schultern. »Du wirst es schon lernen. Eine Menge Hühnerblut, ein Schwert mit einer Klinge, die sich im Griff zusammenklappen läßt – es ist ganz einfach. Das habe ich ihnen gesagt. Außerdem ist es einfach, Gladiatoren beizubringen, so zu tun, als ob sie verletzt seien, sogar einem Dummkopf wie dem alten Raag.«

Tolpan warf dem Oger einen beunruhigten Blick zu, aber Raag grinste den Zwerg nur liebevoll an. »Die meisten hatten sowieso ihre Kämpfe übertrieben, damit es für die Zuschauer besser aussieht. Nun, der Königspriester war davon begeistert und« – der Zwerg richtete sich stolz auf – »machte mich sogar zum Meister der Spiele.«

»Ich verstehe nicht«, sagte Caramon langsam. »Du meinst,

die Leute zahlen, um hereingelegt zu werden? Sie müssen doch dahintergekommen sein...«

»Ja sicher«, höhnte Arak. »Wir haben daraus niemals ein großes Geheimnis gemacht. Und jetzt ist es der beliebteste Zeitvertreib auf Krynn. Die Leute reisen Hunderte von Meilen, um die Spiele zu sehen. Die Elfenherren kommen – und manchmal sogar der Königspriester. Nun, wir sind da«, sagte er, blieb vor einem riesigen Stadion stehen und sah stolzerfüllt hoch.

Es war aus Stein und uralt, aber zu welchem Zweck es ursprünglich errichtet worden war, wußte niemand mehr. An Spieltagen flatterten leuchtende Flaggen von den Spitzen der Steintürme, und es wimmelte von Zuschauern. Aber heute fanden keine Spiele statt, noch würden welche bis zum Ende des Sommers stattfinden.

»Du meinst, niemand wird getötet?« sagte Caramon.

Tolpan fiel auf, daß der Zwerg Caramon merkwürdig ansah. Araks Gesichtsausdruck war plötzlich grausam und berechnend, seine dunklen buschigen Augenbrauen legten sich über seinen kleinen Augen in Falten. Caramon bemerkte es nicht.

»Niemand«, sagte der Zwerg grinsend und schlug auf Caramons breiten Arm. »Niemand...«

6

Der Oger führte Caramon und Tolpan in einen großen Raum. Caramon hatte den fiebrigen Eindruck, daß er mit Leuten gefüllt war.

»Er neuer Mann«, grunzte Raag und stieß einen gelben, schmutzigen Finger in Caramons Richtung, als der große Mann neben ihm stand. Das war Caramons Einführung in die »Schule«. Er errötete, sich des Eisenbandes um seinen Hals unangenehm bewußt, das ihn als das Eigentum eines anderen brandmarkte, und hielt die Augen auf den strohbedeckten Holzboden gerichtet. Als er nur ein Murmeln auf Raags Vorstellung hörte, sah er auf. Jetzt erkannte er, daß er sich in einem Speisesaal befand. Zwanzig oder dreißig Männer der verschiedensten Rassen und Nationalitäten saßen in kleinen Gruppen zusammen und aßen zu Abend.

Einige Männer sahen Caramon interessiert an, doch die meisten beachteten ihn überhaupt nicht. Einige wenige nickten, die Mehrheit aß weiter. Caramon war sich nicht sicher, was er tun sollte, aber Raag löste das Problem. Er legte eine Hand auf Caramons Schulter und schob ihn grob zu einem Tisch. Caramon stolperte und stürzte fast, schaffte es jedoch, das Gleichgewicht wiederzuerlangen, bevor er gegen den Tisch knallte. Er wirbelte herum und funkelte den Oger wütend an. Raag stand da und grinste ihn an, seine Hände zuckten.

Ich werde provoziert, erkannte Caramon, der diesen Blick schon viele Male in Kneipen gesehen hatte, wo immer jemand versuchte, den großen Mann zu einem Kampf anzustacheln. Und diesen Kampf würde er nicht gewinnen können. Obwohl Caramon fast zwei Meter groß war, erreichte er nicht einmal die Schulter des Ogers, und Raags Riesenhand konnte sich zweimal um Caramons dicken Hals legen. Caramon schluckte, rieb sein verletztes Bein und setzte sich auf die lange Holzbank.

Mit einem Schulterzucken und einem Gemurmel der Enttäuschung wandten sich die Männer wieder ihrem Essen zu. Von einem Tisch in einer Ecke, an dem eine Gruppe Minotaurier saß, kam Gelächter. Raag grinste sie an und verließ den Raum.

Caramon, der vor Unsicherheit errötete, duckte sich auf der Bank und versuchte, sich so klein wie möglich zu machen. Jemand saß ihm gegenüber, aber der große Krieger brachte es nicht über sich, dem Blick des Mannes zu begegnen.

Tolpan hatte jedoch keine derartigen Hemmungen. Er kletterte neben Caramon auf die Bank und musterte ihren Nachbarn mit Interesse. »Ich bin Tolpan Barfuß«, sagte er und streckte seine kleine Hand dem großen schwarzhäutigen Mann entgegen, der ebenfalls ein Eisenband trug und ihnen gegenübersaß. »Ich bin auch neu«, fügte er hinzu.

Der schwarze Mann sah von seinem Essen auf, blickte Tolpan an, übersah dessen Hand und wandte seinen Blick dann Caramon zu. »Ihr beide seid Partner?«

»Ja«, antwortete Caramon. Plötzlich wurde er sich des Essensgeruchs bewußt und schnupperte hungrig; das Wasser lief ihm im Mund zusammen. Er sah auf den Teller des Mannes, der mit Rehfleisch, Kartoffeln und Brotscheiben beladen war, und seufzte. »Sieht jedenfalls so aus, als ob sie uns gut ernähren.«

Caramon bemerkte, wie der schwarzhäutige Mann auf seinen dicken Bauch sah und dann amüsierte Blicke mit einer hochgewachsenen, außergewöhnlich schönen Frau austauschte, die neben ihm saß und deren Teller gleichfalls vollbeladen war.

Als Caramon sie anblickte, weiteten sich seine Augen. Unbeholfen versuchte er, sich zu erheben und zu verbeugen. »Euer Diener, meine Dame...«, begann er.

»Setz dich, du Hornochse!« keifte die Frau wütend. »Du bringst sie alle zum Lachen!«

In der Tat kicherten mehrere Männer. Die Frau drehte sich um und funkelte sie an, ihre Hand schoß zu einem Dolch, den sie in ihrem Gürtel trug. Beim Anblick ihrer aufblitzenden grünen Augen schluckten die Männer ihr Lachen hinunter und kümmerten sich wieder um ihr Essen. Die Frau überzeugte sich erst, daß alle eingeschüchtert waren, dann wandte auch sie ihre Aufmerksamkeit wieder dem Mahl zu und stieß ihre Gabel in das Fleisch.

»Es... es tut mir leid«, stammelte Caramon. Sein breites Gesicht lief rot an. »Ich wollte nicht...«

»Vergiß es«, sagte die Frau mit heiserer Stimme. Ihr Akzent war seltsam. Caramon konnte ihn nicht einordnen. Sie schien ein Mensch zu sein, aber ihre Aussprache war seltsam, und ihr Haar wies eine höchst sonderbare Farbe auf – es war ein mattes Bleigrün. Es war dick und glatt, und sie trug es in einem langen Zopf, der auf ihren Rücken fiel. »Ich weiß, du bist neu hier. Du wirst mich nicht anders als die anderen behandeln. Weder innerhalb noch außerhalb der Arena. Kapiert?«

»Die Arena?« fragte Caramon verständnislos. »Du – du bist ein Gladiator?«

»Und zwar einer der besten«, ergänzte der schwarzhäutige Mann, der ihnen gegenübersaß, mit einem Grinsen. »Ich bin Pheragas aus dem nördlichen Ergod, und das ist Kiiri, die Sirene...«

»Eine Sirene! Aus dem Meer?« fragte Tolpan. »Eine von diesen Frauen, die ihre Gestalt verändern können und...«

Die Frau warf dem Kender einen so zornigen Blick zu, daß Tolpan blinzelte und in Schweigen verfiel. Dann ging ihr Blick zu Caramon. »Findest du das komisch, Sklave?« fragte Kiiri; ihre Augen waren auf Caramons neues Halsband gerichtet.

Caramon legte seine Hand darüber und errötete wieder. Kiiri lachte kurz und bitter auf, aber Pheragas musterte ihn mit Mitleid. »Du wirst dich im Lauf der Zeit daran gewöhnen«, sagte er mit einem Schulterzucken.

»Ich werde mich niemals daran gewöhnen!« widersprach Caramon und ballte seine große Hand zusammen.

Kiiri blickte ihn schnell an. »Du wirst es, oder dein Herz wird brechen, und du wirst sterben«, sagte sie kühl. Sie war so schön, und ihr Verhalten war so stolz, daß ihr Eisenband eine Kette aus feinstem Gold hätte sein können, dachte Caramon. Er wollte gerade etwas erwidern, als er von einem dicken Mann mit einer weißen, fettigen Schürze unterbrochen wurde, der einen Teller mit Essen vor Tolpan warf.

»Danke schön«, sagte der Kender höflich.

»Gewöhn dich ja nicht an diese Gefälligkeit«, fauchte der Koch. »Danach holst du dir deinen Teller selbst, so wie jeder andere auch. Hier« – er schleuderte eine Holzscheibe vor den Kender –, »das ist deine Speisenrechnung. Zeig das vor, oder du ißt nicht. Und hier ist deine«, fügte er hinzu und warf eine vor Caramon.

»Wo ist mein Essen?« fragte Caramon und steckte die Holzscheibe ein.

Der Koch knallte eine Schüssel vor den großen Mann und drehte sich um.

»Was ist das?« knurrte Caramon und starrte auf die Schüssel.

Tolpan lehnte sich hinüber. »Hühnerbrühe«, sagte er hilfsbereit.

»Ich weiß, was das ist«, sagte Caramon mit tiefer Stimme. »Ich meine, das ist ein Witz. Aber ich finde das nicht witzig«, fügte er hinzu und sah finster zu Pheragas und Kiiri, die ihn angrinsten. Caramon ergriff den Koch und zog ihn zurück. »Nimm dieses Spülwasser mit und bring mir etwas zu essen!«

Mit überraschender Schnelligkeit riß sich der Koch von Caramons Griff los, drehte den Arm des großen Mannes nach hinten und stieß sein Gesicht in die Suppenschüssel. »Iß und genieß es«, fauchte er und zog Caramons triefenden Kopf an den Haaren aus der Suppe. »Weil es das einzige ist, was du ungefähr einen Monat zu sehen bekommst.«

Tolpan unterbrach sein Mahl. Er bemerkte, daß alle Anwesenden ebenfalls mit dem Essen aufgehört hatten, sicher, daß diesmal ein Kampf stattfinden würde.

Caramons Gesicht, an dem die Suppe herabtropfte, war leichenblaß. Auf den Wangen erschienen rote Flecken, und seine Augen funkelten gefährlich.

Der Koch beobachtete ihn selbstgefällig.

Caramon ballte die Hände; die Knöchel liefen weiß an. Eine der großen Hände hob sich, und langsam begann Caramon die Suppe aus seinem Gesicht zu wischen.

Mit einem verächtlichen Schnaufen wandte sich der Koch ab und stolzierte von dannen.

Tolpan seufzte. Das war jedenfalls nicht der alte Caramon, dachte er traurig und erinnerte sich an den Mann, der zwei Drakonier getötet hatte, indem er mit bloßen Händen ihre Köpfe zusammengestoßen hatte, an den Caramon, der einst fünfzehn Raufbolde mit den verschiedensten Verletzungen zurückgelassen hatte, als sie versuchten, den großen Mann auszurauben. Tolpan schluckte die scharfen Worte hinunter, die auf seiner Zunge lagen, und wandte sich wieder dem Essen zu.

Caramon aß langsam, löffelte die Suppe und schluckte sie hinunter, ohne daß er sie zu schmecken schien. Tolpan sah, wie die Frau und der schwarzhäutige Mann wieder Blicke tauschten, und kurz befürchtete er, daß sie über Caramon lachen würden. Kiiri wollte tatsächlich etwas sagen, aber als sie zum vorderen Teil des Raumes blickte, schloß sie den Mund und aß weiter. Tolpan sah Raag wieder den Speisesaal betreten, zwei stämmige Menschen trotteten hinter ihm her.

Sie gingen durch den Raum und blieben hinter Caramon stehen. Raag stieß den großen Krieger an.

Caramon sah sich langsam um. »Was ist los?« fragte er mit einer abgestumpften Stimme, die Tolpan nicht wiedererkannte.

»Du kommst jetzt mit«, sagte Raag.

»Ich esse gerade«, begann Caramon, aber die zwei Menschen ergriffen den großen Mann an den Armen und zogen ihn von der Bank, bevor er seinen Satz beenden konnte. Dann bemerkte Tolpan einen Funken von Caramons altem Kampfgeist. Sein Gesicht lief zu einem dunklen Rot an, und er richtete einen unbeholfenen Schlag gegen einen der Kerle. Aber der Mann, der ihn höhnisch angrinste, wich ihm mühelos aus. Sein Partner trat Caramon heftig in den Bauch. Caramon brach stöhnend zusammen. Die zwei Menschen zogen ihn auf die Füße hoch. Mit hängendem Kopf ließ sich Caramon wegführen.

»Warte! Wo...« Tolpan erhob sich, spürte aber eine starke Hand sich über der seinen schließen.

Kiiri schüttelte warnend den Kopf, und Tolpan setzte sich wieder. »Was werden sie mit ihm anstellen?« fragte er.

Die Frau zuckte die Schultern. »Beende dein Mahl«, sagte sie mit strenger Stimme.

Tolpan legte seine Gabel hin. »Ich bin eigentlich nicht sehr hungrig«, murmelte er verzagt.

Der ihm gegenübersitzende schwarzhäutige Mann lächelte den Kender an. »Komm schon«, sagte er, erhob sich und streckte Tolpan freundlich seine Hand entgegen. »Ich zeige dir dein Zimmer. Wir machen das alle am ersten Tag durch. Mit deinem Freund wird alles in Ordnung sein – im Lauf der Zeit.«

»Im Lauf der Zeit«, höhnte Kiiri und schob ihren Teller beiseite.

Tolpan lag allein in dem Zimmer, das er angeblich mit Caramon teilen sollte. Es war sehr karg und sah mehr wie eine Gefängniszelle als wie ein Zimmer aus.

Aber Kiiri hatte ihm erklärt, daß alle Gladiatoren in solchen Zimmern untergebracht seien. »Sie sind sauber und warm«, sagte sie. »Außerdem würden wir verweichlichen, wenn wir im Luxus schwelgen dürften.«

Nun, da bestand sicherlich keine Gefahr, soweit der Kender es beurteilen konnte, als er die nackten Steinwände, den strohbedeckten Boden, einen Tisch mit einem Wasserkrug und einer Schüssel und zwei kleine Kommoden, in denen sie wohl ihre Besitztümer aufbewahren sollten, betrachtete. Ein einziges Fenster hoch oben in der Decke ließ einen Sonnenstrahl herein. Tolpan lag auf dem harten Bett und sah die Sonne durch das Zimmer wandern. Der Kender wäre gern auf Erkundung gegangen, hatte aber das Gefühl, daß er nicht viel Freude daran hätte, solange er nicht wußte, was sie mit Caramon angestellt hatten.

Der Sonnenstrahl auf dem Boden wurde länger und länger. Eine Tür öffnete sich, und Tolpan sprang aufgeregt auf, aber es war nur ein anderer Sklave, der einen Sack auf den Boden warf und dann wieder die Tür verschloß. Tolpan untersuchte den Sack, und sein Herz sank. Es waren Caramons Sachen! Tolpan untersuchte sie eingehend und ängstlich, forschte nach Blutflecken. Nichts. Sie schienen unversehrt zu sein... seine Hand schloß sich um etwas Hartes in einer Geheimtasche.

Schnell zog Tolpan es hervor. Er hielt den Atem an. Das magische Gerät von Par-Salian! Wie haben sie es nur übersehen können? fragte er sich, als er bewundernd den mit Juwelen besetzten Anhänger in seiner Hand betrachtete. Zweifellos verfügte es über die Kraft, nicht entdeckt zu werden, wenn es nicht entdeckt werden wollte.

Tolpan seufzte vor Zufriedenheit, als er es hielt und das Sonnenlicht auf den Juwelen funkeln sah. Das war der schönste, phantastischste Gegenstand, den er in seinem ganzen Leben gesehen hatte. Er wollte ihn behalten. Ohne zu denken, erhob sich sein kleiner Körper und steuerte auf seine Beutel zu.

»Tolpan Barfuß«, sagte eine Stimme, die unbehaglicherweise wie die Flints klang, »dies ist eine ernste Angelegenheit, in die du dich einmischest. Dies ist der Weg zurück. Par-Salian selbst, der große Par-Salian, überreichte es Caramon in einer Zeremonie. Es gehört Caramon. Es ist sein, du hast keinen Anspruch darauf!«

Tolpan erbebte. Mit Sicherheit hatte er in seinem ganzen Leben noch nie solche Gedanken gehegt. Zweifelnd betrachtete er das Gerät. Vielleicht legte es diese ungemütlichen Gedanken in seinen Kopf! Eilig trug er das Gerät zurück und legte es in Caramons Kommode. Als zusätzliche Vorsichtsmaßnahme verschloß er die Kommode und stopfte den Schlüssel in Caramons Kleidung. Sich noch elender fühlend, legte er sich wieder auf sein Bett.

Das Sonnenlicht war gerade verschwunden, und der Kender wurde immer nervöser, als er von draußen ein Geräusch hörte. Die Tür wurde heftig aufgestoßen.

»Caramon!« schrie Tolpan entsetzt und sprang auf.

Die zwei stämmigen Menschen schleiften den großen Mann über die Türschwelle und warfen ihn auf das Bett. Dann zogen sie grinsend ab und schlugen die Tür hinter sich zu. Von dem Bett kam ein leises Stöhnen.

»Caramon!« murmelte Tolpan. Eilig ergriff er den Wasserkrug, schüttete Wasser in die Schüssel und trug sie zum Bett des großen Kriegers. »Was haben sie getan?« fragte er leise und befeuchtete die Lippen des Mannes mit Wasser.

Caramon stöhnte wieder und schüttelte schwach den Kopf. Tolpan warf schnell einen Blick auf den Körper des großen Mannes. Er wies keine sichtbaren Verletzungen auf, kein Blut, keine Schwellung, keine Striemen oder Anzeichen von Peitschenhieben. Dennoch war er gefoltert worden, das war offensichtlich. Der große Mann litt unerträgliche Schmerzen. Sein Körper war mit Schweiß bedeckt. Ständig zuckten verschiedene Muskeln, und ein schmerzhaftes Stöhnen entfuhr seinen Lippen.

»War... war es die Streckfolter?« fragte Tolpan. »Das Rad vielleicht? Daumenschrauben?« Keines dieser Folterwerkzeuge hinterließ Spuren am Körper, zumindest hatte er das gehört.

Caramon murmelte ein Wort.

»Was?« Tolpan beugte sich zu ihm, befeuchtete sein Gesicht mit Wasser. »Was hast du gesagt? Gym... gym... und was? Ich habe es nicht verstanden.« Seine Augenbrauen furchten sich. »Ich habe niemals von einer Folter gehört, die Gym... heißt«, murmelte er. »Ich frage mich, was das sein könnte.«

Caramon wiederholte es, stöhnte wieder.

»Gym... gym... gymnastik!« rief Tolpan triumphierend. Dann ließ er den Wasserkrug auf den Boden fallen. »Gymnastik? Das ist aber keine Folter!«

Caramon stöhnte wieder.

»Das sind Turnübungen!« kreischte Tolpan. »Meinst du etwa, daß ich hier warte, vor Sorgen krank bin, mir alle möglichen entsetzlichen Dinge ausmale, und du treibst nur Gymnastik?«

Caramon hatte gerade noch die Kraft, sich aufzurichten. Er streckte seine große Hand aus, ergriff Tolpan am Kragen seines Hemdes und zog ihn zu sich. »Ich wurde einmal von Goblins gefangengenommen«, sagte er in heiserem Flüsterton, »und sie fesselten mich an einen Baum und verbrachten die ganze Nacht damit, mich zu foltern. Ich wurde von Drakoniern in Xak Tsaroth verletzt. Kleine Drachen kauten an meinem Bein in den Verliesen der Königin der Finsternis. Und ich schwöre dir, daß ich jetzt mehr Schmerzen habe, als ich je in meinem ganzen Leben durchgemacht habe! Laß mich allein, laß mich in Ruhe sterben.« Mit einem Stöhnen fiel Caramons Hand zur Seite. Er schloß die Augen.

Ein Grinsen unterdrückend, kroch Tolpan zurück zu seinem Bett. »Er glaubt, daß er jetzt Schmerzen hat«, sinnierte er. »Warte nur bis zum Morgen!«

Der Sommer in Istar endete. Der Herbst kam, einer der schönsten, an den sich jeder erinnerte. Caramons Ausbildung begann, und der Krieger starb nicht, obgleich es Zeiten gab, in denen er dachte, daß der Tod einfacher wäre. Auch Tolpan war mehr als einmal versucht, das große verwöhnte Kind aus seinem Elend zu befördern. Eine Gelegenheit ergab sich eines Nachts, als er von einem herzzerreißenden Schluchzen geweckt wurde.

»Caramon?« fragte Tolpan verschlafen und richtete sich in seinem Bett auf.

Keine Antwort, nur ein weiteres Schluchzen.

»Was ist los?« fragte Tolpan besorgt. Er verließ sein Bett und tappte über den kalten Steinboden. »Hast du geträumt?« Er konnte Caramon im Mondschein nicken sehen. »Hast du von Tika geträumt?« fragte er und fühlte Tränen in seine Augen steigen angesichts der Trauer des Mannes.

»Ein Muffin!« schluchzte Caramon.

»Was?« fragte Tolpan verblüfft.

»Ein Muffin!« blubberte Caramon. »O Tolpan! Ich bin so hungrig. Und ich habe von einem Muffin geträumt, so wie Tika sie immer gebacken hat, ganz mit klebrigem Honig bedeckt und mit diesen kleinen gemahlenen Nüssen...«

Tolpan hob einen Schuh auf, schleuderte ihn auf Caramon und ging voller Abscheu in sein Bett zurück.

Aber am Ende des zweiten Monats ihrer strengen Ausbildung musterte Tolpan Caramon, und der Kender mußte sich eingestehen, daß es genau das war, was der große Mann auch nötig hatte. Die Fettrollen um die Taille des großen Mannes waren verschwunden, die schwabbeligen Oberschenkel waren wieder hart und muskulös, in seinen Armen und an Brust und Rücken spielten Muskeln. Seine Augen waren hell und wachsam, ohne den abgestumpften leeren Blick. Der Zwergenspiritus war aus seinem Körper ausgeschwitzt, die Nase war nicht mehr rot. Sein Körper war von der Sonne gebräunt. Der Zwerg hatte entschieden, daß Caramon sein braunes Haar lang wachsen lassen sollte, wie es in Istar zur Zeit Mode war, und jetzt lockte es sich um sein Gesicht und über seinen Rücken.

Auch war er nun ein geübter Kämpfer. Arak importierte Ausbilder aus der ganzen Welt, und jetzt lernte Caramon Techniken von den Besten. Seine natürliche Begabung ließ ihn schnell lernen, und es dauerte nicht lange, bis der große Mann Kiiri mühelos hochwarf und dann Pheragas eiskalt in sein eigenes Netz einwickelte und ihn mit dem eigenen Dreizack am Boden festheftete.

Caramon war glücklich, wie er es schon lange Zeit nicht mehr gewesen war. Er verabscheute immer noch das Eisenband, und es verging kaum ein Tag, an dem er sich nicht danach sehnte, es zu zerreißen und wegzulaufen. Aber diese Gefühle ließen nach, je mehr er sich für seine Ausbildung interessierte. Er hatte immer das Soldatenleben genossen. Es gefiel ihm, wenn ihm jemand sagte, was und wann er etwas tun sollte.

Immer offen und ehrlich, setzte der schwierigste Teil seiner Ausbildung ein, als er zum Schein verlieren sollte. Er sollte in vorgeblichem Schmerz aufschreien. Er mußte lernen zusammenzubrechen, als wäre er schwer verwundet, wenn sein Gegner sich mit dem einklappbaren Schwert auf ihn stürzte.

»Nein! Nein! Nein, du Blödmann!« schrie Arak immer wieder. Caramon verfluchend, ging der Zwerg eines Tages zu ihm hin und schlug ihn hart ins Gesicht.

Caramon schrie in echtem Schmerz auf, wagte aber nicht zurückzuschlagen, da Raag ihn schadenfroh beobachtete.

»Nun...«, sagte Arak und trat triumphierend zurück; seine Fäuste waren geballt, an den Knöcheln klebte Blut. »Erinnere dich an diesen Schrei. Die Zuschauer lieben das.«

Aber im Schauspielen war Caramon hoffnungslos. Und dann kam dem Zwerg eines Tages eine Idee.

Sie kam ihm, während er die Ausbildung verfolgte. Zufällig war eine kleine Zuschauerschaft anwesend. Arak erlaubte das gelegentlich, da er herausgefunden hatte, daß es für das Geschäft einträglich war. Diesmal war es ein Edelmann, der mit seiner Familie aus Solamnia angereist war. Der Edelmann hatte zwei bezaubernde Töchter, und seit sie die Arena betreten hatten, ließen sie die Augen nicht von Caramon.

»Warum haben wir ihn neulich abends nicht kämpfen sehen?« fragte eine ihren Vater.

Der Edelmann sah fragend den Zwerg an.

»Er ist neu«, antwortete Arak schroff. »Er ist noch in der Ausbildung, aber so gut wie fertig. In der Tat habe ich daran gedacht, ihn auftreten zu lassen – wann, sagtet Ihr, kommt Ihr zu den Spielen zurück?«

»Eigentlich nicht mehr«, begann der Edelmann, aber seine Töchter schrien bestürzt auf. »Nun«, fügte er hinzu, »vielleicht – wenn wir noch Karten bekommen.«

Die Mädchen klatschten in die Hände, ihre Augen kehrten zu Caramon zurück, der gerade mit Pheragas mit dem Schwert übte. Der gebräunte Körper des jungen Mannes glitzerte vor Schweiß, sein Haar klebte um sein Gesicht, er bewegte sich mit der Anmut eines gut durchtrainierten Athleten. Als der Zwerg den bewundernden Blick der Mädchen sah, fiel es ihm plötzlich auf, daß Caramon ein bemerkenswert gutaussehender junger Mann war.

»Er muß gewinnen«, sagte eines der Mädchen seufzend. »Ich könnte es nicht ertragen, ihn verlieren zu sehen!«

»Er wird gewinnen«, sagte das andere Mädchen. »Er ist zum Gewinnen geboren. Er sieht wie ein Sieger aus.«

»Natürlich! Das löst all meine Probleme!« sagte der Zwerg plötzlich. »Der Sieger! So werde ich ihn ankündigen! Niemals besiegt! Versteht nicht zu verlieren! Hat geschworen, sich das Leben zu nehmen, wenn ihn einer schlagen sollte!«

»O nein«, schrien beide Mädchen entsetzt. »Erzähl uns nicht so etwas.«

»Es ist die Wahrheit«, erklärte der Zwerg feierlich und rieb sich die Hände. »Sie kommen meilenweit angereist«, sagte er an jenem Abend zu Raag, »und hoffen, an dem Abend dabei zu sein, wenn er siegt. Er wird ein Herzensbrecher werden. Das kann ich jetzt schon sehen. Und ich habe auch das richtige Kostüm...«

Während seiner Ausbildung verlor Caramon niemals sein wahres Ziel aus dem Auge. Er hatte aus dem Tempel eine knappe Botschaft von Crysania erhalten, und so wußte er, daß es ihr gut ging. Aber von Raistlin erfuhr er nichts.

Zuerst gab Caramon die Hoffnung auf, seinen Bruder oder Fistandantilus zu finden, da es ihm nicht erlaubt war, die Arena zu verlassen. Aber ihm wurde schnell klar, daß Tolpan leicht Plätze und Straßen aufsuchen konnte. Die Leute hatten eine

Neigung, Kender auf die gleiche Art zu behandeln wie Kinder – als ob sie nicht da wären. Und Tolpan war noch geschickter als die meisten Kender, sich im Schatten aufzulösen, sich hinter Vorhängen zu verbergen oder durch Korridore zu schleichen. Er konnte leicht den Tempel betreten.

Zusätzlich war es ein Vorteil, daß der Tempel so groß war und von so vielen Besuchern wimmelte, daß ein Kender mühelos übersehen wurde. Ein weiterer Vorteil war, daß es viele Kendersklaven gab, die in den Küchen arbeiteten, und sogar einige Kenderkleriker, die sich frei bewegen konnten.

Tolpan hätte liebend gern mit ihnen Freundschaft geschlossen und Fragen über seine Heimat gestellt. Aber er traute sich nicht. Caramon hatte ihn gebeten, nicht zu viel zu reden, und zum ersten Mal nahm Tolpan diese Bitte ernst. Da er es als nervenaufreibend empfand, sich ständig vorzusehen, nicht über Drachen oder andere Dinge zu reden, entschied er, daß es einfacher wäre, die Versuchung insgesamt zu meiden. Er begnügte sich also damit, im Tempel herumzuschnüffeln und Informationen zu sammeln.

»Ich habe Crysania gesehen«, berichtete er eines Abends Caramon, nachdem sie vom Essen gekommen waren. Tolpan lag auf seinem Bett, während Caramon mit Keule und Kette mitten im Zimmer trainierte. Arak wollte, daß er auch mit anderen Waffen außer dem Schwert umgehen konnte.

»Wie geht es ihr?« fragte Caramon.

Tolpan schüttelte den Kopf. »Ich weiß nicht. Sie sieht nicht krank aus. Aber sie sieht auch nicht glücklich aus. Ihr Gesicht ist blaß, und als ich versuchte, mit ihr zu reden, hat sie mich einfach stehen lassen. Ich glaube nicht, daß sie mich erkannt hat.«

Caramon runzelte die Stirn. »Sieh zu, daß du Näheres herausfindest«, sagte er. »Vergiß nicht, daß auch sie Raistlin sucht. Vielleicht hat es etwas mit ihm zu tun.«

»In Ordnung«, erwiderte der Kender, dann duckte er sich, als die Keule über seinen Kopf schwirrte. »Bitte, paß auf! Geh ein bißchen zurück.« Er tastete besorgt nach seinem Kopf, um zu fühlen, ob er noch da war.

»Was Raistlin betrifft«, fuhr Caramon mit gedämpfter Stimme fort, »vermutlich hast du heute nichts über ihn herausgefunden, oder?«

Tolpan schüttelte den Kopf. »Ich habe gefragt und gefragt. Fistandantilus hat Lehrlinge. Aber niemand hat einen gesehen, der Raistlins Beschreibung entspricht. Und weißt du, Leute mit goldener Haut und Stundenglasaugen treten schon in der Menge hervor. Aber ich werde bestimmt bald etwas herausfinden. Ich habe gehört, daß Fistandantilus zurück ist.«

»So?« Caramon hörte auf, die Keule zu schwingen, und wandte sich Tolpan zu.

»Ja. Ich habe ihn zwar nicht gesehen, aber einige Kleriker haben darüber geredet. Ich glaube, er ist letzte Nacht wieder aufgetaucht, in der Empfangshalle des Königspriesters. Einfach so. Da war er.«

»Ja«, knurrte Caramon. Er blieb so lange Zeit ruhig, daß Tolpan gähnte und gerade in Schlaf sinken wollte. Caramons Stimme brachte ihn wieder in den Wachzustand zurück.

»Tolpan«, sagte Caramon, »das ist unsere Gelegenheit.«

»Unsere Gelegenheit wozu?« Der Kender gähnte wieder.

»Unsere Gelegenheit, Fistandantilus umzubringen«, antwortete der Krieger gelassen.

Caramons eiskalte Bemerkung ließ den Kender zusammenzucken.

»Umbringen? Ich finde, du solltest darüber nachdenken, Caramon«, stammelte Tolpan. »Ich meine, dieser Fistandantilus ist ein wirklich begabter Zauberer und sogar noch besser als Raistlin und Par-Salian zusammen, wenn das stimmt, was sie sagen. Du kannst dich nicht einfach heranschleichen und so einen Burschen umbringen. Insbesondere, wenn du noch nie jemanden umgebracht hast!«

»Er muß schlafen, oder nicht?« fragte Caramon.

»Nun«, zögerte Tolpan. »Vermutlich. Jeder muß schlafen, glaube ich, sogar Zauberer...«

»Vor allem Zauberer«, unterbrach ihn Caramon kalt. »Du erinnerst dich doch, wie schwach Raistlin immer war, wenn er nicht geschlafen hatte. Und das trifft auf alle Zauberer zu, selbst die mächtigsten. Das ist ein Grund, warum sie die große Schlacht verloren haben. Sie mußten sich ausruhen. Und hör auf, dauernd ›wir‹ zu sagen. *Ich* werde es machen. Du brauchst nicht einmal mitzukommen. Finde nur heraus, wo sein Zimmer ist, welche Verteidigungsmaßnahmen er trifft und wann er schlafen geht. Dann übernehme ich die Angelegenheit.«

»Caramon«, begann Tolpan zögernd, »glaubst du wirklich, daß das richtig ist? Ich weiß, daß dieser Fistandantilus eine wirklich böse Person ist, und er trägt die schwarzen Roben, aber ist es richtig, ihn umzubringen? Ich meine, daß wir durch diese Tat genauso böse werden wie er, oder nicht?«

»Es ist mir egal«, erwiderte Caramon, und seine Augen glitten zu der Keule, die er langsam hin und her schwang. »Es geht um sein Leben oder um das Raistlins, Tolpan. Wenn ich Fistandantilus jetzt in der Vergangenheit töte, könnte ich Raistlin von diesem zerstörten Körper befreien, Tolpan, und ihn wieder ganz machen! Wenn ich ihn erst einmal von dem bösen Einfluß, den dieser Mann auf ihn ausübt, befreit habe – dann weiß ich, daß er wieder der alte Raistlin ist. Der kleine Bruder, den ich liebte.« Caramons Stimme wurde sehnsüchtig, seine Augen feucht. »Er könnte zu uns kommen und bei uns leben, Tolpan.«

»Was ist mit Tika?« fragte Tolpan. »Wie wird sie das finden, daß du jemanden umbringst?«

Caramons braune Augen blitzten zornig auf. »Ich sagte es dir bereits – erwähne sie nicht wieder, Tolpan!«

»Aber, Caramon…«

»Es ist mein Ernst, Tolpan!«

Und dieses Mal lag in der Stimme des großen Mannes ein Ton, dem Tolpan entnahm, daß er zu weit gegangen war.

»Schau mal, Tolpan«, sagte Caramon ruhig. »Ich bin nicht gut zu Tika gewesen. Sie hatte recht, mich rauszuschmeißen, das sehe ich jetzt ein, obgleich es eine Zeit gab, in der ich dachte, daß ich ihr das niemals verzeihen würde.« Er schwieg kurz, ordnete seine Gedanken. Dann fuhr er mit einem Seufzer fort. »Ich sagte ihr bereits, daß Raistlin bei mir immer an erster Stelle stehen würde, solange er lebt. Ich sagte ihr, sie solle sich einen anderen suchen, der ihr seine ganze Liebe geben könne. Ich dachte zuerst, *ich* könnte es, als Raistlin fortging, um allein zu leben. Aber« – er schüttelte den Kopf – »ich konnte es nicht. Es hat nicht funktioniert. Jetzt muß ich die Sache hier erledigen, verstehst du das nicht? Und ich kann nicht an Tika denken! Sie... sie steht mir nur im Weg...«

»Aber Tika liebt dich!« war das einzige, was Tolpan herausbringen konnte.

»In Ordnung, Tolpan«, sagte Caramon, seine Stimme klang so tief. »Ich denke, dies bedeutet unseren Abschied. Frag den Zwerg nach einem anderen Zimmer. Ich werde die Sache erledigen, und wenn sie schief geht, möchte ich nicht, daß du in Schwierigkeiten gerätst...«

»In Ordnung«, antwortete Tolpan unglücklich.

Der nächste Tag war Caramons erster Kampftag bei den Spielen. Tolpan erledigte am frühen Morgen seinen Besuch im Tempel und war rechtzeitig zurück, um Caramons Kampf zu sehen, der am Nachmittag stattfinden sollte. Er saß auf dem Bett, schlenkerte mit seinen kurzen Beinen hin und her und erstattete Bericht, während Caramon nervös durch den Raum ging und auf den Zwerg und Pheragas wartete, die ihm sein Kostüm bringen sollten.

»Du hast recht«, gab Tolpan widerstrebend zu. »Fistandantilus braucht offensichtlich eine Menge Schlaf. Er geht jeden Abend früh zu Bett und schläft wie ein Toter – ich meine, er schläft fest bis zum Morgen.«

Caramon sah ihn grimmig an. »Wachmänner?«

»Nein«, antwortete Tolpan schulterzuckend. »Er verschließt nicht einmal seine Tür. Niemand verschließt Türen im Tempel. Immerhin ist es ein heiliger Ort, und vermutlich vertraut jeder jedem, oder sie haben nichts zum Verschließen.«

Caramon öffnete den Mund und wollte gerade eine Antwort geben, als die Tür ihres Zimmers aufgestoßen wurde und Arak hereinmarschierte.

»Wie geht es uns denn, Caramon?« fragte der Zwerg und grinste Caramon anzüglich an. Er tätschelte bewundernd die harten Muskeln des großen Mannes, dann ballte er die Hand und schlug sie plötzlich in Caramons Bauch. »Hart wie Stahl«, stellte er fest, grinste und schüttelte vor Schmerz die Hand.

Caramon warf dem Zwerg einen finsteren Blick zu und seufzte. »Wo ist mein Kostüm?« brummte er. »Es ist fast Mittwacht.«

Der Zwerg hielt einen Sack hoch. »Es ist hier drin. Mach dir keine Sorgen, du wirst nicht lange zum Anziehen brauchen.«

Caramon ergriff nervös den Sack und öffnete ihn. »Wo ist der Rest?« herrschte er Pheragas an, der gerade den Raum betreten hatte.

»Das ist alles!« kicherte Arak. »Ich sagte dir doch, du wirst nicht lange zum Anziehen brauchen!«

Caramons Gesicht lief tiefrot an. »Ich... ich kann das doch... nicht tragen...«, stammelte er und schloß hastig den Sack. »Du hast gesagt, da wären auch Damen...«

»Und sie lieben jeden braungebrannten Zentimeter!« höhnte Arak. Dann verschwand das Lachen aus dem zerklüfteten Gesicht des Zwergs, und ein drohender Blick trat an seine Stelle. »Zieh das an, du großer Dummkopf! Was glaubst du wohl, wofür sie zahlen? Um eine Tanzschule zu sehen? Nein – sie zahlen, weil sie mit Schweiß und Blut bedeckte Körper sehen wollen. Je mehr Körper, je mehr Schweiß, je mehr Blut – richtiges Blut –, um so besser!«

»Richtiges Blut?« Caramon sah auf, seine braunen Augen flackerten. »Was meinst du damit? Du hast doch gesagt...«

»Pah! Kümmere dich um ihn, Pheragas. Und dabei kannst du diesem verwöhnten Kerl die Tatsachen des Lebens erklären. Es ist an der Zeit, erwachsen zu werden, Caramon!« Mit einem krächzenden Lachen stolzierte der Zwerg hinaus.

Pheragas trat zur Seite, um den Zwerg vorbeizulassen. Sein Gesicht, normalerweise gutgelaunt und fröhlich, war wie eine Maske. Seine Augen waren ausdruckslos, und er vermied es, Caramon anzusehen.

»Was hat er gemeint? Erwachsenwerden?« fragte Caramon. »Richtiges Blut?«

»Hier«, sagte Pheragas schroff. »Ich helfe dir bei den Riemen. Am Anfang dauert es ein bißchen, sich daran zu gewöhnen. Sie dienen nur als Verzierung und gehen schnell kaputt. Die Zuschauer lieben es, wenn sich ein Stück lockert oder abfällt.«

Er nahm einen verzierten Schulterbügel aus dem Beutel und begann, ihn an Caramon festzuschnallen.

»Sie sind ja aus Gold«, bemerkte Caramon. »Butter würde eher ein Messer aufhalten als dieses Material«, fuhr er fort, während er es befühlte.

»Ja.« Pheragas lachte, aber es war ein gezwungenes Lachen. »Du siehst also, es ist fast besser, nackt zu sein als dieses Zeug zu tragen.«

»Dann brauche ich mir ja keine Sorgen zu machen«, bemerkte Caramon grimmig und zog den ledernen Lendenschurz hervor, der das einzige Kleidungsstück im Sack war. Auch er war mit Gold verziert und bedeckte kaum sein Geschlecht. Als er fertig angezogen war, errötete sogar der Kender über den hinteren Anblick Caramons.

Pheragas wollte gehen, aber Caramon hielt ihn auf, seine Hand lag auf seinem Arm. »Du sagst es mir besser, mein Freund, was du mir noch zu sagen hast. Das heißt, falls du noch mein Freund bist.«

Pheragas sah Caramon aufmerksam an, dann zuckte er die Schultern. »Ich dachte, du hättest es inzwischen selbst kapiert. Wir verwenden scharfe Waffen. Oh, die Schwerter sind zusammenklappbar«, fügte er hinzu, als er sah, daß sich Caramons Augen verengten. »Aber wenn du getroffen wirst, blutest du wirklich.«

»Du meinst, Leute werden wirklich verletzt?« Caramons Stimme erhob sich im Zorn. »Was geht hier vor? Was hast du mir noch verschwiegen, Freund?«

Pheragas musterte Caramon kalt. »Was glaubst du wohl, wo ich meine Narben erhalten habe? Eines Tages wirst du es verstehen. Jetzt ist keine Zeit für Erklärungen. Vertraue uns einfach, Kiiri und mir. Folge unserem Beispiel. Und behalte die Minotaurier im Auge. Sie kämpfen für sich, nicht für einen

Herrn oder einen Besitzer. Sie brauchen sich vor niemand zu verantworten. Oh, sie haben sich einverstanden erklärt, sich an die Regeln zu halten – das müssen sie, oder der Königspriester würde sie zurück nach Mitras bringen lassen. Aber sie sind die Lieblinge der Zuschauer. Sie können genauso gut Hiebe austeilen wie einstecken.«

»Verschwinde!« knurrte Caramon.

Pheragas starrte ihn kurz an, dann drehte er sich um und ging aus der Tür. Doch da hielt er noch einmal an. »Hör mir zu, Freund«, sagte er ernst. »Diese Narben, die ich im Ring erhalten habe, sind Ehrenauszeichnungen. Es ist die einzige Art der Ehre, die wir haben, und sie hält uns am Leben.« Er verstummte. Es schien, als ob er noch etwas sagen wollte, aber Caramon hielt seinen Blick starr auf den Boden gerichtet.

Schließlich sagte Pheragas: »Es bleiben dir noch fünf Minuten«, und dann ging er, die Tür hinter sich zuwerfend.

Tolpan sehnte sich danach, auch etwas zu sagen, aber als er Caramons Gesicht sah, wußte selbst er, daß es an der Zeit war, den Mund zu halten.

»Wenn du mit bösem Blut in eine Schlacht gehst, wird es bis zum Einbruch der Nacht vergossen sein.« Caramon konnte sich nicht mehr erinnern, wer ihm das gesagt hatte, aber er hatte diesen Grundsatz immer beherzigt. Dein Leben hängt oft von der Loyalität derer ab, mit denen du kämpfst. Folglich ist es am besten, vorher alle Streitigkeiten zu schlichten. Ihm gefiel es sowieso nicht, Groll zu hegen.

Es fiel ihm darum beim Eintritt in die Arena leicht, sich bei Pheragas zu entschuldigen. Pheragas nahm seine Entschuldigung herzlich entgegen, während Kiiri, die offensichtlich von Pheragas über ihre Auseinandersetzung informiert worden war, ihre Anerkennung mit einem Lächeln bekundete. Ebenfalls bekundete sie ihre Anerkennung über Caramons Kostüm; sie sah ihn mit offener Bewunderung in ihren aufblitzenden Augen an, daß Caramon vor Verlegenheit errötete.

Die drei standen in einem der Korridore, die unter der Arena verliefen, unterhielten sich und warteten auf ihren Auftritt. Bei ihnen waren die anderen Gladiatoren, die heute kämpfen würden, Rolf, der Barbar und der Rote Minotaurus. Über sich hörten sie das gelegentliche Aufbrüllen der Menge. Caramon wünschte, daß es endlich Zeit für den Start wäre. Selten war er so nervös gewesen.

Auch die anderen spürten die Spannung. Sie war offensichtlich in Kiiris Lachen, das zu schrill und zu laut war, und im Schweiß, der über Pheragas' Gesicht lief. Aber es war eine gute Spannung, vermischt mit Aufregung. Und plötzlich erkannte Caramon, daß er sich darauf freute.

»Arak hat unsere Namen aufgerufen«, sagte Kiiri. Sie, Pheragas und Caramon traten vor – der Zwerg hatte entschieden, daß sie als Gruppe kämpfen sollten, da sie gut zusammengearbeitet hatten.

Die Arena, in der Caramon in den vergangenen Monaten so hart gearbeitet und geübt hatte, war plötzlich ein fremder Ort. Sein Blick ging zu den riesigen kreisförmigen Reihen der Zuschauertribünen, die die Arena umgaben; alle schrien, stampften und tobten.

Die Farben verschwammen vor seinen Augen – farbenfroh flatternde Banner, die einen Spieltag verkündeten, silberne Banner aller vornehmen Familien Istars und die Fähnchen der Verkäufer, die je nach Jahreszeit alles von Fruchteis bis hin zu tarbäischem Tee anboten. Und alles schien sich in Bewegung zu befinden, ließ ihn schwindelig werden und verursachte ihm plötzlich Übelkeit. Dann spürte er Kiiris kühle Hand auf seinem Arm. Er drehte sich um und sah ihr beruhigendes Lächeln. Er sah die vertraute Arena hinter ihr, er sah Pheragas und seine anderen Freunde.

Er hielt die Augen auf seine Partner und die Arena gerichtet, ignorierte den Lärm und die Menge, nahm seinen Platz ein und wartete auf den Beginn des Kampfes. Die Arena sah irgendwie anders aus. Dann wurde ihm klar, daß nicht nur sie im Kostüm waren, sondern daß der Zwerg auch die Arena geschmückt hatte. Es waren die gleichen mit Sägemehl bestreuten Plattformen, auf denen er jeden Tag gekämpft hatte, aber nun waren sie mit Symbolen verziert, die die vier Enden der Welt darstellten.

Um diese vier Plattformen brannten heiße Kohlenstücke, toste das Feuer, kochte das Öl. Holzbrücken spannten sich über den Totengruben und verbanden die vier Plattformen. Diese Gruben hatten Caramon anfangs beunruhigt. Aber er hatte schon früh bei den Proben erfahren, daß sie nur Eindruck machen sollten. Die Zuschauer liebten es, wenn ein Krieger von der Arena auf die Brücken zurückgedrängt wurde. Sie waren nicht mehr zu zügeln, wenn der Barbar Rolf an den Füßen über das kochende Öl hielt. Da er alles bei den Proben gesehen hatte, konnte Caramon mit Kiiri über den verängstigten Ausdruck auf Rolfs Gesicht und seine hektischen Anstrengungen lachen, die er unternahm, um sich zu retten, und die wie immer damit endeten, daß der Barbar von Rolfs kräftigen Armen am Kopf getroffen wurde.

Die Sonne erreichte ihren Zenit, und ein goldenes Aufblitzen lenkte Caramons Augen zur Mitte der Arena. Dort stand der Freiheitsturm – ein hohes Bauwerk aus Gold, so zerbrechlich und verziert, daß es in so rauher Umgebung fehl am Platze zu sein schien. An seiner Spitze hing ein Schlüssel, der das Schloß eines jeden Eisenbandes aufschloß. Caramon hatte den Turm schon oft genug bei seinen Übungen gesehen, aber niemals den Schlüssel, der in Araks Büro verschlossen gehalten wurde. Allein der Blick darauf ließ das Eisenband um seinen Hals ungewöhnlich schwer werden. Seine Augen füllten sich plötzlich mit Tränen. Freiheit… Am Morgen zu erwachen und in der Lage zu sein, aus der Tür zu gehen, sich auf dieser weiten Welt zu bewegen, wohin man nur wollte. Es war so einfach. Wie sehr er sich jetzt danach sehnte!

Dann hörte er Arak seinen Namen aufrufen. Caramon umklammerte seine Waffe und wandte sich zu Kiiri, immer noch an den goldenen Schlüssel denkend. Am Jahresende konnte jeder Sklave, der sich bei den Spielen bewährt hatte, um das Recht kämpfen, den Turm zu erklimmen und den Schlüssel in die Hand zu bekommen. Caramon hatte darüber noch nie nachgedacht – seine einzige Sorge hatte seinem Bruder und Fistandantilus gegolten. Aber nun, so wurde ihm klar, hatte er ein neues Ziel. Mit einem wilden Aufschrei hob er grüßend sein falsches Schwert hoch in die Luft.

Bald begann Caramon sich zu entspannen. Er genoß den Beifall der Menge. Von ihrer Aufregung angesteckt, entdeckte er, daß sie unterstützend wirkte, so wie Kiiri es ihm vorhergesagt hatte. Die wenigen Wunden, die er bei den Anfangskämpfen erhielt, waren nicht der Rede wert, lediglich Kratzer. Er spürte nicht einmal den Schmerz.

»Sie mögen dich«, sagte Kiiri und lächelte ihn während einer Ruhepause an. Wieder einmal glitten ihre Augen bewundernd über Caramons muskulösen, fast nackten Körper. »Ich kann es ihnen nicht verübeln. Ich freue mich schon auf unseren Ringkampf.«

Kiiri lachte über sein Erröten, aber Caramon sah in ihren Augen, daß sie nicht gescherzt hatte, und wurde sich plötzlich ihrer Weiblichkeit bewußt – etwas, was ihm bei den Übungen entgangen war. Vielleicht war es ihr eigenes knappes Kostüm, das alles enthüllen sollte und dennoch alles verbarg, was am begehrenswertesten schien. Caramons Blut wallte auf, sowohl vor Leidenschaft als auch vor Freude, die er immer in der Schlacht empfunden hatte. Erinnerungen an Tika tauchten auf, und er sah eilig von Kiiri weg, sich bewußt werdend, daß er schon viel mehr mit seinen Augen gesagt hatte, als ihm lieb war.

»Wir sind wieder dran.« Kiiri stieß ihn an, und Caramon kehrte in den Ring zurück.

Er grinste den Barbaren an, als dieser nach vorne schritt. Dies war ihre große Nummer, und er und Caramon hatten sie viele Male geübt. Der Barbar blinzelte Caramon zu, als sie sich gegenübertraten, ihre Gesichter in wildem Haß verzerrt. Knurrend wie Tiere, nahmen beide Männer eine geduckte Haltung ein und stolzierten eine Zeitlang im Ring herum, um Spannung aufzubauen. Caramon ertappte sich beim Grinsen und mußte sich daran erinnern, daß er niederträchtig auszusehen hatte. Er mochte den Barbaren. Dieser Mann aus den Ebenen erinnerte ihn in vielerlei Hinsicht an Flußwind – hochgewachsen, dunkelhaarig, obgleich nicht ganz so ernst und streng.

Auch der Barbar war ein Sklave, aber das Eisenband um seinen Hals war alt und wies Kratzer von unzähligen Schlachten auf. Er würde einer der Auserwählten sein, die in diesem Jahr um den goldenen Schlüssel kämpfen würden, das stand bereits fest.

Caramon stieß ihm sein zusammenklappbares Schwert entgegen. Der Barbar wich ihm mühelos aus, bekam Caramon am Fuß zu fassen und stellte ihm ein Bein. Caramon stürzte brüllend zu Boden. Die Zuschauer stöhnten auf, aber es gab auch viel Applaus für den Barbaren, der ein Publikumsliebling war. Er sprang mit einem Speer auf den hingestreckt liegenden Caramon zu. Die Frauen schrien vor Entsetzen auf. Im letzten Augenblick wälzte sich Caramon zur Seite, ergriff einen Fuß des Barbaren und riß ihn nach unten auf die Sägemehlplattform.

Ein Beifallssturm setzte ein. Die zwei Männer kämpften auf dem Boden der Arena. Kiiri stürzte herbei, um ihrem gestürzten Kameraden zu helfen, und der Barbar wehrte zum Entzükken der Menge beide ab. Dann befahl Caramon Kiiri, sich zurück in die Linie zu stellen. Es war für die Menge offensichtlich, daß er sich allein um diesen unverschämten Gegner kümmern wollte.

Kiiri tätschelte Caramon am Hinterteil (das stand nicht im Drehbuch und ließ Caramon beinahe seinen nächsten Schritt vergessen), dann lief sie davon. Der Barbar sprang Caramon an und zückte dabei seinen zusammenklappbaren Dolch. Das war der letzte Teil der Vorführung – wie sie es geplant hatten. Caramon duckte sich in einem geschickten Manöver unterhalb der erhobenen Arme des Barbaren und stieß den falschen Dolch direkt in den Bauch des Barbaren, wo eine Blase Hühnerblut unter dem Brustharnisch versteckt war.

Es funktionierte! Das Hühnerblut spritzte über Caramon, lief über seine Hand und seinen Arm. Caramon sah in das Gesicht des Barbaren, bereit zu einem weiteren triumphierenden Blinzeln...

Etwas stimmte nicht.

Die Augen des Mannes hatten sich geweitet, so wie es im Drehbuch stand. Aber sie hatten sich in echtem Schmerz und in echtem Entsetzen geweitet. Er taumelte nach vorne – das hatte auch im Drehbuch gestanden, aber nicht dieses qualvolle Aufkeuchen. Als Caramon ihn auffing, erkannte er entsetzt, daß das über seinen Arm strömende Blut warm war!

Caramon riß den Dolch heraus und starrte ihn an, während er sich gleichzeitig abmühte, den Barbaren festzuhalten, der wieder an seiner Seite zusammenbrach. Die Klinge war echt!

»Caramon...« Der Mann würgte. Blut spritzte aus seinem Mund.

Die Zuschauer brüllten. Derartige Spezialeffekte hatten sie seit Monaten nicht mehr gesehen!

»Barbar! Ich wußte es nicht!« schrie Caramon, während er entsetzt den Dolch anstarrte. »Ich schwöre es!«

Und dann standen Pheragas und Kiiri an seiner Seite und halfen den sterbenden Barbaren auf den Arenaboden legen.

»Mach weiter!« schnappte Kiiri grob.

Caramon stieß sie vor Zorn fast um, aber Pheragas hielt seinen Arm fest. »Dein Leben, unser Leben hängt davon ab!« zischte der schwarze Mann. »Und das Leben deines Freundes!«

Caramon starrte sie verwirrt an. Was meinten sie damit? Was sagten sie da? Er hatte nur einen Mann getötet – einen Freund! Stöhnend riß er sich von Pheragas los und kniete vor dem Barbaren nieder. Verschwommen konnte er die Menge jubeln hören, und er wußte, daß die Zuschauer diese Szene mit ihren Augen verschlangen. Der Sieger zollte dem »Toten« seine Anerkennung.

»Verzeih mir«, sagte er zu dem Barbaren, der nickte.

»Es ist nicht dein Fehler«, flüsterte der Mann. »Gib dir nicht die Schuld...« Seine Augen erstarrten, Blut schoß von seinen Lippen.

»Wir müssen ihn fortschaffen«, flüsterte Pheragas Caramon

zu, »und laß es gut aussehen. Wie wir es geprobt haben. Hast du verstanden?«

Caramon nickte teilnahmslos. Kühl half er Kiiri und Pheragas den »leblosen« Leichnam des Barbaren hochheben, so wie sie es unzählige Male geprobt hatten. Er hatte sogar die Kraft, sich zum Publikum umzudrehen und sich zu verbeugen. Pheragas ließ es mit einer geschickten Bewegung seines freien Armes aussehen, als ob der »tote« Barbar sich auch verbeugte. Die Menge war hingerissen und jubelte. Dann zogen die drei Freunde den Leichnam von der Bühne hinunter in den dunklen Gang.

Unten angelangt, half Caramon den Barbaren auf den kalten Steinboden legen. Lange Zeit starrte er den Leichnam an, sich kaum der anderen Gladiatoren bewußt, die auf ihren Auftritt in der Arena warteten.

Langsam richtete sich Caramon auf. Er drehte sich um und packte Pheragas, und mit seiner ganzen Kraft schleuderte er den schwarzen Mann gegen die Wand. Dann zog er den blutverschmierten Dolch aus seinem Gürtel und hielt ihn vor Pheragas' Augen.

»Es war ein Unfall«, erklärte Pheragas durch die zusammengepreßten Zähne.

»Scharfe Waffen!« schrie Caramon und drückte Pheragas' Kopf grob gegen die Steinwand. »Ein bißchen bluten! Jetzt sag es mir! Was im Namen der Hölle geht hier vor?«

»Es war ein Unfall, Hornochse«, ertönte eine höhnische Stimme.

Caramon drehte sich um. Der Zwerg stand vor ihm, sein untersetzter Körper bildete einen verzerrten Schatten im dunklen und feuchten Korridor unter der Arena.

»Und jetzt werde ich dir einmal etwas über Unfälle erzählen«, sagte Arak, seine Stimme klang sanft und bösartig. Hinter ihm lauerte Raags riesige Gestalt, in seiner Pranke hielt er seine Keule. »Laß Pheragas gehen. Er und Kiiri müssen in die Arena zurück, um sich zu verbeugen. Ihr alle seid die Sieger des Tages.«

Caramon warf Pheragas einen finsteren Blick zu, dann ließ er den Dolch fallen. Kiiri musterte Caramon in stummem Mitgefühl und legte die Hand auf seinen Arm. Pheragas seufzte, dann verließ er mit Kiiri den Korridor. Sie gingen um den Körper des Barbaren herum, der auf dem Boden lag.

»Du hast mir gesagt, daß niemand getötet wird!« sagte Caramon mit einer von Zorn und Schmerz erstickten Stimme.

Der Zwerg baute sich vor dem großen Mann auf. »Es war ein Unfall«, wiederholte er. »Unfälle geschehen hier immer insbesondere Leuten, die nicht aufpassen. Es könnte dir auch passieren, wenn du nicht aufpaßt. Oder deinem Freund. Nun, der Barbar hat eben nicht aufgepaßt. Oder besser gesagt, sein Herr hat nicht aufgepaßt.«

Caramon hob den Kopf und starrte den Zwerg an, seine Augen waren vor Entsetzen aufgerissen.

»Ah, ich sehe, daß du endlich kapierst.« Arak nickte.

»Der Mann ist gestorben, weil sein Besitzer jemanden aufs Kreuz gelegt hat«, sagte Caramon leise.

»Ja.« Der Zwerg grinste und zog an seinem Bart. »Zivilisiert, nicht wahr? Nicht so wie in den alten Tagen. Und keiner ist klüger als zuvor. Außer seinem Herrn natürlich. Ich habe an diesem Nachmittag sein Gesicht gesehen. Er hat die Botschaft erhalten.«

»Das war eine Warnung?« fragte Caramon mit erstickter Stimme.

Der Zwerg nickte wieder und zuckte die Schultern.

»Wer? Wer war sein Besitzer?«

Arak zögerte, musterte Caramon mit einem seltsamen Blick, sein Gesicht verzerrte sich zu einem höhnischen Grinsen. Caramon konnte fast sehen, wie er rechnete, sich ausmalte, wieviel er gewinnen konnte, wenn er etwas erzählen würde, wieviel er gewinnen konnte, wenn er es für sich behalten würde. Arak winkte Caramon zu sich und flüsterte einen Namen in sein Ohr.

Caramon sah ihn fragend an.

»Hoher Kleriker, ein Verehrter Sohn Paladins«, fügte der Zwerg hinzu. »Die Nummer zwei nach dem Königspriester.

Aber er hat sich einen schlimmen Feind geschaffen, einen schlimmen Feind.« Er schüttelte den Kopf.

Beifall dröhnte von oben herab. Der Zwerg sah hoch und sagte zu Caramon: »Du mußt dich zeigen und verbeugen. Es wird so erwartet. Du bist ein Sieger.«

»Was ist mit ihm?« fragte Caramon, sein Blick ging zu dem Barbaren. »Er wird sich nicht zeigen können. Werden sie sich nicht wundern?«

»Muskelzerrung. Kommt ständig vor. Kann sich nicht mehr verbeugen«, sagte der Zwerg lässig. »Wir werden das Gerücht aufbringen, daß er seine Freiheit erhalten hat.«

»Seine Freiheit erhalten hat!« Tränen füllten Caramons Augen. Wieder setzte Beifall ein. Er würde gehen müssen.

»Das ist der Grund«, sagte Caramon, »das ist der Grund, warum du mich ihn hast töten lassen! Du hast gewußt, daß ich nicht reden würde...«

»Das wußte ich sowieso«, entgegnete Arak und grinste niederträchtig. »Laß es uns so sagen, daß ich dich ihn habe töten lassen, war nur eine kleine Extrazugabe. Die Kunden mögen das, es zeigt ihnen, daß ich sie gut bediene. Verstehst du, es war dein Herr, der diese Warnung schickte! Ich dachte, er würde Gefallen daran finden, wenn sie von seinem eigenen Sklaven ausgeführt wird. Natürlich gerätst du dadurch ein bißchen in Gefahr. Der Tod des Barbaren muß gerächt werden. Aber es wird, geschäftlich gesehen, Wunder bewirken, wenn sich das Gerücht erst einmal verbreitet.«

»Mein Herr!« keuchte Caramon. »Aber du hast mich gekauft! Die Schule...«

»Ach, ich habe nur als Agent gehandelt.« Der Zwerg kicherte. »Ich dachte es mir schon, daß du es vielleicht nicht weißt.«

»Aber wer ist mein...« Und dann wußte Caramon die Antwort. Er hörte nicht einmal, was der Zwerg zu ihm sagte. Er konnte nichts mehr hören, denn plötzlich überspülte und erstickte ihn eine blutrote Welle. Seine Lungen schmerzten, sein Magen hob sich, und seine Beine gaben nach.

Das nächste, was er wußte, war, daß er im Korridor saß. Der Schwindel ging vorüber. Caramon keuchte und hob den Kopf. »Mir geht es gut«, sagte er mit blutleeren Lippen.

»In diesem Zustand können wir ihn nicht hinauslassen«, sagte Arak und musterte Caramon voller Abscheu. »Bring ihn in sein Zimmer, Raag.«

»Nein«, ertönte eine leise Stimme aus der Dunkelheit. »Ich... ich kümmere mich um ihn.« Tolpan schlich sich aus dem Schatten, sein Gesicht war fast so blaß wie das Caramons.

Arak zögerte, dann knurrte er etwas und drehte sich um. Er kletterte die Stufen hoch, um die Sieger auszuzeichnen.

Tolpan kniete sich neben Caramon, seine Hand ruhte auf dem Arm des großen Mannes. Die Augen des Kenders wanderten zu dem Körper, der vergessen auf dem Steinboden lag.

Caramon folgte seinem Blick. »Wieviel hast du gehört?« fragte er.

»Genug«, murmelte Tolpan. »Fistandantilus.«

»Er hat das alles geplant.« Caramon seufzte, lehnte den Kopf zurück und schloß erschöpft die Augen. »Auf diese Art wird er uns los. Er braucht es nicht einmal eigenhändig zu erledigen. Läßt einfach diesen... diesen Kleriker...«

»Quarat.«

»Ja, er läßt uns einfach durch diesen Quarat töten.« Caramons Hände ballten sich zusammen. »Die Hände des Zauberers bleiben sauber! Raistlin wird niemals Verdacht schöpfen. Und von jetzt an werde ich mich bei jedem Kampf fragen: Ist dieser Dolch von Kiiri echt?«

Kurz saßen die beiden stumm da, das Brüllen der Menge dröhnte über ihnen. Dann nahm Tolpan etwas Schimmerndes im Korridor wahr. Den Gegenstand erkennend, erhob er sich und kroch hin, um ihn zu holen. »Ich kann dich in den Tempel bringen«, sagte er, hob den blutbeschmierten Dolch auf und reichte ihn Caramon. »Ich kann dich heute nacht hineinbringen.«

8

Der silberne Mond Solinari leuchtete am Horizont. Sich über den mittleren Turm des Tempels des Königspriesters erhebend, wirkte er wie eine Kerzenflamme, die an einem langen Docht brannte. Er schien in dieser Nacht voll und hell.

Solinaris Partner, der blutrote Lunitari, war noch nicht aufgegangen, um die Straßen mit seiner unheimlichen purpurnen Helligkeit zu überfluten. Was den dritten Mond betraf, den schwarzen, so wurde seine dunkle Rundheit inmitten der Sterne von einem Mann wahrgenommen, der ihn kurz ansah, als er sich seiner schwarzen Roben entledigte, die mit Zauberzutaten schwer beladen waren, und ein einfacheres, weiches schwarzes Nachthemd überstreifte. Er zog sich die schwarze Kapuze über den Kopf, um Solinaris durchdringendes Licht abzuwehren, legte sich in sein Bett und glitt in den erholsamen Schlaf, der für seine Kunst so notwendig war.

Zumindest stellte sich Caramon das so vor, als er und der

Kender durch die mondbeleuchteten bevölkerten Straßen gingen. Die Nacht war von Freude belebt. Sie passierten Gruppen von Männern, die ausgelassen lachten und über die Spiele diskutierten, und Gruppen von Frauen, die Caramon schüchtern musterten.

Die Frauen waren von ihm hingerissen. Sie hatten ihn an diesem Nachmittag kämpfen sehen, und er hatte ihre Herzen gewonnen. Sie stellten alberne Fragen über die Spiele, hörten aber seinen Antworten nicht zu. Caramon war sehr nervös und redete ziemlich verworren. Schließlich setzten sie ihren Weg fort, lachten und wünschten ihm viel Glück. Caramon warf dem Kender einen fragenden Blick zu, aber Tolpan schüttelte nur den Kopf.

Er hatte darauf bestanden, daß Caramon den goldenen Seidenumhang anzog und den Helm aufsetzte, wie am Nachmittag in der Arena. Es schien überhaupt nicht angemessen, sich so in den Tempel zu schleichen – Caramon hatte Visionen, durch Abwasserkanäle zu kriechen oder über Dächer zu klettern. Aber als er sich gesträubt hatte, waren Tolpans Augen kalt geworden. Entweder tat Caramon, wie ihm gesagt wurde, oder er konnte die Sache vergessen, gab er ihm in scharfem Ton zu verstehen.

Caramon hatte sich seufzend angekleidet, den Umhang über sein lose hängendes Hemd und die Lederhose geworfen. Den blutverschmierten Dolch hatte er in seinen Gürtel gesteckt.

Für den Kender war es eine einfache Angelegenheit gewesen, ihre Tür aufzuschließen, nachdem Raag sie für die Nacht eingeschlossen hatte, und die zwei waren durch den Schlafbereich der Gladiatorenquartiere geschlüpft, ohne Aufsehen zu erregen; die meisten Krieger schliefen oder waren wie die Minotaurier sturzbetrunken.

Die zwei gingen zu Caramons großem Unbehagen offen durch die Straßen. Aber der Kender schien deswegen nicht beunruhigt zu sein. Ungewöhnlich niedergeschlagen und schweigsam, überhörte Tolpan Caramons wiederholte Fragen. Sie kamen dem Tempel immer näher. Er tauchte vor ihnen in seinem ganzen perlmutternen und silbernen Glanz auf, und schließlich blieb Caramon stehen.

»Warte einen Augenblick, Tolpan«, sagte er leise und zog den Kender in eine dunkle Ecke. »Wie hast du geplant, uns da hineinzubringen?«

»Durch die Haupttore«, antwortete Tolpan ruhig.

»Die Haupttore?« wiederholte Caramon erstaunt. »Bist du verrückt? Die Wachen! Sie werden uns aufhalten...«

»Es ist ein Tempel, Caramon«, sagte Tolpan mit einem Seufzer. »Ein Tempel für die Götter. Böse Leute betreten ihn einfach nicht.«

»Aber Fistandantilus«, hielt Caramon mürrisch entgegen.

»Nur, weil es der Königspriester erlaubt«, sagte Tolpan schulterzuckend. »Sonst könnte er dort nicht eintreten. Die Götter würden das nicht zulassen. Zumindest hat mir das ein Kleriker so erklärt, den ich gefragt habe.«

Caramon runzelte die Stirn. Der Dolch in seinem Gürtel schien schwer, das Metall brannte heiß an seiner Haut. Nur Einbildung, sagte er sich. Immerhin hatte er schon vorher Dolche getragen. Er griff unter seinen Umhang und tastete sich vergewissernd nach ihm. Dann preßte er die Lippen zusammen und ging auf den Tempel zu. Nach einem Augenblick des Zögerns holte Tolpan ihn ein.

»Caramon«, sagte der Kender mit leiser Stimme. »Ich... ich glaube, ich weiß, was du denkst. Ich habe das Gleiche gedacht. Was ist, wenn die Götter *uns* nicht einlassen?«

»Wir haben die Absicht, Böses zu vernichten«, entgegnete Caramon; seine Hand ruhte am Dolchgriff. »Sie werden uns beistehen und uns nicht behindern. Du wirst es sehen.«

Schließlich erreichten sie die prachtvollen Stufen, die zum Tempel führten.

Caramon hielt inne und starrte das Gebäude an. Sieben Türme streckten sich in den Himmel. Aber einer erhob sich spiralförmig über die anderen. Sein perlmutt- und rosafarbener Marmor leuchtete sanft im Mondschein, in seinen ruhigen Wasserteichen spiegelten sich die Sterne; seine riesigen Gärten mit lieblichen, duftenden Blumen raubten Caramon den Atem. Er konnte sich nicht bewegen, als wäre er durch dieses Wunderwerk gebannt.

Und dann kam aus einer weitentfernten Ecke seines Gehirns ein Gefühl des Entsetzens hervor. Er hatte ihn zuvor bereits gesehen! Aber er hatte ihn in einem Alptraum gesehen... Verwirrt schloß er die Augen. Wo? Dann fiel es ihm ein. Der Tempel von Neraka, in dem er gefangengehalten wurde! Der Tempel der Königin der Finsternis! Caramon bebte. Überwältigt von dieser furchtbaren Erinnerung, fragte er sich, welche Vorbedeutung das haben könnte, und dachte kurz daran, umzukehren und zu fliehen.

Dann spürte er Tolpan an seinem Arm ziehen. »Geh weiter!« befahl der Kender. »Du wirkst verdächtig!«

Caramon schüttelte den Kopf und strich die dummen Erinnerungen aus seinem Gehirn, die nichts bedeuteten, wie er sich einredete. Die zwei erreichten die Wachen an der Tür.

»Tolpan!« rief Caramon plötzlich und ergriff den Kender so fest an der Schulter, daß er vor Schmerz aufkreischte. »Tolpan, das ist eine Prüfung! Wenn die Götter uns hineinlassen, weiß ich, daß wir das Richtige unternehmen! Wir haben dann ihren Segen!«

Tolpan hielt inne. »Bist du dir sicher?« fragte er.

»Natürlich!« Caramons Augen leuchteten im hellen Licht Solinaris. »Du wirst schon sehen. Komm jetzt.« Mit neuem Vertrauen ging der große Mann die Stufen hoch. Er bot einen beeindruckenden Anblick, der goldene Seidenumhang flatterte um ihn, der goldene Helm blitzte im Mondlicht. Die Wachen hörten auf, sich zu unterhalten, drehten sich um und beobachteten ihn. Einer stieß den anderen an, sagte etwas und machte eine schnelle, schlitzende Bewegung. Der andere grinste, schüttelte den Kopf und musterte Caramon bewundernd.

Caramon wußte sofort, was diese Pantomime darstellte, und spürte wieder das warme Blut über seine Hand spritzen, hörte die letzten geröchelten Worte des Barbaren. Aber er war zu weit gegangen, um jetzt aufzugeben. Und vielleicht war das auch ein Zeichen, sagte er sich. Der Geist des Barbaren verweilte in der Nähe, gierig auf Rache bedacht.

»Ich grüße dich, Gladiator«, rief einer der Wächter. »Du bist neu bei den Spielen, nicht wahr? Ich erzählte gerade meinem Kollegen, daß er heute einen guten Kampf verpaßt hat. Nicht nur das, durch dich habe ich auch noch sechs Silberstücke gewonnen. Wie wirst du genannt?«

»Er ist der ›Sieger‹«, antwortete Tolpan schlagfertig. »Und heute war erst der Anfang. Er wurde im Kampf noch nie besiegt, und das wird auch nie der Fall sein.«

»Und wer bist du, kleiner Taschendieb? Sein Manager?«

»Sicher«, sagte Caramon, »und auch ein guter.«

Die Wächter blinzelten sich wissend an, einer schüttelte neidisch den Kopf. »Ich habe die Frauen gesehen, wie sie dich heute beobachtet haben«, sagte er, sein Blick glitt über Caramons breite Schultern. »Ich hätte es wissen müssen, daß du zum Abendessen eingeladen bist.«

Worüber redeten sie? Caramons fragender Blick ließ die Wächter in erneutes Lachen ausbrechen.

Caramon betrat den Tempel. Im Gehen hörte er die Wachen plumpe Witze austauschen. Er zog den Kender in einen Korridor und stürzte in die nächste Ecke, auf die er stieß. Er hatte nicht die leiseste Ahnung, wo er sich befand.

Als die Wachen nicht mehr zu sehen und zu hören waren, ließ er Tolpan frei.

Der Kender war blaß, seine Augen waren aufgerissen. »Nun, diese... diese... Ich werde... Sie werden es bereuen...«

»Tolpan!« Caramon schüttelte ihn. »Beruhige dich. Erinnere dich, warum wir hier sind!«

»Taschendieb! Als ob ich ein gemeiner Halunke wäre!« Tolpan war sehr erzürnt. »Ich...«

Caramon sah ihn finster an, und der Kender brach ab. Als er sich wieder unter Kontrolle hatte, holte er tief Luft und atmete langsam wieder aus. »Es ist jetzt in Ordnung«, sagte er verdrossen.

»Nun, wir sind im Tempel, obgleich nicht so, wie ich es mir

vorgestellt habe«, murmelte Caramon. »Hast du gehört, was sie gesagt haben?«

»Nein, nur ›Ta...Taschendieb‹.«

»Es hörte sich an... als ob die Damen M...männer hier einladen, um... Du weißt schon...«

»Hör mal, Caramon«, sagte Tolpan aufgebracht. »Du hast dein Zeichen bekommen. Sie haben uns hineingelassen. Sie haben dich wahrscheinlich nur auf den Arm genommen. Du weißt genau, wie leichtgläubig du bist. Du glaubst alles! Tika sagt das auch.«

Tikas Bild tauchte vor Caramons geistigem Auge auf. Er konnte hören, wie sie lachend diese Worte sagte. Er funkelte Tolpan wütend an, dann schob er die Erinnerung sofort beiseite.

Es gab im Tempel einen Korridor, den nur wenige betraten, und von diesen tat es niemand freiwillig. Wenn sie hier gezwungenermaßen einen Botengang zu erledigen hatten, erfüllten sie ihre Aufgabe und verschwanden so schnell wie möglich.

Der Korridor war so prachtvoll wie auch die anderen Hallen und Korridore im Tempel. Wunderschöne Wandteppiche in hellen Farben zierten die Wände, weiche Teppiche bedeckten den Marmorboden, anmutige Statuen füllten seine schattigen Alkoven. Mit Verzierungen versehene Holztüren gingen von ihm ab, führten zu Räumen, die wie die anderen Räume im Tempel dekoriert waren. Aber die Türen wurden nicht mehr geöffnet. Sie waren alle verschlossen. Alle Räume waren leer – alle außer einem.

Dieser Raum lag am entferntesten Ende des Korridors, der selbst tagsüber dunkel und still war. Es war, als ob der Bewohner dieses Raumes ein Leichentuch über den Boden geworfen hätte, über den er ging, über die Luft, die er einatmete. Wer diesen Korridor betrat, klagte über Erstickungsgefühle.

In diesem Raum lebte Fistandantilus seit Jahren, seit der Königspriester an die Macht gelangt war und die Zauberkundigen aus ihrem Turm in Palanthas vertrieben hatte, dem Turm, in dem Fistandantilus als Oberhaupt der Versammlung geherrscht hatte.

Welchen Handel hatten sie abgeschlossen, die führenden Kräfte des Guten und des Bösen auf der Welt? Welche Übereinkunft hatten sie getroffen, die es ermöglichte, daß der Dunkle im Inneren des heiligsten Ortes auf Krynn lebte? Niemand wußte es. Die meisten glaubten, daß es als Gnadenerweis des Königspriesters geschah, als eine ehrenhafte Geste einem besiegten Feind gegenüber.

Aber selbst der Königspriester ging nicht in diesen Korridor. Hier zumindest herrschte der große Magier in beängstigender Hoheit.

Am anderen Ende des Korridors befand sich ein hohes Fenster. Schwere Plüschvorhänge hielten tagsüber das Sonnenlicht und in der Nacht die Mondstrahlen fern. Äußerst selten drang Licht durch die dicken Falten der Vorhänge. Aber in dieser Nacht, vielleicht weil die Diener vom Vorstand der Hofhaltung angehalten worden waren, den Korridor zu säubern und Staub zu wischen, waren die Vorhänge ein klein wenig geteilt, so daß das silberne Licht Solinaris in den Korridor fiel. Die Strahlen des Mondes, den die Zwerge »Kerze in der Nacht« nannten, durchdrangen die Dunkelheit wie eine lange dünne Klinge aus glitzerndem Stahl.

»Dort ist seine Tür«, erklärte der Kender leise. »Auf der linken Seite.«

Caramon griff noch einmal unter seinen Umhang, suchte den Knauf des Dolches, seine beruhigende Gegenwart. Der Knauf war kalt. Caramon erschauerte und zog schnell seine Hand zurück.

Es schien eine einfache Angelegenheit, in den Korridor zu gehen. Dennoch konnte er sich nicht bewegen. Vielleicht war es die Ungeheuerlichkeit, die er zu tun beabsichtigte – das Leben eines Mannes zu nehmen, nicht in der Schlacht, sondern im Schlaf. Gab es ein scheußlicheres, feigeres Verbrechen?

Die Götter haben mir ein Zeichen gegeben, erinnerte sich Caramon, und er zwang sich dazu, an den sterbenden Barbaren zu denken. Er zwang sich dazu, an die Qualen seines Bruders im Turm zu denken. Er erinnerte sich, wie mächtig dieser böse Magier war, wenn er wach war. Caramon holte tief Luft und umklammerte den Knauf des Dolches. Er begann, in den stillen Korridor zu laufen; das Mondlicht schien ihm nun zuzuwinken.

»Bleib hier«, befahl Caramon dem Kender.

»Nein…«, begann Tolpan, aber Caramon brachte ihn zum Schweigen.

»Du mußt aber. Jemand muß am Ende des Korridors Wache halten. Wenn jemand kommt, mach ein Geräusch oder irgend etwas.«

»Aber…«

Caramon warf dem Kender einen finsteren Blick zu.

Tolpan schluckte und nickte. »Ich… ich werde mich dort drüben hinstellen, dort im Schatten.« Er zeigte in die Richtung und schlich davon.

Caramon wartete, bis er sicher war, daß Tolpan ihm nicht »zufällig« folgte. Dann drehte er sich um und setzte seinen Weg fort.

In seiner Ecke stehend sah Tolpan Caramon den Korridor hinunterlaufen. Er sah, wie der große Mann dessen Ende erreichte, eine Hand ausstreckte und sie auf den Türgriff legte. Er sah, wie Caramon die Tür leicht anstieß. Sie gab seinem Druck nach und öffnete sich lautlos. Caramon verschwand.

Caramon bewegte vorsichtig seinen breiten Körper durch die Tür, die er nur einen Spalt geöffnet hatte, für den Fall, daß die Angeln quietschten. Aber alles blieb ruhig. Kein Geräusch aus dem Tempel drang in diese Kammer, als ob das Leben selbst von der Dunkelheit verschluckt würde. Caramon spürte seine Lungen brennen, und ihm fiel eine lebhafte Erinnerung aus der Zeit ein, als er im Blutmeer von Istar beinahe ertrunken wäre. Entschlossen widerstand er dem Verlangen, Luft zu holen.

Er hielt in der Tür kurz inne, versuchte sein rasendes Herz zu beruhigen und sah sich im Zimmer um. Solinaris Licht strömte durch eine Lücke in den schweren Vorhängen, die das Fenster bedeckten. Ein Splitter silbernen Lichtes durchschnitt die Dunkelheit in einem schmalen Spalt, der zum Bett am anderen Ende des Zimmers führte.

Die Kammer war spärlich eingerichtet. Caramon bemerkte die Umrisse einer schweren schwarzen Robe, die über einem Holzstuhl hing. Weiche Lederstiefel standen daneben. Kein Feuer brannte im Kamin, die Nacht war zu warm. Den Dolchknauf umklammernd, zog Caramon die Waffe langsam hervor und durchquerte den Raum, geführt vom silbernen Mondlicht.

Ein Zeichen der Götter, dachte er; sein klopfendes Herz erstickte ihn fast. Er spürte Angst, eine Angst, die er in seinem Leben selten gespürt hatte. Ich muß es schnell erledigen! sagte er sich, besorgt, ohnmächtig zu werden oder sich übergeben zu müssen. Der weiche Teppich dämpfte seine Schritte. Jetzt konnte er das Bett sehen und die Gestalt, die darin schlief. Er schlich sich zum Bett, lauschte, den Dolch in der Hand, dem ruhigen Atem seines Opfers, versuchte eine Veränderung im gleichmäßigen Rhythmus auszumachen, die ihm sagen würde, daß er entdeckt worden war.

Ein und aus... ein und aus... der Atem ging stark, tief, friedlich. Der Atem eines gesunden jungen Mannes. Caramon erschauerte, erinnerte sich, wie alt der Zauberer sein mußte, erinnerte sich an die finsteren Geschichten, die er darüber gehört hatte, wie Fistandantilus seine Jugend erneuerte. Der Atem des Mannes ging regelmäßig, ohne Unterbrechungen. Das Mondlicht strömte herein, ein Zeichen...

Caramon hob den Dolch. Ein Stoß, schnell und sauber, tief in die Brust, und es war vorüber. Caramon zögerte. Nein, bevor er zustieß, wollte er das Gesicht sehen – das Gesicht des Mannes, der seinen Bruder so gequält hatte. Caramon hob wieder den Dolch, aber seine Hand zitterte. Er mußte das Gesicht sehen! Vorsichtig zog er die schwarze Kapuze beiseite.

Solinaris silbernes Licht ergoß sich über das Gesicht des schlafenden Magiers. Caramons Hand erstarrte, als er das Gesicht auf dem Kissen betrachtete.

Es war das Gesicht eines jungen Zauberkundigen, erschöpft von langen Nächten des Studiums, aber jetzt entspannt, willkommene Ruhe findend. Es war das Gesicht eines Mannes, in das ständiger Schmerz harte Linien eingegraben hatte. Es war ein Gesicht, das Caramon so vertraut wie sein eigenes war, ein Gesicht, auf das er unzählige Male im Schlaf geschaut hatte, ein Gesicht, das er mit erfrischendem Wasser gekühlt hatte…

Die den Dolch haltende Hand fuhr hinab, bohrte die Klinge in die Matratze. Caramon fiel neben dem Bett auf die Knie. Er wurde von Krämpfen geschüttelt und weinte.

Raistlin öffnete die Augen und richtete sich auf, blinzelte im hellen Licht Solinaris. Er zog sich wieder die Kapuze über die Augen, dann, vor Wut aufseufzend, streckte er eine Hand aus und nahm den Dolch aus dem kraftlosen Griff seines Bruders.

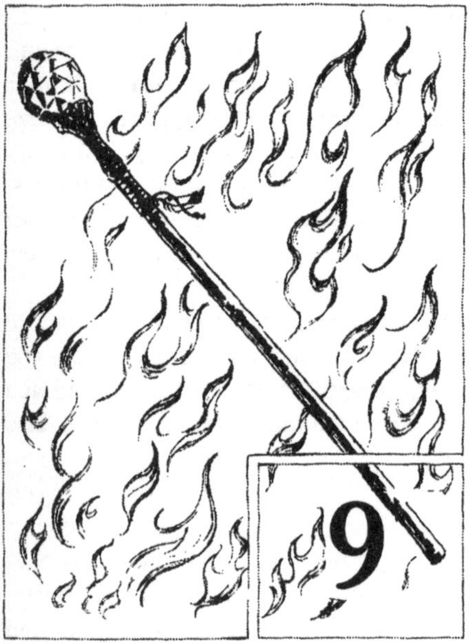

»Das war wirklich dumm, mein Bruder«, sagte Raistlin, während er den Dolch in seinen schlanken Händen umdrehte und ihn müßig betrachtete. »Es fällt mir schwer zu glauben, was ich sehe.«

Auf dem Boden neben dem Bett kniend, sah Caramon zu seinem Zwillingsbruder auf. Sein Gesicht war leichenblaß.

»›Ich verstehe nicht, Raist‹«, winselte Raistlin, Caramons Stimme nachahmend.

Caramons Gesicht verhärtete sich zu einer dunklen Maske. Seine Augen glitten zu dem Dolch, den sein Bruder noch in der Hand hielt. »Es wäre vielleicht besser gewesen, wenn ich nicht die Kapuze zurückgezogen hätte«, murmelte er.

Raistlin lächelte. »Dir blieb keine andere Wahl«, erwiderte er. Dann seufzte er und schüttelte den Kopf. »Mein Bruder, glaubst du wirklich, daß du einfach in mein Zimmer schleichen und mich im Schlaf umbringen kannst? Du weißt doch, daß ich keinen festen Schlaf habe, und das war schon immer so.«

»Nein, nicht dich!« schrie Caramon, und hob den Blick. »Ich dachte...« Er konnte nicht weitersprechen.

Raistlin starrte ihn verwirrt an, dann lachte er plötzlich auf. Es war ein entsetzliches Gelächter, und Tolpan, der immer noch am Ende des Korridors hockte, schlug bei dem Geräusch seine Hände über die Ohren.

»Du wolltest Fistandantilus umbringen!« stellte Raistlin fest und musterte seinen Bruder amüsiert. Er lachte wieder über diesen Gedanken. »Teurer Bruder«, sagte er, »ich habe vergessen, wie unterhaltsam du sein kannst.«

Caramon errötete und erhob sich schwankend. »Ich wollte es... für dich machen«, erklärte er. Er ging zum Fenster, zog den Vorhang zur Seite und starrte niedergeschlagen auf den Hof des Tempels hinaus, der im Licht Solinaris perlmuttern und silbern schimmerte.

»Natürlich«, rief Raistlin; eine Spur der alten Bitterkeit schlich sich in seine Stimme. »Du tust doch sowieso alles nur für mich?« Er sprach einen scharfen Befehl aus, und ein helles Licht erfüllte den Raum, das vom Stab des Magius herrührte, der in einer Ecke lehnte. Der Magier warf die Decke zurück und stieg aus dem Bett. Er ging zum Kamin, sprach einen weiteren Befehl, und Flammen hüpften von den nackten Steinen hoch. Ihr orangefarbenes Licht schlug gegen sein blasses schmales Gesicht und spiegelte sich in den klaren braunen Augen. »Nun, du bist zu spät gekommen, mein Bruder«, fuhr Raistlin fort und hielt seine Hände den warmen Flammen entgegen. »Fistandantilus ist tot. Durch meine Hände.«

Caramon drehte sich jäh um und starrte seinen Bruder an, überrascht vom seltsamen Ton in Raistlins Stimme. Aber sein Bruder blieb beim Feuer stehen und starrte in die Flammen.

»Du dachtest, du läufst in sein Zimmer und erstichst ihn im Schlaf«, murmelte Raistlin; ein grimmiges Lächeln lag auf seinen schmalen Lippen. »Den größten Magier, der je gelebt hat – bis jetzt.«

Caramon sah seinen Bruder am Kaminsims lehnen, als hätte er plötzlich einen Schwächeanfall bekommen.

»Er war überrascht, mich zu sehen«, erzählte Raistlin. »Und er machte sich über mich lustig, so wie er sich im Turm über mich lustig gemacht hat. Aber er hatte Angst. Ich konnte es an seinen Augen erkennen. ›So, kleiner Magier‹, höhnte Fistandantilus, ›wie bist du hierhergekommen? Hat der große Par-Salian dich geschickt?‹ – ›Ich bin aus eigenem Antrieb gekommen‹, antwortete ich ihm. ›Ich bin jetzt der Herr des Turms.‹ Das hatte er nicht erwartet. ›Unmöglich‹, sagte er lachend. ›*Ich* bin derjenige, dessen Kommen prophezeit wurde. *Ich* bin der Herr über Vergangenheit und Gegenwart. Wenn ich bereit bin, werde ich in mein Eigentum zurückkehren.‹ Aber die Angst in seinen Augen wuchs, noch während er sprach, denn er las meine Gedanken. ›Ja‹, antwortete ich auf seine unausgesprochenen Worte, ›die Prophezeiung hat nicht so funktioniert, wie du es erhofft hast. Du hast beabsichtigt, von der Vergangenheit in die Gegenwart zu reisen, indem du die Lebenskraft verwendest, die du mir zur Erhaltung deines Lebens entzogen hat. Aber du hast vergessen, daß ich deine *geistigen* Kräfte anzapfen kann! Du mußtest mich am Leben erhalten, um meine Lebenssäfte aussaugen zu können. Und zu diesem Zweck hast du mir die Worte gegeben und mich gelehrt, die Kugel der Drachen zu benutzen. Als ich sterbend vor Astinus' Füßen lag, hast du Leben in diesen erbärmlichen Körper geatmet, den du gequält hattest. Du brachtest mich zur Dunklen Königin und flehtest sie an, mir den Schlüssel zu geben, damit ich die Geheimnisse der uralten magischen Texte enthülle, die ich nicht lesen konnte. Und als du schließlich bereit warst, hast du beabsichtigt, in die zerstörte Hülle meines Körpers einzugehen und sie als deine zu beanspruchen.‹«

Raistlin wandte sich um, um seinem Bruder ins Gesicht zu sehen, und Caramon trat einen Schritt zurück, verängstigt über den Haß und die Wut, die er in diesen Augen brennen sah, heller als die tanzenden Flammen des Feuers.

»Er hatte also die Absicht, mich schwach und zerbrechlich zu halten. Aber ich habe ihn bekämpft!« fuhr Raistlin fort. »Ich benutzte ihn! Ich benutzte seinen Geist, ich lebte mit dem

Schmerz, und schließlich habe ich ihn überwältigt! ›Du bist der Herr über die Vergangenheit‹, sagte ich zu ihm, ›aber dir fehlt die Kraft, in die Gegenwart zu gelangen. Ich bin der Herr der Gegenwart, und bald bin ich auch der Herr der Vergangenheit!‹« Er seufzte. »Ich habe ihn getötet«, murmelte er, »aber es war ein bitterer Kampf.«

»Du hast ihn getötet? Sie... sie sagten, du wolltest zurückkommen, um von ihm zu lernen«, stammelte Caramon.

»Das bin ich auch«, entgegnete Raistlin leise. »Lange Monate verbrachte ich bei ihm, in einer Verkleidung. Ich enthüllte mich ihm erst, als ich bereit war. Und bei dieser Gelegenheit saugte ich *ihn* aus!«

Caramon schüttelte den Kopf. »Das ist unmöglich. Du bist zur gleichen Zeit wie wir aufgebrochen, in jener Nacht... Zumindest hat das der Dunkelelf gesagt...«

Raistlin schüttelte ärgerlich den Kopf. »Die Zeit für dich, mein Bruder, ist eine Reise vom Sonnenaufgang bis zum Sonnenuntergang. Die Zeit ist für jene von uns, die ihre Geheimnisse gemeistert haben, eine Reise jenseits der Sonne. Sekunden werden zu Jahren, Stunden zu Jahrhunderten. Ich gehe nun seit Monaten als Fistandantilus durch diese Hallen. In den vergangenen Wochen habe ich alle Türme der Erzmagier aufgesucht – jene, die noch erhalten sind –, um zu lernen. Ich war bei Lorac im Elfenkönigreich und lehrte ihn den Umgang mit der Kugel der Drachen – eine tödliche Gabe für einen, der so schwach und hochmütig wie er ist. Sie wird ihm später eine Falle stellen. Ich habe viele Stunden mit Astinus in der Großen Bibliothek verbracht. Andere Orte, die ich besucht habe, entsetzliche und wunderbare Dinge, die ich gesehen habe, liegen jenseits deiner Vorstellung. Aber für Dalamar beispielsweise war ich nur einen Tag und eine Nacht abwesend. So wie für dich.«

Das ging über Caramons Verstand. Verzweifelt versuchte er, einen winzigen Teil davon zu erfassen.

»Dann... bedeutet das, daß du... jetzt in Ordnung bist? Ich meine, in der Gegenwart? In unserer Zeit?« Er machte eine

Handbewegung. »Deine Haut ist nicht mehr golden, du hast die Stundenglasaugen verloren. Du siehst… du siehst aus wie damals, als du jung warst und wir zum Turm gereist sind, vor sieben Jahren. Wirst du so sein, wenn wir zurückkehren?«

»Nein, mein Bruder«, antwortete Raistlin. Er sprach mit einer Geduld, die man aufwendet, wenn man Kindern etwas erklären will. »Die Zeit ist wie ein Fluß. Ich habe nicht ihren Verlauf geändert. Ich bin einfach an einer Stelle ausgestiegen und an einer anderen Stelle etwas flußaufwärts wieder hineingesprungen. Dieser Fluß trägt mich in seinem Lauf. Ich…« Raistlin hielt plötzlich inne, warf einen scharfen Blick zur Tür. Dann riß er sie mit einer schnellen Bewegung auf, und Tolpan Barfuß taumelte herein und fiel auf sein Gesicht.

»Oh, hallo«, grüßte Tolpan und erhob sich fröhlich vom Boden. »Ich wollte gerade anklopfen.« Er staubte sich ab und wandte sich eifrig an Caramon. »Ich habe es kapiert! Verstehst du – er war früher Fistandantilus, der Raistlin geworden ist, der Fistandantilus geworden ist. Jetzt ist aus Fistandantilus Raistlin geworden, der Fistandantilus geworden ist, der wiederum Raistlin geworden ist. Verstehst du?«

Nein, Caramon verstand nicht. Tolpan wandte sich an den Magier. »Ist das nicht richtig, Raist…«

Der Magier antwortete nicht. Er starrte Tolpan mit einem so gefährlichen Ausdruck in den Augen an, daß dem Kender unbehaglich zumute wurde, und packte ihn am Kragen.

»Warum hat Par-Salian dich geschickt?« fragte Raistlin mit einer sanften Stimme, die den Kender erzittern ließ.

»Nun, er dachte natürlich, Caramon brauche Hilfe und…« Raistlins Griff wurde fester, seine Augen verengten sich. Tolpan stammelte. »In der Tat… glaube ich nicht… daß er wirklich beabsichtigt hat… mich zu schicken.« Tolpan versuchte, einen flehenden Blick auf Caramon zu werfen, aber Raistlins Griff hinderte ihn daran. »Es… es war mehr oder weniger ein Zufall, glaube ich… zumindest was ihn betrifft. Und ich könnte… besser reden, wenn du mich atmen lassen würdest… zumindest ab und zu.«

»Fahr fort!« befahl Raistlin und schüttelte Tolpan leicht.

»Raistlin, hör auf...«, begann Caramon und trat einen Schritt auf ihn zu, seine Augenbrauen gefurcht.

»Halt den Mund«, herrschte Raistlin ihn zornig an, nahm aber seine Augen nicht von dem Kender. »Fahr fort.«

»Da... da war ein Ring, den jemand hat fallen lassen... nun, vielleicht nicht fallen lassen...«, stammelte Tolpan, beunruhigt von dem Ausdruck in Raistlins Augen. »Ich... ich vermute, ich bin in ein Zimmer gegangen, und er... fiel in meinen Beutel, glaube ich, weil ich nicht weiß, wie er dort hineinkam... aber als der rotgekleidete Mann Bupu nach Hause schickte, wußte ich, ich bin der nächste. Und ich konnte Caramon nicht allein lassen! Ich... ich habe also zu Fizban gebetet – ich meine Paladin –, und ich steckte den Ring an und – puh!« Tolpan streckte seine Hände aus. »Ich war eine Maus!«

Der Kender hielt inne; er erhoffte sich eine erstaunte Reaktion von seinen Zuhörern. Aber Raistlins Augen weiteten sich nur vor Ungeduld.

»Und so war ich in der Lage, mich zu verstecken«, fuhr Tolpan fort, »und schlich mich in Par-Salians Laboratorium, und er veranstaltete gerade die wunderschönsten Dinge, und die Steine haben gesungen, und Crysania lag ganz blaß herum, und Caramon sah so verängstigt aus, und ich konnte ihn nicht allein gehen lassen... und so...«, Tolpan zuckte die Schultern und sah Raistlin mit entwaffnender Unschuld an, »bin ich hier...«

Raistlin verschlang ihn weiter mit den Augen, als ob er Tolpan die Haut von den Knochen abziehen und in seine Seele blicken wollte. Offensichtlich zufrieden, ließ der Magier den Kender endlich los, wandte sich um und starrte geistesabwesend ins Feuer. »Was bedeutet das?« murmelte er. »Ein Kender, gemäß allen magischen Gesetzen verboten! Bedeutet das, daß der Verlauf der Zeit verändert werden kann? Sagt er die Wahrheit? Oder wollen sie mich auf diese Weise aufhalten?«

»Was hast du gesagt?« fragte Tolpan interessiert; er sah vom Teppich auf, wo er saß. »Den Verlauf der Zeit ändern? Durch mich? Meinst du, daß ich...«

Raistlin drehte sich um und starrte den Kender so bösartig an, daß Tolpan zu Caramon zurückwich.

»Ich war wirklich überrascht, deinen Bruder zu finden. Du nicht auch?« fragte Tolpan Caramon. »Raistlin war auch überrascht, mich zu sehen, nicht wahr? Das ist merkwürdig, denn ich sah ihn auf dem Sklavenmarkt, und ich gehe davon aus, daß er uns gesehen hat...«

»Sklavenmarkt!« sagte Caramon plötzlich. Dieses Gespräch über Flüsse und Zeit reichte. Dies war jetzt etwas, was er verstehen konnte. »Raist, du sagtest, du wärst schon seit Monaten hier. Das heißt, *du* warst es, der sie glauben machte, ich hätte Crysania überfallen! Du bist derjenige, der mich gekauft hat! Du bist derjenige, der mich zu den Spielen geschickt hat!«

Raistlin machte eine ungeduldige Handbewegung, daß seine Gedanken unterbrochen wurden.

Aber Caramon blieb hartnäckig. »Warum?« herrschte er Raistlin an.

»Im Namen der Götter, Caramon!« Raistlin wandte sich wieder um, seine Augen waren kalt. »Von welchem möglichen Nutzen hättest du für mich in deinem damaligen Zustand sein können? Ich brauche einen starken Krieger für unser nächstes Ziel und keinen fetten Trunkenbold.«

»Und... und du hast den Tod des Barbaren befohlen?« fragte Caramon. Seine Augen blitzten. »Du hast die Warnung diesem – wie heißt er? – Quarat geschickt?«

»Sei kein Tölpel, mein Bruder«, sagte Raistlin grimmig. »Was kümmern mich diese kleinlichen Hofintrigen! Wenn ich einen Feind beseitigen will, wird sein Leben innerhalb von Sekunden ausgelöscht sein. Quarat schmeichelt sich selbst in dem Wahn, daß ich großes Interesse an ihm hege.«

»Aber der Zwerg sagte...«

»Der Zwerg hört nur das Geklimper von Geld, das in seine Handfläche fällt. Aber glaub, was du willst.« Raistlin zuckte die Schultern. »Es interessiert mich wenig.«

Caramon war lange Zeit still und dachte nach. Tolpan öffnete den Mund – es gab mindestens hundert Fragen, die er liebend gern Raistlin gestellt hätte –, aber Caramon funkelte ihn an, und der Kender schloß den Mund ganz schnell.

Caramon hob den Blick. »Was meinst du damit – ›unser nächstes Ziel‹?«

»Ich behalte meine Absichten für mich«, erwiderte Raistlin. »Du wirst es erfahren, wenn die Zeit sozusagen reif ist. Meine Arbeit hier macht Fortschritte, aber sie ist noch nicht beendet. Es gibt hier außer dir eine andere Person, die sozusagen in Form gehämmert werden muß.«

»Crysania«, murmelte Caramon. »Das hat etwas mit der Herausforderung an die Dunkle Königin zu tun, nicht wahr? Du brauchst einen Kleriker...«

»Ich bin sehr müde, mein Bruder«, unterbrach ihn Raistlin. Auf eine Geste von ihm verschwanden die Flammen im Kamin. Auf ein Wort erstarb das Licht des Stabes. Eisige, trostlose Dunkelheit senkte sich über die drei herab. Selbst das Licht Solinaris war verschwunden, der Mond war hinter den Gebäuden untergegangen. Raistlin durchquerte das Zimmer und steuerte auf sein Bett zu. Seine schwarzen Roben raschelten leise. »Laßt mich nun ausruhen. Auf keinen Fall solltet ihr euch hier lange aufhalten. Zweifellos haben Spione eure Gegenwart gemeldet, und Quarat kann ein tödlicher Feind sein. Paß auf, daß du nicht umgebracht wirst. Es wäre sehr ärgerlich, wenn ich einen anderen Leibwächter ausbilden lassen müßte. Also, mein Bruder, sei bereit. Meine Aufforderung wird bald erfolgen. Vergiß das Datum nicht.«

Caramon öffnete den Mund, aber er fand sich mit einer Tür sprechend vor. Er und Tolpan standen draußen in dem jetzt dunklen Korridor.

»Das ist wirklich unglaublich!« bemerkte der Kender. »Ich habe nicht mal gemerkt, daß wir uns bewegt haben, du etwa? Vor einer Minute waren wir dort, in der nächsten sind wir hier. Nur eine Handbewegung. Es muß wundervoll sein, ein Magier zu sein«, sagte er und starrte auf die geschlossene Tür. »Durch Zeit und Raum und geschlossene Türen sausen.«

»Komm«, sagte Caramon und ging den Korridor hinunter.

»Sag mal, Caramon«, sagte Tolpan leise, während er ihm nacheilte, »was hat Raistlin gemeint mit: ›Vergiß das Datum nicht‹? Sollst du ihm ein Geschenk machen?«

»Nein«, knurrte Caramon. »Sei nicht so dumm.«

»Ich bin nicht dumm«, widersprach Tolpan. »Immerhin ist in wenigen Wochen der Heilige Abend, und er erwartet wohl ein Geschenk. Vermutlich feiern sie den Heiligen Abend hier in Istar genauso wie wir in unserer Zeit. Glaubst du...«

Caramon blieb plötzlich stehen.

»Was ist los?« fragte Tolpan, beunruhigt von dem entsetzten Ausdruck im Gesicht des großen Mannes. Eilig blickte sich der Kender um, seine Hand schloß sich um den Griff seines kleinen Messers, das er in seinen Gürtel gesteckt hatte. »Was siehst du? Ich sehe nichts...«

»Das Datum!« rief Caramon. »Das Datum, Tolpan! Der Heilige Abend! In Istar!« Er wirbelte herum und umklammerte den erschreckten Kender. »Welches Jahr haben wir? Welches Jahr?«

»Warum...« Tolpan versuchte nachzudenken. »Ich glaube, ja, jemand sagte es mir, es war 962.«

Caramon stöhnte, seine Hände ließen Tolpan los, und er faßte sich an den Kopf.

»Was ist denn?« fragte Tolpan.

»Denk nach, Tolpan, denk nach!« murmelte Caramon. Dann stolperte der große Mann durch den Korridor in die Dunkelheit. »Was erwarten sie von mir, daß ich tun soll? Was kann ich überhaupt tun?«

Tolpan folgte langsamer. »Laß mal sehen. Dies ist der Heilige Abend im Jahr 962. Aus einem Grund klingt die Zahl vertraut. Der Heilige Abend 962... Oh, ich erinnere mich!« sagte er triumphierend. »Das war der letzte Heilige Abend vor... vor...« Der Gedanke raubte dem Kender den Atem. »Vor der Umwälzung!« flüsterte er.

10

Denubis legte den Federhalter nieder und rieb sich die Augen. Er saß im stillen Schreibzimmer und hoffte, daß eine kurze Pause ihm helfen werde. Aber das war nicht der Fall. Als er den Federhalter ergriff, um seine Arbeit wieder aufzunehmen, verschwammen die Wörter, die er zu übersetzen versuchte, wieder zu einem bedeutungslosen Durcheinander.

Streng rügte er sich und zwang sich zur Konzentration, und schließlich begannen die Wörter einen Sinn zu ergeben. Aber es ging ihm schwer von der Hand. Sein Kopf schmerzte. Er schmerzte nun schon seit Tagen, ein dumpfer, klopfender Schmerz, der selbst in seinen Träumen gegenwärtig war.

»Es liegt an dem seltsamen Wetter«, sagte er sich ständig. »Zu warm für die Zeit vor dem Heiligen Abend.«

Es war in der Tat zu warm, seltsam warm. Und die Luft war schwer von Feuchtigkeit. Hundert Meilen entfernt vor Kattai, so hatte er gehört, lag der Ozean ruhig unter der brennenden

Sonne, so ruhig, daß die Schiffe nicht segeln konnten. Sie lagen im Hafen fest, und ihre Kapitäne fluchten, ihre Ladungen verrotteten.

Denubis wischte sich über die Stirn und versuchte, fleißig weiterzuarbeiten, die Scheiben der Mishakal ins Solamnische zu übersetzen. Aber sein Geist wandelte umher. Die Worte ließen ihn an eine Geschichte denken, über die einige solamnische Ritter in der letzten Nacht gesprochen hatten – eine greuliche Geschichte, die Denubis aus seinem Gedächtnis zu bannen versuchte.

Ein Ritter namens Soth hatte eine junge Elfenklerikerin verführt und sie als seine Braut in seine Burg Dargaard gebracht. Aber dieser Soth war bereits verheiratet, so sagten die Ritter, und es gab mehr als einen Grund anzunehmen, daß seiner ersten Gattin ein schlimmes Ende zuteil geworden war.

Die Ritter hatten eine Abordnung geschickt, die Soth gefangennehmen und vor ein Gericht bringen sollte, aber Soths treue Ritter verteidigten ihren Herrrn. Das Quälendste an dieser Geschichte war, daß die Elfe, die der Lord getäuscht hatte, bei ihm blieb, standhaft in ihrer Liebe und ihrer Treue gegenüber diesem Mann, obgleich seine Schuld erwiesen war.

Denubis erschauerte und versuchte, den Gedanken zu verbannen. Da! Er hatte einen Fehler gemacht. Es war hoffnungslos! Er wollte gerade die Feder beiseite legen, als er hörte, daß sich die Tür des Schreibzimmers öffnete. Hastig nahm er den Federhalter wieder auf und begann zu schreiben.

»Denubis«, sagte eine leise Stimme

Der Kleriker sah auf. »Crysania, meine Liebe«, sagte er lächelnd.

»Störe ich dich bei deiner Arbeit? Ich kann später kommen...«

»Nein, nein«, versicherte ihr Denubis. »Ich bin erfreut, dich zu sehen. Sehr erfreut.« Das stimmte wirklich. Crysania hatte eine Art an sich, die ihm das Gefühl der Ruhe und Ausgeglichenheit gab. Selbst seine Kopfschmerzen schienen in ihrer Gegenwart nachzulassen. Er fand einen Stuhl für sie und für sich, setzte sich zu ihr und fragte sich insgeheim nach dem Grund ihres Kommens.

Als ob sie seine stumme Frage beantworten wollte, sah sich Crysania in dem friedlichen Raum um und lächelte. »Mir gefällt es hier«, erklärte sie. »Es ist so still und privat.« Ihr Lächeln erstarb. »Manchmal bin ich müde von den... den vielen Leuten«, sagte sie. Ihr Blick wanderte zur Tür, die zum Hauptbereich des Tempels führte.

»Ja, es ist ruhig hier«, stimmte Denubis zu. »Auf jeden Fall jetzt. Das war nicht immer so in den vergangenen Jahren. Als ich hierherkam, wimmelte es von Schreibern, die die Worte der Götter in andere Sprachen übersetzten, so daß sie jeder verstehen konnte. Aber der Königspriester fand das nicht notwendig, und sie gingen einer nach dem anderen, fanden wichtigere Aufgaben. Außer mir.« Er seufzte. »Vermutlich bin ich zu alt«, fügte er entschuldigend hinzu. »Ich wollte etwas Wichtiges tun, aber mir fiel nichts ein. So blieb ich also. Niemand schien es zu stören... jedenfalls nicht sehr.«

Er mußte leicht die Stirn runzeln bei der Erinnerung an jene langen Gespräche mit dem Verehrten Sohn Quarat, der ihn antrieb und auf ihn einredete, etwas aus sich zu machen. Schließlich hatte der höhere Kleriker aufgegeben und Denubis gesagt, daß er ein hoffnungsloser Fall sei. So war Denubis zu seiner Arbeit zurückgekehrt, saß Tag für Tag in friedlicher Einsamkeit da, übersetzte Schriftrollen und Bücher und sandte sie nach Solamnia, wo sie ungelesen in einer großen Bibliothek aufbewahrt wurden.

»Aber genug von mir«, fügte er hinzu, als er Crysanias blasses Gesicht sah. »Was ist los, meine Liebe? Geht es dir nicht gut? Verzeih mir, aber es ist mir in diesen wenigen Wochen nicht entgangen, daß du unglücklich zu sein scheinst.«

Crysania starrte schweigend auf ihre Hände, dann blickte sie zu dem Kleriker auf. »Denubis«, begann sie zögernd, »glaubst du, daß die Kirche so ist... wie sie sein sollte?«

Damit hatte er überhaupt nicht gerechnet. Sie hatte eher das Aussehen eines jungen Mädchens, das von seinem Liebhaber getäuscht wurde. »Nun, natürlich, meine Liebe«, antwortete Denubis in einer gewissen Verwirrung.

»Wirklich?« Sie hob den Blick und sah ihm aufmerksam in die Augen. »Du arbeitest jetzt schon so lange für die Kirche. Du kennst noch die alten Zeiten. Du hast die Veränderung erlebt. Ist es besser geworden?«

Denubis spürte den forschenden Blick Crysanias, der all die dunklen Ecken, in denen er seit Jahren bewußt Dinge verborgen hielt, beleuchtete. Er fühlte sich an Fistandantilus erinnert. »Ich... nun... natürlich... es ist nur...« Er stammelte, und errötend verstummte er, als er es bemerkte. Crysania nickte ernst, als hätte sie diese Antwort erwartet.

»Nein, es ist besser geworden«, sagte er standhaft. Er wollte ihren jungen Glauben nicht verletzen, ergriff ihre Hand und lehnte sich vor. »Ich bin ein alter Mann, meine Liebe. Und alte Männer mögen Veränderungen nicht. Das ist alles. Für uns war in den alten Zeiten alles besser.« Er kicherte. »Selbst das Wasser hat besser geschmeckt. Ich kann mich nicht an die modernen Methoden gewöhnen. Es ist schwer für mich, sie zu verstehen. Die Kirche unternimmt allerhand Gutes, meine Liebe. Sie bringt Ordnung in das Land und gibt der Gesellschaft einen festen Halt...«

»Ob die Gesellschaft will oder nicht«, murmelte Crysania, aber Denubis überhörte es.

»Und sie rottet das Böse aus«, fuhr er fort. Plötzlich fiel ihm wieder die Geschichte des Ritters Soth ein.

»Ist das der Fall?« fragte ihn Crysania. »Rottet sie das Böse aus? Oder sind wir nicht wie Kinder, die in der Nacht allein gelassen werden und eine Kerze nach der anderen anzünden, um die Dunkelheit fernzuhalten? Wir erkennen nicht, daß die Dunkelheit einen Zweck erfüllt, und in unserer Angst brennen wir schließlich das Haus nieder!«

Denubis blinzelte. Er verstand überhaupt nichts mehr.

Aber Crysania sprach weiter. Es war offensichtlich, stellte Denubis unbehaglich fest, daß sie diese Gedanken seit Wochen in ihrem Inneren eingeschlossen hatte.

»Wir versuchen nicht, jenen zu helfen, die ihren Weg verloren haben. Wir kehren ihnen den Rücken zu, bezeichnen sie als unwürdig oder entledigen uns ihrer. Weißt du, daß Quarat beschlossen hat, die Ogerrasse auf der ganzen Welt auszurotten?«

»Aber, meine Liebe, Oger sind immerhin ein mörderisches Pack…«, wagte Denubis einzuwenden.

»Von den Göttern erschaffen, so wie wir auch«, unterbrach ihn Crysania. »Haben wir das Recht, etwas zu vernichten, was die Götter erschaffen haben?«

»Auch Spinnen?« warf Denubis ein, ohne nachzudenken. Als er ihren verärgerten Ausdruck sah, lächelte er. »Mach dir nichts daraus. Das Geschwafel eines alten Mannes.«

»Ich bin mit der Überzeugung hierhergekommen, daß die Kirche gut und wahr ist, und jetzt…« Sie legte den Kopf in die Hände.

Denubis streckte die Hand aus und streichelte Crysanias glattes, blauschwarzes Haar; er tröstete sie, wie er die Tochter getröstet hätte, die er niemals hatte. »Schäm dich nicht deiner Fragen, Kind«, sagte er. »Geh, sprich mit dem Königspriester. Er wird deine Fragen und Zweifel beantworten. Er verfügt über mehr Weisheit als ich.«

Crysania sah hoffnungsvoll auf. »Glaubst du…«

»Gewiß.« Denubis lächelte. »Geh heute abend zu ihm, meine Liebe. Er hält Audienz. Sei nicht ängstlich. Solche Fragen verärgern ihn nicht.«

»Sehr gut«, sagte Crysania. Ihr Gesicht war von Entschlossenheit erfüllt. »Du hast recht. Es war dumm von mir, mich damit ohne Hilfe abzuquälen. Ich werde den Königspriester fragen. Sicherlich kann er diese Dunkelheit aufhellen.«

Denubis lächelte und erhob sich, als Crysania vom Stuhl aufstand. Sie küßte ihn leicht auf die Wange. »Ich danke dir, mein Freund«, sagte sie leise. »Ich lasse dich jetzt wieder arbeiten.«

Denubis verspürte plötzlich eine unerklärliche Trauer und dann eine sehr große Angst. Es war, als ob er sich an einem Ort strahlender Helligkeit befände und zusähe, wie sie in eine unermeßliche, entsetzliche Dunkelheit ging. Das Licht um ihn wurde heller und heller, während die Dunkelheit um sie immer entsetzlicher, immer dichter wurde.

Verwirrt legte Denubis eine Hand an die Augen. Das Licht war wirklich da! Es strahlte im Zimmer und tauchte ihn in seinen Glanz. Es durchdrang sein Gehirn, der Schmerz in seinem Kopf wurde unerträglich. Und dennoch dachte er verzweifelt, daß er Crysania warnen müsse...

Das Licht verschlang ihn, erfüllte seine Seele. Und dann plötzlich war es verschwunden. Er stand wieder in dem sonnendurchfluteten Raum. Aber er war nicht allein. Blinzelnd versuchte er, seine Augen an die Dunkelheit zu gewöhnen, sah sich um und erblickte einen Elf, der bei ihm im Zimmer stand und ihn kühl musterte. Der Elf war alt und kahlköpfig und hatte einen langen weißen Bart. Er war in lange weiße Roben gekleidet, das Medaillon von Paladin hing um seinen Hals. Der Elf blickte traurig, so traurig, daß Denubis zu Tränen gerührt war, obgleich ihm der Grund unklar war.

»Es tut mir leid«, sagte Denubis mit heiserer Stimme. Er legte die Hand an den Kopf und erkannte plötzlich, daß er keine Schmerzen mehr hatte. »Ich... ich hatte dich nicht eintreten sehen. Kann ich etwas für dich tun? Suchst du jemanden?«

»Nein, ich habe den gefunden, nach dem ich gesucht habe«, antwortete der Elf ruhig, aber immer noch mit dem gleichen traurigen Gesichtsausdruck, »wenn du Denubis bist.«

»Ich bin Denubis«, erwiderte der Kleriker verwirrt. »Aber verzeih mir, ich kann mich nicht erinnern...«

»Mein Name ist Loralon«, erwiderte der Elf.

Denubis keuchte. Der größte aller Elfenkleriker, Loralon, hatte vor Jahren Quarats Aufstieg zur Macht bekämpft. Aber Quarat war zu stark gewesen. Mächtige Kräfte unterstützten ihn. Loralons Worte über Versöhnung und Frieden wurden nicht geschätzt. Voll Kummer war der alte Kleriker zu seinem Volk in dem sagenumwobenen Land Silvanesti zurückgekehrt und hatte geschworen, sich niemals wieder in Istar sehen zu lassen.

Was machte er hier?

»Du suchst sicherlich den Königspriester«, stammelte Denubis. »Ich werde...«

»Nein, es gibt im Tempel nur einen, den ich suche, und das bist du, Denubis«, sagte Loralon. »Komm. Wir haben eine lange Reise vor uns.«

»Reise?« wiederholte Denubis. »Das ist unmöglich. Ich habe Istar nicht mehr verlassen, seitdem ich vor dreißig Jahren gekommen bin...«

»Komm mit, Denubis«, sagte Loralon sanft.

»Wohin? Ich verstehe nicht...«, schrie Denubis. Er sah Loralon inmitten des sonnendurchfluteten friedlichen Zimmers stehen, ihn musternd, immer noch mit dem gleichen Ausdruck tiefer, unaussprechlicher Traurigkeit. Loralon griff zu dem Medaillon, das er um den Hals trug, und berührte es.

Und dann wußte Denubis alles. Paladin vermittelte seinem Kleriker Einsichten. Er sah die Zukunft. Vor Entsetzen erblassend, schüttelte er den Kopf. »Nein«, flüsterte er. »Das ist zu fürchterlich.«

»Es ist noch nicht alles entschieden. Diese Reise ist vielleicht nur eine vorübergehende, oder sie kann eine Zeit dauern, die jenseits aller Vorstellung liegt. Komm, Denubis, hier wirst du nicht länger benötigt.« Der große Elfenkleriker steckte die Hand aus.

Denubis fühlte sich mit Frieden und Verstehen gesegnet, was er selbst in der Gegenwart des Königspriesters niemals erlebt hatte. Er neigte den Kopf und ergriff Loralons Hand. Aber als er es tat, konnte er seine Tränen nicht zurückhalten...

Crysania saß in einer Ecke der prächtigen Empfangshalle des Königspriesters, ihre Hände lagen ruhig gefaltet in ihrem Schoß, ihr Gesicht war blaß, aber gelassen. Der melodischen Stimme des Königspriesters lauschend, der mit seinen Ministern wichtige Staatsangelegenheiten besprach und dann von der Politik zur Lösung großer Geheimnisse des Universums wechselte, errötete Crysania bei dem Gedanken, mit ihren kleinlichen Fragen an ihn heranzutreten.

Worte von Elistan fielen ihr ein. »Gehe nicht zu anderen, um Antworten zu erhalten. Schau in dein Herz! Du wirst entweder darin die Antwort finden oder allmählich erkennen, daß die Antwort bei den Göttern liegt und nicht im Menschen.«

Und so saß Crysania da, mit ihren Gedanken beschäftigt und ihr Herz befragend. Unglücklicherweise entzog sich ihr der Friede, den sie suchte. Vielleicht gab es keine Antworten auf ihre Fragen, entschied sie. Dann spürte sie eine Hand an ihrem Arm. Erschreckt sah sie auf.

»Es gibt Antworten auf deine Fragen, Verehrte Tochter«, ertönte eine Stimme, die ein prickelndes Gefühl durch ihre Nerven jagte, »aber du weigerst dich, sie zu hören.«

Sie kannte die Stimme, aber als sie begierig in den Schatten der Kapuze sah, konnte sie das Gesicht nicht erkennen. Ihr Blick wanderte zu der Hand an ihrer Schulter, sie dachte, diese Hand zu kennen. Schwarze Roben fielen über sie, und ihr Herz machte einen Ruck. Aber an den Roben waren keine silbernen Runen, so wie *er* sie trug. Wieder starrte sie in das Gesicht. Sie konnte nur das Glitzern verborgener Augen und blasse Haut erkennen... Dann löste sich die Hand von ihrer Schulter, griff nach oben und zog die Kapuze zurück.

Zuerst verspürte Crysania bittere Enttäuschung. Die Augen des jungen Mannes waren nicht golden, nicht wie Stundengläser geformt, die sein Symbol gewesen waren. Die Haut war nicht golden gefärbt, das Gesicht nicht zerbrechlich und kränklich. Das Gesicht des Mannes war blaß, wie von unermüdlichem Studieren, aber es war gesund, sogar gutaussehend, wenn man den Ausdruck ständigen bitteren Zynismusses außer Acht ließ, den er trug. Die Augen waren braun, klar und kalt wie Glas, spiegelten alles, was sie sahen, enthüllten nichts. Der Körper des Mannes war schlank, aber muskulös. Die schwarzen unverzierten Roben, die er trug, zeigten starke Schultern, nicht die gebeugte Gestalt des Magiers. Und dann lächelte der Mann, seine dünnen Lippen teilten sich leicht.

»*Du* bist es!« keuchte Crysania und wollte sich aus ihrem Stuhl erheben.

Der Mann legte wieder seine Hand auf ihre Schulter, mit einem sanften Druck, der sie zurückzwang. »Bitte, bleib sitzen, Verehrte Tochter«, sagte er. »Ich werde mich zu dir setzen. Es ist ruhig hier, und wir können uns, ohne gestört zu werden, unterhalten.« Er drehte sich um, machte eine anmutige Handbewegung, und ein Stuhl, der am anderen Ende der Halle gestanden hatte, stand plötzlich neben ihm.

Crysania schrie leicht auf und sah sich im Saal um. Aber falls es jemand bemerkt hatte, war er eifrig bemüht, den Magier zu übersehen. Sie bemerkte, daß Raistlin sie amüsiert musterte, und sie spürte, wie ihre Haut warm wurde. »Raistlin«, sagte sie förmlich, um ihre Verwirrung zu verdecken, »ich freue mich, dich zu sehen.«

»Und ich freue mich, dich zu sehen, Verehrte Tochter«, antwortete er mit jener höhnischen Stimme, die an ihren Nerven zerrte. »Aber mein Name ist nicht Raistlin.«

Sie starrte ihn an und errötete noch stärker. »Verzeih mir«, sagte sie und sah aufmerksam sein Gesicht an, »aber du erinnerst mich stark an eine Person, die ich kenne – einst gekannt habe.«

»Vielleicht wird dies das Geheimnis aufklären«, sagte er leise. »Mein Name lautet hier Fistandantilus.«

Crysania erbebte, die Lichter im Raum schienen sich zu verdunkeln. »Nein«, sagte sie und schüttelte leicht den Kopf, »das kann nicht sein! Du bist doch zurückgekommen... um von ihm zu lernen!«

»Ich bin zurückgekommen, um er zu werden«, erwiderte Raistlin.

»Aber... ich habe Geschichten gehört. Er ist böse, niederträchtig...« Ihr Blick war entsetzt auf ihn gerichtet.

»Das Böse existiert nicht mehr«, entgegnete Raistlin. »Er ist tot.«

»Du?« Das Wort war nur ein Flüstern.

»Er hätte mich sonst getötet, Crysania«, erklärte Raistlin schlicht, »so wie er zahllose andere getötet hat. Es ging um mein oder sein Leben.«

»Wir haben nur ein Böses gegen ein anderes ausgetauscht«, antwortete Crysania traurig. Sie wandte sich um.

Ich verliere sie! erkannte Raistlin sofort. Schweigend betrachtete er sie. Sie hatte sich auf ihrem Stuhl von ihm abgewandt. Er konnte ihr Profil sehen, rein wie Solinaris Licht. Kühl musterte er sie, so wie er die kleinen Tiere gemustert hatte, die unter sein Messer kamen, als er nach den Geheimnissen des Lebens geforscht hatte.

Raistlin erinnerte sich, wie sie bei seiner Berührung zusammengezuckt war. Er beugte sich zu ihr vor und ergriff ihr Handgelenk. Sie schreckte auf und versuchte sich aus seinem Griff zu lösen. Aber der war fest.

»Glaubst du das wirklich von mir?« fragte Raistlin mit der Stimme eines Mannes, der lange gelitten hat und dann herausfindet, daß alles vergeblich war. Sie versuchte zu sprechen, aber Raistlin fuhr fort: »Fistandantilus plante, in unsere Zeit zurückzukehren, mich zu zerstören, meinen Körper zu nehmen und das zu beanspruchen, was die Königin der Finsternis zurückgelassen hatte. Er plante, die bösen Drachen unter seine Kontrolle zu bringen. Die Drachenfürsten, wie meine Schwester Kitiara, hätten sich unter seiner Fahne versammelt. Die Welt wäre wieder in Krieg gestürzt worden.« Raistlin hielt inne. »Diese Gefahr ist jetzt gebannt«, fügte er sanft hinzu.

Seine Augen hielten Crysania fest, so wie seine Hand ihr Gelenk festhielt. Als sie in sie hineinsah, erblickte sie sich selbst in den spiegelgleichen Pupillen, nicht als blasse, eifrige, strenge Klerikerin, wie sie sich mehr als einmal hatte nennen hören, sondern als schöne und liebenswürdige Frau. Dieser Mann war im Vertrauen zu ihr gekommen, und sie hatte ihn im Stich gelassen. Der Schmerz in seiner Stimme war unerträglich, und Crysania versuchte wieder zu sprechen.

Aber Raistlin zog sie noch näher an sich.

»Du kennst meine Ambitionen«, sagte er. »Dir habe ich mein Herz geöffnet. Ist es mein Plan, den Krieg wieder zu entfachen? Ist es mein Plan, die Welt zu erobern? Meine Schwester Kitiara kam zu mir und bat mich darum, suchte meine Hilfe. Ich weigerte mich, und ich fürchte, du hast die Folgen tragen müssen.« Raistlin seufzte und senkte die Augen. »Ich habe ihr von dir erzählt, Crysania, von deiner Güte und deiner Kraft. Sie war zornig und schickte dir ihren toten Ritter, um dich zu vernichten, überzeugt, sie könnte auf diese Weise deinen Einfluß auf mich zunichte machen.«

»Habe ich denn Einfluß auf dich?« fragte Crysania leise; sie versuchte nicht mehr, sich Raistlins Griff zu entziehen. Ihre Stimme zitterte vor Freude. »Darf ich zu hoffen wagen, daß du die Wege der Kirche erkannt hast und...«

»Die Wege dieser Kirche?« fragte Raistlin, und seine Stimme klang wieder bitter, höhnisch. Er lehnte sich auf seinem Stuhl zurück, richtete seine schwarzen Roben und musterte Crysania mit einem spöttischen Lächeln.

Verlegenheit, Zorn und Schuldgefühl färbten Crysanias Wangen rosarot, ihre grauen Augen verdunkelten sich zu einem Tiefblau. Die Farbe ihrer Wangen breitete sich auf ihre Lippen aus, und plötzlich war sie wunderschön, eine Tatsache, die Raistlin, ohne es zu wollen, auffiel. Der Gedanke ärgerte ihn über alle Maßen, denn er drohte seine Konzentration zu stören. Wütend schob er ihn beiseite.

»Ich kenne deine Zweifel, Crysania«, fuhr er plötzlich fort. »Ich weiß, was du gesehen hast. Du hast herausgefunden, daß die Kirche eher damit beschäftigt ist, die Welt in Gang zu halten als die Wege der Götter zu lehren. Du hast gesehen, daß ihre Kleriker betrügen, sich in Politik einmischen, Geld verschwenden, mit dem man die Armen ernähren könnte. Du dachtest daran, die Kirche in Schutz zu nehmen, als du hierher gekommen bist. Du versuchtest... vielleicht Zauberkundigen die Schuld zu geben.«

Crysanias Röte vertiefte sich, sie konnte ihn nicht ansehen und wandte das Gesicht ab, aber ihr Schmerz und ihre Erniedrigung waren offenkundig.

Raistlin fuhr gnadenlos fort: »Die Zeit der Umwälzung naht. Die wahren Kleriker haben bereits das Land verlassen... Wußtest du das nicht? Dein Freund Denubis ist auch verschwunden.

Du, Crysania, bist die einzig wahre Klerikerin hier im ganzen Land.«

Crysania starrte Raistlin schockiert an. »Das… ist unmöglich«, flüsterte sie. Ihre Augen wanderten durch die Halle. Und sie konnte zum ersten Mal die Gespräche der kleinen Gruppen hören, die sich weit weg vom Königspriester versammelt hatten. Sie hörte Gespräche über die Spiele, Streitereien über die Verteilung öffentlicher Gelder, Erörterungen der besten Methoden, ein aufrührerisches Land unter Kontrolle zu bringen – alles im Namen der Kirche.

Und dann, wie um die anderen, groben Stimmen zu übertönen, erklang die melodische Stimme des Königspriesters in ihrer Seele und beruhigte ihren verwirrten Geist. Der Königspriester war noch da. Sich von der Dunkelheit abwendend, sah sie zu seinem Licht hin und spürte ihren Glauben in ihrem Inneren stark und rein aufsteigen. Kühl sah sie wieder Raistlin an. »Es gibt immer noch Gutes auf der Welt«, sagte sie streng. Sie erhob sich und machte sich zum Gehen bereit. »Solange dieser heilige Mann herrscht, der von den Göttern gesegnet ist, kann ich nicht glauben, daß sie ihren Zorn an der Kirche auslassen.«

»Sieh dir diesen Mann an«, flüsterte Raistlin, »›gesegnet‹ von den Göttern.« Er ergriff Crysania mit seinen starken Armen und zwang sie, den Königspriester anzusehen.

Überwältigt von Schuldgefühlen, weil sie Zweifel gehegt hatte, und wütend auf sich, weil sie Raistlin erlaubt hatte, in ihr Inneres zu schauen, versuchte Crysania zornig, sich ihm zu entwinden, aber er hielt sie fest, seine Finger brannten auf ihrer Haut.

»Sieh!« wiederholte er. Er schüttelte sie leicht und brachte sie dazu, den Kopf zu heben, so daß sie in das Licht und den Glanz sehen konnte, von denen der Königspriester umgeben war.

Raistlin spürte, wie der Körper, den er hielt, zu beben begann, und er lächelte zufrieden. Sein mit der schwarzen Kapuze bedeckter Kopf näherte sich ihr, und er flüsterte ihr ins Ohr: »Was siehst du, Verehrte Tochter?«

Die einzige Antwort, die er erhielt, war ein Aufstöhnen.

Raistlins Lächeln vertiefte sich. »Sag es mir«, beharrte er.

»Einen Mann«, stammelte Crysania; ihr entsetzter Blick ruhte auf dem Königspriester. »Einen menschlichen Mann. Er sieht erschöpft aus und... verängstigt. Seine Haut ist grau, als ob er seit Tagen nicht mehr schliefe. Seine blauen Augen bewegen sich blitzschnell und voll Angst in alle Richtungen...« Plötzlich wurde ihr klar, was sie gesagt hatte. Sich der Nähe Raistlins bewußt, der Wärme des starken, muskulösen Körpers unter seinen weichen schwarzen Roben, befreite sich Crysania aus seinem Griff. »Welchen Zauber hast du auf mich geworfen?« herrschte sie ihn an.

»Keinen, Verehrte Tochter«, antwortete Raistlin ruhig. »Ich habe den Zauber gebrochen, den er in seiner Angst um sich gewoben hat. Es ist diese Angst, die sein Verderben herbeiführen und die Zerstörung dieser Welt verursachen wird.«

Crysania starrte Raistlin verstört an. Sie wünschte sich, daß er lüge. Aber dann erkannte sie, daß es bedeutungslos war. Sie konnte sich nicht länger selbst anlügen.

Verwirrt wandte sich Crysania ab und lief, von Tränen halbblind, aus der Empfangshalle.

Raistlin beobachtete sie, verspürte aber keine Befriedigung über seinen Sieg. Schließlich hatte er nichts anderes erwartet. Er setzte sich wieder ans Feuer, wählte eine Orange aus einer Fruchtschale aus, die auf einem Tisch stand, und schälte sie gelassen, während er nachdenklich in die Flammen starrte.

Noch eine andere Person hatte Crysanias Flucht aus der Empfangshalle verfolgt. Nun beobachtete sie Raistlin beim Essen der Orange.

Mit blassem Gesicht, dessen Ausdruck zwischen Wut und Angst wechselte, verließ Quarat die Empfangshalle und kehrte in sein Zimmer zurück, in dem er bis zum Morgengrauen auf- und abschritt.

Sie sollte als die Nacht der Botschaft in die Geschichte eingehen, jene Nacht, in der die wahren Kleriker Krynn verließen. Wohin sie gingen und welches Schicksal ihnen widerfuhr, geht nicht einmal aus den Aufzeichnungen von Astinus hervor. Einige sagen, daß sie in den düsteren Tagen des Krieges der Lanze dreihundert Jahre später gesehen wurden. Viele Elfen schwören bei allem, was ihnen teuer ist, daß Loralon, der größte und frömmste Elfenkleriker, durch das verwüstete Land Silvanesti ging, seinen Untergang betrauerte und die Bemühungen jener segnete, die sich aufopferten, um es wieder aufzubauen.

Aber für die meisten auf Krynn ereignete sich das Verschwinden der wahren Kleriker unbemerkt. Jene Nacht erwies sich jedoch in vielerlei Hinsicht für andere als eine Nacht der Botschaft.

Crysania flüchtete in Verwirrung und Angst aus der Empfangshalle des Königspriesters. Ihre Verwirrung war einfach zu erklären. Sie hatte das großartigste aller Wesen, den Königspriester, den Mann, den Kleriker noch in ihrer Zeit verehrten, als einen Menschen gesehen, der Angst vor seinem eigenen Schatten hatte, sich hinter Zaubersprüchen verbarg und andere für sich herrschen ließ. All ihre Zweifel und bösen Ahnungen, die sie über die Kirche und ihren Zweck auf Krynn entwickelt hatte, kehrten zurück.

Was ihr aber Angst einjagte, das konnte oder wollte sie sich nicht eingestehen.

Als sie die Halle verließ, stolperte sie zuerst blind umher, ohne eine klare Vorstellung zu haben, wohin sie ging oder was sie tat. Dann suchte sie in einer Nische Zuflucht, trocknete ihre Tränen und riß sich zusammen. Beschämt über den Verlust ihrer Beherrschung, wußte sie nun, was sie zu tun hatte.

Sie mußte Denubis finden. Dann konnte sie beweisen, daß Raistlin sich geirrt hatte.

Sie lief durch die leeren Korridore, die nur von Solinaris schwindendem Licht erhellt waren, auf Denubis' Kammer zu. Diese Geschichte mit den verschwundenen Klerikern konnte nicht wahr sein. Crysania hatte in der Tat niemals an diese alten Legenden über die Nacht der Botschaft geglaubt, sondern sie als Kindermärchen abgetan. Jetzt weigerte sie sich immer noch, daran zu glauben. Raistlin irrte sich.

Mit dem Weg vertraut, eilte sie weiter, ohne stehen zu bleiben. Sie hatte Denubis schon mehrere Male in seinem Zimmer besucht, um über Theologie oder Geschichte zu sprechen oder Geschichten über seine Heimat zu lauschen. Sie klopfte an der Tür.

Es kam keine Antwort.

Er schläft, sagte sich Crysania. Natürlich, es ist schon nach Nachtwacht. Ich werde morgen früh wiederkommen.

Aber sie klopfte erneut und rief sogar seinen Namen.

Immer noch keine Antwort.

Ich komme wieder. Außerdem habe ich ihn ja erst vor einigen Stunden gesehen, sagte sie sich, aber sie fand ihre Hand am Türgriff wieder, ihn !eise umdrehend. »Denubis?« flüsterte sie.

Entschlossen öffnete sie die Tür. Die Fackeln im Korridor warfen ihr Licht in das kleine Zimmer. Es war genauso, wie er es verlassen hatte – sauber, ordentlich und leer.

Nun, nicht ganz leer. Die Bücher des Mannes, seine Federkiele, sogar seine Kleidungsstücke waren noch da, als ob er nur auf wenige Minuten mit der Absicht hinausgegangen sei, sofort zurückzukehren.

Die Lichter im Korridor verschwammen vor Crysanias Augen. Ihre Beine fühlten sich schwach an, und sie lehnte sich gegen die Tür. Dann zwang sie sich wieder zur Ruhe, versuchte, vernünftig zu denken. Standhaft schloß sie die Tür, und noch standhafter ging sie zu ihrem eigenen Zimmer.

Nun gut, die Nacht der Botschaft war eingetreten. Die wahren Kleriker waren verschwunden. Es war kurz vor dem Heiligen Abend. Dreizehn Tage nach dem Heiligen Abend würde die Umwälzung erfolgen. Bei diesem Gedanken blieb sie stehen. Sich schwach fühlend, trat sie an ein Fenster und starrte in einen Garten hinaus, der in weißes Mondlicht getaucht war. Das war also das Ende ihrer Pläne, ihrer Träume, ihrer Ziele. Sie war gezwungen, in ihre eigene Zeit zurückzukehren und lediglich von ihrem Versagen zu berichten. Sie hatte die Korruption der Kirche erlebt, und der Königspriester trug offensichtlich die Schuld an der entsetzlichen Verwüstung der Welt. Sogar bei ihrem ursprünglichen Plan hatte sie versagt, nämlich Raistlin aus der Dunkelheit zu reißen. Er würde ihr niemals zuhören. Gerade jetzt würde er wahrscheinlich über sie lachen – mit diesem entsetzlichen höhnischen Lachen...

»Verehrte Tochter?« ertönte eine Stimme.

Hastig ihre Tränen abwischend, drehte sich Crysania um. »Wer ist da?« fragte sie. Sie starrte in die Dunkelheit und hielt den Atem an, als eine dunkle, in Roben gehüllte Gestalt aus dem Schatten auftauchte.

»Ich war auf dem Weg zu meinen Räumen, als ich dich hier stehen sah«, fuhr die Stimme fort, und in ihr lag kein Lachen und kein Hohn. Sie klang kalt, und zugleich lag eine Wärme in ihr, die Crysania erbeben ließ.

»Du bist hoffentlich nicht krank«, sagte Raistlin und trat zu ihr. Sie konnte sein Gesicht nicht sehen, das im Schatten seiner dunklen Kapuze verborgen war. Aber sie konnte seine Augen sehen, glitzernd, klar und kalt im Mondlicht.

»Nein«, murmelte Crysania verwirrt und wandte ihr Gesicht ab, inbrünstig hoffend, daß alle Tränenspuren verschwunden seien. Aber es half ihr wenig. Müdigkeit, Anspannung und ihr eigenes Versagen überwältigten sie. Tränen flossen wieder über ihre Wangen. »Bitte geh weg«, sagte sie, hielt die Augen geschlossen und schluckte die Tränen wie bittere Medizin hinunter.

Sie fühlte sich von Wärme umgeben, und die weichen schwarzen Samtroben streiften ihren nackten Arm. Sie roch den süßen Duft von Verfall – vielleicht von Fledermausflügeln, vom Schädel eines Tieres –, jene geheimnisvollen Mittel, die Magier bei ihrem Zauber verwendeten. Dann spürte sie eine Hand ihre Wange berühren, schlanke Finger, zärtlich, stark und von jener seltsamen Wärme glühend.

Sie hielt die Augen geschlossen. Aber sie konnte Raistlins schlanken Körper fühlen, hart unter den weichen Roben, der sich gegen ihren drückte. Sie konnte diese Wärme spüren...

Crysania hatte plötzlich das Verlangen, daß seine Dunkelheit sie einhülle und tröste. Sie hatte das Verlangen, daß diese Wärme das kalte Innere in ihr wegbrenne. Begierig hob sie die Arme und streckte die Hände aus. Aber er war verschwunden. Sie konnte das Rascheln seiner Roben im stummen Korridor vernehmen.

Crysania öffnete die Augen. Dann weinte sie wieder, aber dieses Mal waren es Tränen der Freude. »Paladin«, flüsterte sie, »ich danke dir. Mein Weg ist klar. Ich werde nicht versagen!«

Raistlin schritt durch die Tempelhallen. Jeder, der ihn traf, schrak vor dem Zorn zurück, der sich auf seinem Gesicht ausdrückte. Er betrat schließlich den verlassenen Korridor, schlug die Tür zu seinem Zimmer mit solcher Wucht zu, daß sie fast zersplitterte, und ließ mit einem Blick Flammen im Kamin auflodern. Er schritt auf und ab und schleuderte sich Flüche zu, bis er zum Herumgehen zu müde war. Er sank auf einen Stuhl und starrte mit fiebrigen Augen ins Feuer.

»Dummkopf!« wiederholte er. »Das hätte ich voraussehen müssen!« Seine Hand ballte sich zusammen. »Ich hätte es wissen müssen. Dieser Körper, bei all seiner Kraft, ist schwach. Egal, wie intelligent, diszipliniert der Geist ist, wie kontrolliert die Gefühle, *das* wartet im Schatten wie ein riesiges Biest, bereit, anzuspringen und die Macht zu ergreifen.« Er fauchte vor Zorn und trieb seine Nägel in seine Handfläche, bis sie blutete. »Ich sehe sie immer noch! Ich sehe ihre Elfenbeinhaut, ihre weichen Lippen! Ich rieche ihr Haar und spüre die weichen Wölbungen ihres Körpers dicht an meinem... Aber nein! Das darf nicht sein. Oder vielleicht... Was ist, wenn ich sie verführe? Würde sie dann nicht noch stärker in meine Gewalt geraten?« Der Gedanke war mehr als reizvoll, ließ den jungen Mann in einem Sturm der Sehnsucht aufwallen.

Aber der kalte, berechnende, logische Teil Raistlins gewann die Oberhand. »Was weißt du schon von der Liebe?« fragte er sich höhnisch. »Oder von Verführung? Auf diesem Gebiet bist du wie ein Kind, noch dümmer als dein Koloß von Bruder.«

Erinnerungen aus seiner Jugend überfluteten ihn. Zerbrechlich und kränklich, wie er war, hatte Raistlin sicherlich nicht die Aufmerksamkeit der Frauen auf sich gezogen, nicht wie sein gutaussehender Bruder. Ganz in Anspruch genommen von seinem Studium der Magie, hatte er diesen Verlust niemals sehr gespürt. Oh, einmal hatte er ihn erlebt. Eine von Caramons Freundinnen, gelangweilt von leichten Eroberungen, dachte, daß der Zwillingsbruder des großen Mannes sich als interessant erweisen könnte. Von den spöttischen Bemerkungen seines Bruders und seiner Kumpane angespornt, hatte Raistlin ihren derben Annäherungsversuchen nachgegeben. Es war für beide ein enttäuschendes Erlebnis gewesen. Das Mädchen war dankbar in Caramons Arme zurückgekehrt. Für Raistlin hatte sich einfach bestätigt, was er seit langem vermutet hatte – daß er wahre Glückseligkeit nur in seiner Magie fand.

Aber dieser Körper – jünger, kräftiger, dem seines Bruders ähnlicher – sehnte sich nach einer Leidenschaft, die er niemals zuvor erlebt hatte. Dennoch konnte er ihr nicht nachgeben. »Es würde zu meiner eigenen Zerstörung führen«, sagte er mit kalter Klarheit, »es wäre meinen Zielen nicht förderlich, im Gegenteil, eher schädlich. Sie ist Jungfrau und rein an Geist und Körper. Diese Reinheit ist ihre Stärke. Ich muß sie zwar beflekken, aber ich brauche sie unberührt.«

Nach diesem Entschluß entspannte sich der junge Magier; er lehnte sich auf seinem Stuhl zurück und ließ sich von der Müdigkeit überfluten. Das Feuer erstarb allmählich. Er schloß die Augen und fand die Ruhe, die seine erschöpfte Kraft erneuern würde.

Die Nacht der Botschaft war noch nicht beendet. Ein Meßdiener wurde aus tiefem Schlaf gerissen, und man forderte ihn auf, sich bei Quarat zu melden. Er fand den Elfenkleriker in seinem Zimmer vor. »Ihr habt nach mir gerufen, Herr?« fragte der Meßdiener.

»Was bedeutet dieser Bericht?« herrschte Quarat ihn an und wies auf einen Papierbogen auf seinem Schreibtisch.

Der Meßdiener beugte sich vor. »Genau das, was dort geschrieben steht, Herr.«

»Dieser Fistandantilus war nicht verantwortlich für den Tod meines Sklaven? Es fällt mir schwer, das zu glauben.«

»Trotzdem könntet Ihr den Zwerg persönlich fragen. Er bekannte nach einem hohen Bestechungsgeld, daß er in Wirklichkeit von dem hier genannten Herrn angeheuert worden ist, den die Inbesitznahme seiner Besitztümer durch die Kirche erzürnte.«

»Ich weiß, worüber er erzürnt ist!« schnappte Quarat. »Und meinen Sklaven zu töten, das wäre typisch für Onigon, der hinterlistig ist. Er wagt nicht, mir ins Gesicht zu sehen.« Er dachte nach. »Warum hat dann dieser große Sklave die Tat verübt?« fragte er plötzlich und warf dem Meßdiener einen durchdringenden Blick zu.

»Der Zwerg gab an, daß es sich um ein privates Arrangement zwischen ihm und Fistandantilus gehandelt habe. Es war anscheinend der erste Auftrag dieser Art, den man dem Sklaven Caramon gegeben hatte.«

»Das stand nicht im Bericht«, kritisierte Quarat und musterte den jungen Mann streng.

»Nein«, gab der Meßdiener errötend zu. »Ich... ich habe es nicht gern, etwas Schriftliches über... den Zauberkundigen... festzuhalten. Er könnte so etwas vielleicht lesen...«

»Nun, ich beschuldige dich nicht«, murmelte Quarat. »Du kannst gehen.«

Der Meßdiener nickte, verbeugte sich und kehrte dankbar in sein Bett zurück.

Quarat jedoch saß noch stundenlang in seinem Arbeitszimmer und ging den Bericht immer wieder durch. Dann seufzte er. »Es geht mir genauso schlecht wie dem Königspriester. Phantomen nachjagen, die nicht da sind. Wenn Fistandantilus mich loswerden wollte, könnte er das in Sekunden erledigen. Ich hätte es erkennen müssen – das ist nicht sein Stil.« Schließlich erhob er sich. »Dennoch war er heute abend mit ihr zusammen. Ich frage mich, was das bedeutet. Vielleicht nichts. Vielleicht ist der Mann menschlicher, als ich angenommen habe. Gewiß ist der Körper, mit dem er neuerdings erscheint, gesünder als der, mit dem er sonst immer erschienen ist.«

Der Elf lächelte grimmig, während er seinen Schreibtisch aufräumte und den Bericht sorgfältig verstaute. »Bald ist Heiliger Abend. Ich werde diese Gedanken ruhen lassen, bis die Feiertage vorüber sind. Immerhin naht die Zeit, in der der Königspriester die Götter auffordern will, das Böse im Antlitz Krynns auszulöschen. Das wird diesen Fistandantilus und all seine Anhänger zurück in die Dunkelheit spülen, die sie hervorgebracht hat.« Er gähnte und streckte sich. »Aber zuerst werde ich mich um Onigon kümmern.«

Die Nacht der Botschaft war fast zu Ende. Der Morgen erhellte den Himmel, als Caramon in seiner Zelle lag und in das graue

Licht starrte. Morgen würde ein weiteres Spiel stattfinden, das erste seit dem »Unfall«.

Das Leben war für den großen Krieger in den vergangenen Tagen nicht angenehm gewesen. Nach außen hin hatte sich nichts verändert. Die anderen Gladiatoren waren alte Kämpfer und die meisten an die Methoden der Spiele gewöhnt.

»Es ist kein schlechtes System«, erklärte Pheragas mit einem Achselzucken, als Caramon ihm nach seiner Rückkehr aus dem Tempel gegenübertrat. »Sicherlich besser, als wenn sich tausend Leute gegenseitig auf dem Schlachtfeld töten. Wenn sich hier ein Edelmann von einem anderen beleidigt fühlt, wird ihre Fehde unauffällig ausgetragen.«

»Aber der Unschuldige stirbt aus einem Grund, den er nicht versteht!« entgegnete Caramon wütend.

»Sei nicht so kindisch!« höhnte Kiiri, die einen ihrer zusammenklappbaren Dolche polierte. »Nach deinen eigenen Worten hast du als Söldner gearbeitet. Hat dich da der Grund gekümmert, oder hast du ihn verstanden? Hast du nicht gekämpft und getötet, weil du gut bezahlt wurdest? Hättest du gekämpft, wenn das nicht der Fall gewesen wäre? Ich sehe keinen Unterschied.«

»Der Unterschied besteht darin, daß ich eine Wahl hatte!« konterte Caramon mit finsterem Blick. »Und ich kannte den Grund, warum ich kämpfte! Ich habe niemals für jemanden gekämpft, wenn ich nicht überzeugt war, daß er recht hatte! Egal, wieviel Geld man mir bezahlt hätte! Mein Bruder hatte die gleiche Ansicht. Er und ich...« Caramon verstummte.

Kiiri sah ihn mit einem merkwürdigen Blick an, dann schüttelte sie lächelnd den Kopf. »Außerdem«, sagte sie, »verleiht es der Sache eine gewisse Würze, einen Hauch echter Spannung. Du wirst von nun an besser kämpfen. Du wirst sehen.«

Während er in der Dunkelheit lag, versuchte Caramon auf seine langsame, methodische Weise, diese Unterhaltung zu durchdenken. Vielleicht hatten Kiiri und Pheragas recht, vielleicht war er ein Kind, das schrie, weil das helle, glitzernde Spielzeug, mit dem es so gern gespielt hat, ihm plötzlich weh getan hat. Dennoch konnte er nicht einsehen, daß es richtig war. Jeder Mensch hatte einen Anspruch, selbst über seinen Lebensweg und seinen Todesweg zu entscheiden. Kein anderer hatte das Recht, ihm die Entscheidung abzunehmen.

Kurz vor Anbruch der Dämmerung schien ein erdrückendes Gewicht von Caramon zu fallen. Er richtete sich auf, stützte sich auf einen Ellbogen, starrte, ohne etwas zu sehen, in die graue Zelle. Wenn das stimmte, wenn jeder Mensch Anspruch auf eigene Entscheidungen hatte, wie stand es dann mit seinem Bruder? Raistlin hatte seine Entscheidung getroffen – auf dem Pfad der Nacht anstatt auf dem des Tages zu wandeln. Hatte Caramon das Recht, seinen Bruder von diesem Pfad abzubringen?

Seine Gedanken wanderten zurück zu jener Zeit, an die er sich im Gespräch mit Kiiri und Pheragas erinnert hatte, zu jener Zeit vor den Prüfungen, die die glücklichste seines Lebens war, zur Zeit der Söldnerarbeit mit seinem Bruder. Die zwei kämpften gut zusammen, und sie wurden von den Edelleuten immer willkommen geheißen. Obgleich Krieger so zahlreich wie Blätter an den Bäumen waren, so war es doch bei Zauberkundigen, die sich an Kämpfen beteiligen konnten und wollten, ganz anders. Zwar schienen viele Edelleute Zweifel zu hegen, wenn sie Raistlins zerbrechliches und krankes Aussehen bemerkten, waren aber bald von seinem Mut und seinem Geschick beeindruckt. Die Brüder wurden gut bezahlt, und die Nachfrage nach ihnen war bald groß. Aber sie wählten immer sorgfältig nach dem Grund aus, weswegen sie kämpfen sollten.

»Das lag an Raistlin«, flüsterte Caramon sehnsüchtig. »Ich hätte für jeden gekämpft, der Grund interessierte mich wenig. Aber Raistlin bestand darauf, daß der Grund ein gerechter sein müsse. Wir lehnten mehr als einmal einen Auftrag ab, weil er sagte, daß dieser einen starken Mann erfordere, der versucht, stärker zu werden, indem er andere verschlingt... Aber das ist es, was Raistlin gerade macht!« sagte Caramon leise und starrte zur Decke hoch. »Oder nicht? Das sagen sie doch, daß er das tut, diese Zauberkundigen. Aber kann ich ihnen vertrauen?

Par-Salian war derjenige, der ihn in diese Sache hineingezogen hat, er hat es schließlich zugegeben! Raistlin befreite die Welt von dieser Fistandantilus-Kreatur. Und er sagte mir, daß er mit dem Tod des Barbaren nichts zu tun habe. Er hat also wirklich nichts Falsches getan. Vielleicht verurteilen wir ihn zu Unrecht... Vielleicht haben wir kein Recht, ihn zu zwingen, daß er sich ändert...« Er seufzte. »Was soll ich nur tun?« Er schloß die Augen, dann schlief er ein.

Die Sonne bestrahlte den Himmel. Die Nacht der Botschaft war vorbei. Tolpan erhob sich aus seinem Bett, begrüßte eifrig den neuen Tag und entschied, daß er persönlich die Umwälzung aufhalten werde.

»Die Zeit verändern!« sagte Tolpan ungeduldig, schlüpfte über die Gartenmauer in den heiligen Tempelbereich und ließ sich in ein Blumenbeet fallen. Einige Kleriker spazierten im Garten und unterhielten sich erfreut über das Nahen des Heiligen Abends. Um ihre Unterhaltung nicht zu unterbrechen, unternahm Tolpan das, was er als höflich ansah, und legte sich platt zwischen die Blumen, bis sie vorbeigegangen waren, obwohl es bedeutete, daß seine blauen Hosen schmutzig wurden.

Es war ziemlich angenehm, zwischen den roten Heiligabendrosen zu liegen, die ihren Namen erhalten hatten, weil sie nur in der Zeit des Heiligen Abends blühten. Es war warm, zu warm, sagten die meisten Leute. Tolpan grinste. Er empfand die Wärme als herrlich.

Er lauschte interessiert den Klerikern. Die Gesellschaften um den Heiligen Abend mußten wunderbar sein, dachte er und zog kurz in Betracht, daran teilzunehmen. Die erste fand heute abend statt. Sie würde nicht lange dauern, weil jeder genügend Schlaf bekommen wollte, um für die großen Gesellschaften gerüstet zu sein, die am nächsten Tag in der Morgendämmerung beginnen und tagelang dauern würden.

Caramon sollte morgen kämpfen – die Spiele bildeten einen Höhepunkt der Festlichkeiten zum Heiligen Abend. Bei diesem Kampf würden die Mannschaften bestimmt werden, die das Recht hätten, im Endkampf anzutreten – das letzte Spiel des Jahres, bevor der Winter zur Schließung der Arena zwang. Die Gewinner dieses letzten Spiels würden die Freiheit erhalten. Natürlich war bereits entschieden, wer morgen gewinnen würde – Caramons Mannschaft. Aus irgendeinem Grund hatten diese Neuigkeiten Caramon in eine schlimme Depression versetzt.

Tolpan schüttelte den Kopf. Er würde diesen Mann niemals verstehen. Dieses ganze Geschmolle über Ehre. Trotz allem war es doch nur ein Spiel. Jedenfalls erleichterte es die Dinge. Es würde für Tolpan einfach sein, sich wegzuschleichen und sich zu vergnügen.

Aber dann seufzte der Kender. Nein, er hatte wichtige Angelegenheiten zu erledigen – die Umwälzung aufzuhalten war wichtiger als eine Gesellschaft. Er würde sein Vergnügen dieser großen Sache opfern.

Sich als aufopfernd und ehrenhaft empfindend, funkelte er die Kleriker gereizt an und wünschte, sie verschwänden endlich. Schließlich gingen sie in den Tempel. Einen Seufzer der Erleichterung ausstoßend, richtete sich Tolpan auf und wischte den Schmutz von sich ab. Er pflückte eine Heiligabendrose, steckte sie als Schmuck zu Ehren der Zeit in seinen Haarknoten und glitt in den Tempel.

Auch dieser war für die Festlichkeit geschmückt, und seine Schönheit und Pracht raubten dem Kender den Atem. Er sah sich entzückt um und bewunderte die unzähligen Heiligabendrosen, die in Gärten auf ganz Krynn gezüchtet und dann hierhergebracht wurden, um die Korridore des Tempels mit ihrem süßen Duft zu füllen. Körbe mit seltenen und exotischen Früchten standen auf fast jedem Tisch – Geschenke aus ganz Krynn, um von allen im Tempel genossen zu werden. Teller mit Kuchen und Bonbons standen daneben. An Caramon denkend, stopfte Tolpan seine Beutel voll, glücklich malte er sich die Freude des großen Mannes aus. Er konnte sich nicht vorstellen, daß Caramon angesichts eines in Kristallzucker gewälzten Mandelplätzchens depressiv bleiben würde.

Tolpan streifte, in Glückseligkeit verloren, durch die Gänge. Er vergaß fast den Grund seines Kommens und mußte sich ständig an seine wichtige Mission erinnern. Niemand schenkte ihm Beachtung. Jeder, der an ihm vorbeiging, war mit der bevorstehenden Feier, den Geschäften der Regierung oder der Kirche oder beidem beschäftigt. Nur wenige schenkten Tolpan einen zweiten Blick. Gelegentlich starrte ihn ein Wächter streng an, aber Tolpan lächelte freudig, winkte und ging weiter.

Endlich fand er sich in dem Korridor wieder, der nicht geschmückt oder mit fröhlichen Leuten gefüllt war, in dem nicht die Klänge der Chöre widerhallten, die ihre Hymnen zum Heiligen Abend einübten. In diesem Korridor waren die Vorhänge immer zugezogen. Er war kalt, finster und abstoßend, jetzt mehr denn je im Gegensatz zum Rest der Welt.

Tolpan schlich sich durch den Korridor. Sich dicht an die Tür lehnend, die er gesucht hatte, hörte er Raistlin sprechen, und seinen Worten entnahm er, daß er einen Gast hatte.

Verdammt, war Tolpans erster Gedanke, jetzt muß ich warten, bis diese Person geht. Und ich befinde mich auch noch auf einer wichtigen Mission. Ich frage mich, wie lange es dauern wird. Er legte sein Ohr an das Schlüsselloch und schreckte hoch, als er eine Frauenstimme dem Magier antworten hörte.

»Diese Stimme klingt vertraut«, flüsterte der Kender und drückte sich noch enger an die Tür, um besser hören zu können. »Natürlich! Crysania! Ich frage mich, was sie hier sucht.«

»Du hast recht, Raistlin«, hörte Tolpan sie mit einem Seufzer sagen, »es ist hier viel erholsamer als in diesen protzigen Korridoren. Beim ersten Mal war ich verängstigt. Du lächelst? Aber es stimmt. Dieser Korridor schien so düster und verlassen und kalt. Aber jetzt sind die Gänge des Tempels von einer erstickenden Wärme erfüllt. Selbst der festliche Schmuck macht mich depressiv. Ich sehe so viel Verschwendung, vergeudetes Geld, mit dem man den Notleidenden helfen könnte.«

Sie verstummte, und Tolpan hörte ein Rascheln. Da niemand etwas sagte, hörte der Kender zu lauschen auf und legte die Augen an das Schlüsselloch. Er konnte das Zimmer recht gut überblicken. Die schweren Vorhänge waren zugezogen, aber das Innere von sanftem Kerzenlicht erleuchtet. Crysania saß auf einem Stuhl mit dem Gesicht zur Tür. Das raschelnde Geräusch, das er gehört hatte, rührte offensichtlich von einer ungeduldigen oder enttäuschten Bewegung her. Ihr Kopf ruhte in ihrer Hand, und der Ausdruck ihres Gesichts war verwirrt.

Aber das war es nicht, was den Kender die Augen aufreißen ließ. Crysania hatte sich verändert! Verschwunden waren die einfachen schmucklosen Roben, die strenge Frisur. Sie war zwar wie die anderen Klerikerinnen in weiße Roben gekleidet, aber diese waren mit feinen Stickereien verziert. Ihre Arme waren bloß, aber ein schmales goldenes Band schmückte einen Arm, ließ ihre makellose weiße Haut hervortreten. Ihr Haar fiel weich um ihre Schultern. Ihre Wangen waren leicht gerötet, ihre Augen warm, und ihr Blick ruhte auf der schwarzgekleideten Gestalt, die ihr mit dem Rücken zu Tolpan gegenübersaß.

»Hm«, murmelte der Kender interessiert. »Tika hatte recht!«

»Ich weiß nicht, warum ich hierhergekommen bin«, hörte Tolpan Crysania nach einem Augenblick sagen.

Ich aber, dachte der Kender fröhlich und legte schnell das Ohr ans Schlüsselloch, um besser hören zu können.

Sie fuhr fort: »Ich bin von solcher Hoffnung erfüllt, wenn ich dich besuchen komme, aber immer gehe ich unglücklich. Ich will dir die Wege der Rechtschaffenheit und der Wahrheit zeigen und dir beweisen, daß wir nur durch das Befolgen dieser Wege hoffen können, Frieden auf unsere Welt zu bringen. Aber immer wendest und drehst du meine Worte nach deinem Belieben.«

Raistlin murmelte leise etwas, das Tolpan nicht verstehen

konnte. Der Kender hörte, wie sich Crysania auf ihrem Stuhl bewegte, und riskierte einen schnellen Blick. Der Magier stand dicht bei ihr, eine Hand ruhte auf ihrem Arm. Als sie sprach, lag in ihrer Stimme so viel Hoffnung und Liebe und Freude, daß es Tolpan ganz warm wurde.

»Ist das dein Ernst?« fragte Crysania den Magier. »Berühren meine armseligen Worte etwas in dir? Nein, sieh nicht weg! Ich kann in deinem Gesicht lesen, daß du darüber nachgedacht hast. Wir sind uns so ähnlich! Ich wußte es von Anfang an, als ich dir begegnete. Ah, du lächelst wieder, du verhöhnst mich... Ich kenne die Wahrheit. Du hast mir das Gleiche im Turm gesagt. Du hast gesagt, daß ich genauso ehrgeizig bin wie du. Du hast recht. Wir führen beide ein einsames Leben, nur unseren Studien gewidmet. Wir öffnen niemandem unser Herz, nicht einmal jenen, die uns am nächsten stehen. Du umgibst dich mit Dunkelheit, aber, Raistlin, die Wärme, das Licht...«

Tolpan legte schnell sein Auge ans Schlüsselloch. Er wird sie gleich küssen, dachte er aufgeregt. Das ist wundervoll! Warte, bis ich es Caramon erzähle. »Nun mach schon, du Dummkopf!« wies er Raistlin ungeduldig an, der ruhig dasaß.

Plötzlich erhob sich Raistlin aus seinem Stuhl. »Du solltest lieber gehen«, sagte er mit heiserer Stimme.

Tolpan seufzte und zog sich von der Tür zurück. Er lehnte sich gegen eine Wand und schüttelte den Kopf.

Man hörte ein tiefes rauhes Husten und Crysanias Stimme, sanft und voll Sorge.

»Es ist nichts«, sagte Raistlin, als er die Tür öffnete. »Ich fühle mich schon seit einigen Tagen nicht wohl. Errätst du nicht den Grund?« fragte er.

»Nein«, murmelte Crysania. »Was meinst du?«

»Den Zorn der Götter«, antwortete Raistlin. Es war nicht die Antwort, die Crysania erhofft hatte. Sie senkte den Kopf. Raistlin bemerkte es nicht und sprach weiter. »Ihr Zorn schlägt auf mich ein, als ob sich die Sonne diesem erbärmlichen Planeten immer mehr näherte. Vielleicht ist das der Grund, warum du so unglücklich bist.«

»Vielleicht«, murmelte Crysania.

»Morgen ist der Heilige Abend«, sprach Raistlin leise weiter. »Dreizehn Tage später wird der Königspriester seine Forderung an die Götter richten. Er und seine Minister erstellen bereits einen Entwurf. Die Götter wissen es. Sie haben ihm eine Warnung geschickt – das Verschwinden der Kleriker. Aber er hat sie nicht beachtet. Jeden Tag vom Heiligen Abend an werden die Warnzeichen deutlicher werden. Hast du jemals die ›Chroniken der letzten dreizehn Tage‹ von Astinus gelesen? Sie sind unangenehm zu lesen, und sie werden noch unangenehmer zu erleben sein.«

Crysania sah ihn an, ihr Gesicht leuchtete auf. »Dann komm doch mit uns vorher zurück«, sagte sie eifrig. »Par-Salian hat Caramon ein magisches Gerät mitgegeben, das uns zurück in unsere Zeit bringen wird. Der Kender hat es mir gesagt...«

»Was für ein magisches Gerät?« verlangte Raistlin plötzlich zu wissen, und der seltsame Ton in seiner Stimme ließ den Kender aufmerken und erschreckte Crysania. »Wie sieht es aus? Wie funktioniert es?« Seine Augen brannten fiebrig.

»Ich... ich weiß es nicht«, stammelte Crysania.

»Oh, ich kann es dir sagen«, bot Tolpan an und trat von der Wand nach vorne. »Es tut mir leid, ich wollte euch nicht erschrecken. Es ist nur so, daß ich nicht anders konnte, als mitzuhören. Einen schönen Heiligen Abend wünsche ich euch beiden übrigens.«

Sowohl Raistlin als auch Crysania starrten ihn erstaunt an. Unverfroren plapperte Tolpan weiter. »Worüber sprachen wir? Oh, das magische Gerät. Na gut«, fuhr er eiliger fort, als er sah, daß Raistlins Augen sich auf beunruhigende Weise verengten, »wenn es ausgeklappt ist, sieht es aus wie ein... ein Zepter, und es hat eine... eine Kugel an einem Ende, alles glitzert von Juwelen. Es ist ungefähr so groß.« Der Kender breitete seine Arme aus. »So ist es, wenn es ausgebreitet ist. Dann hat Par-Salian etwas damit gemacht, und es...«

»Es faltet sich selbst zusammen«, beendete Raistlin, »bis du es in deine Tasche stecken kannst.«

»Genau!« sagte Tolpan aufgeregt. »Das ist richtig! Woher weißt du das?«

»Ich bin mit diesem Gegenstand vertraut«, erwiderte Raistlin, und Tolpan bemerkte wieder einen seltsamen Ton in der Stimme des Magiers, ein Beben, eine Spannung – Angst? Oder ein Hochgefühl? Der Kender konnte es nicht ausmachen.

Crysania hatte es auch bemerkt. »Was ist es?« fragte sie.

Raistlin antwortete nicht sofort, sein Gesicht war plötzlich eine Maske, undurchdringlich, kalt. »Ich zögere mit der Antwort«, sagte er zu ihr. »Ich muß mir über diese Angelegenheit Gedanken machen.« Er warf dem Kender einen flammenden Blick zu. »Was willst du? Horchst du an Schlüssellöchern?«

»Gewiß nicht!« antwortete Tolpan beleidigt. »Ich bin gekommen, um mit dir zu reden, das heißt, wenn du und Crysania fertig seid«, fügte er hinzu.

Crysania musterte ihn mit einen recht unfreundlichen Gesichtsausdruck, empfand der Kender, dann wandte sie sich wieder Raistlin zu. »Werde ich dich morgen sehen?« fragte sie.

»Ich glaube nicht«, sagte er. »Ich werde natürlich nicht an der Gesellschaft zum Heiligen Abend teilnehmen.«

»Oh, aber ich gehe auch nicht hin...«, begann Crysania.

»Man erwartet dich«, sagte Raistlin. »Außerdem habe ich zu lange meine Studien vernachlässigt, um das Vergnügen deiner Gesellschaft zu genießen.«

»Ich verstehe«, sagte Crysania. Ihre Stimme klang kalt. Als sie sicher war, daß Raistlin nichts mehr sagen würde, verbeugte sie sich leicht, drehte sich um und ging durch den dunklen Korridor. Ihre weißen Roben schienen das Licht mitzunehmen.

»Ich sage Caramon, daß du ihm deine Grüße übersendest«, rief Tolpan ihr nach, aber Crysania drehte sich nicht um. Er wandte sich mit einem Seufzer zu Raistlin. »Leider hat Caramon keinen guten Eindruck bei ihr hinterlassen. Aber er war ein wenig durcheinander wegen des Zwergenspiritus...«

Raistlin hustete. »Bist du gekommen, um dich über meinen Bruder zu unterhalten?« unterbrach er Tolpan kalt. »Wenn das der Fall ist, kannst du gehen...«

»O nein!« widersprach Tolpan hastig. Dann grinste er den Magier an. »Ich bin gekommen, um die Umwälzung zu verhindern!«

Zum ersten Mal in seinem Leben hatte der Kender die Befriedigung, daß seine Worte dem Magier die Sprache verschlugen. Es war jedoch keine Befriedigung, die er lange genoß. Das Gesicht des Magiers lief weiß an und erstarrte, seine spiegelgleichen Augen schienen zu zerspringen. Hände, so stark wie die Klauen eines Raubvogels, gruben sich in die Schultern des Kenders. Innerhalb von Sekunden fand er sich in Raistlins Zimmer wieder. Die Tür schlug mit einem Knall zu.

»Von wem hast du diese Idee aufgeschnappt?« herrschte Raistlin ihn an.

Tolpan wich erschreckt zurück und sah sich nach einem Versteck um. »Von d...dir«, stammelte er. »Du hast etwas über mein Zurückkommen gesagt und daß ich in der Lage wäre, die Zeit zu verändern. Und ich dachte, die Umwälzung zu verhindern würde eine gute Sache sein...«

»Und wie willst du das anstellen?« fragte Raistlin. In seinen Augen brannte ein heißes Feuer.

»Nun, ich plante, die Sache erst mit dir zu besprechen«, sagte der Kender in der Hoffnung, daß Raistlin für Schmeicheleien noch empfänglich war, »und dann dachte ich – wenn du deinen Segen gibst –, daß ich einfach zum Königspriester gehe und mit ihm spreche und ihm sage, daß er wirklich einen großen Fehler macht – einen der ewigwährenden großen Fehler, wenn du verstehst, was ich meine. Und ich bin mir sicher, wenn ich es ihm erst einmal erklärt habe, wird er zuhören...«

»Da bin ich mir sicher«, sagte Raistlin, seine Stimme klang kühl. Aber Tolpan glaubte, einen Ton großer Erleichterung in ihr ausgemacht zu haben. »Also«, der Magier drehte sich um, »du hast vor, mit dem Königspriester zu reden. Und was ist, wenn er sich weigert zuzuhören? Was ist dann?«

»Vermutlich habe ich das nicht berücksichtigt«, antwortete der Kender. Er seufzte und zuckte die Schultern. »Dann gehen wir eben nach Hause.«

»Es gibt noch eine andere Möglichkeit«, sagte Raistlin sanft, setzte sich auf einen Stuhl und musterte den Kender mit seinen spiegelgleichen Augen. »Eine sichere Möglichkeit! Eine Möglichkeit, wie du die Umwälzung verhindern kannst, ohne zu versagen.«

»Und die wäre?« fragte Tolpan begierig.

»Das magische Gerät«, antwortete Raistlin und streckte seine schlanken Hände aus. »Seine Kräfte sind groß, weit größer, als Par-Salian dem Idioten von meinem Bruder mitgeteilt hat. Aktiviere es am Tag der Umwälzung, und seine Magie wird das feurige Gebirge hoch oben im Himmel zerstören, so daß niemand Schaden davonträgt.«

»Wirklich?« keuchte Tolpan. »Das ist ja wundervoll!« Dann runzelte er die Stirn. »Aber wie kann ich sicher sein? Nehmen wir an, es funktioniert nicht...«

»Was hast du zu verlieren«, fragte Raistlin, »wenn es aus irgendeinem Grund versagt? Aber letzteres bezweifle ich wirklich.« Er lächelte über die Naivität des Kenders. »Es wurde immerhin von den mächtigsten Magiern geschaffen...«

»Wie die Kugeln der Drachen?« unterbrach ihn Tolpan.

»Wie die Kugeln der Drachen«, sagte Raistlin, über die Unterbrechung verärgert. »Aber wenn es versagt, könntest du es immer noch benutzen, um im letzten Augenblick zu entkommen.«

»Mit Caramon und Crysania«, fügte Tolpan hinzu.

Raistlin antwortete nicht, aber der Kender bemerkte es in seiner Aufregung nicht. Dann fiel ihm etwas ein. »Was ist, wenn Caramon vorher aufbrechen will?« fragte er besorgt.

»Wird er nicht«, antwortete Raistlin sanft. »Vertrau mir«, fügte er hinzu, als er sah, daß Tolpan Einwände erheben wollte.

Der Kender grübelte wieder nach, dann seufzte er. »Mir fiel noch etwas ein. Ich glaube nicht, daß Caramon mir das Gerät geben wird. Er läßt es niemals aus den Augen und verschließt es in einer Kommode, wenn er das Zimmer verlassen muß. Und ich bin mir sicher, daß er mir nicht glauben würde, wenn ich ihm zu erklären versuchte, warum ich es haben will.«

»Sag es ihm nicht. Der Tag der Umwälzung ist der Tag des Endkampfes«, sagte Raistlin schulterzuckend. »Wenn es kurze Zeit nicht da ist, wird es ihm gar nicht auffallen.«

»Aber das wäre Diebstahl!« widersprach Tolpan.

Raistlins Lippen kräuselten sich. »Laß uns sagen: ausleihen. Caramon würde nicht böse sein. Ich kenne meinen Bruder. Denk doch mal, wie stolz er auf dich sein wird!«

»Du hast recht«, sagte Tolpan mit glänzenden Augen. »Ich werde ein wahrer Held sein, größer als Kronin Distelknot! Wie finde ich heraus, wie es funktioniert?«

»Ich gebe dir die Anweisungen«, sagte Raistlin und erhob sich. Er begann wieder zu husten. »Komm wieder... in drei Tagen. Und jetzt... muß ich mich ausruhen.«

»Sicher«, sagte Tolpan freudig und stand auf. »Ich hoffe, es geht dir bald besser.« Er ging zur Tür. Doch dort zögerte er noch einmal. »Ich habe kein Geschenk für dich. Es tut mir leid...«

»Du hast mir ein Geschenk gegeben«, sagte Raistlin, »ein Geschenk von unermeßlichem Wert. Vielen Dank.«

»Habe ich das?« fragte Tolpan erstaunt. »Oh, du meinst, daß ich die Umwälzung verhindern will? Nun ja, nicht der Rede wert. Ich...«

Tolpan fand sich plötzlich mitten im Garten wieder, starrte auf die Rosenbüsche und einen äußerst überraschten Kleriker, der den Kender sich aus dem Nichts materialisieren sah, mitten auf dem Weg.

»Beim Bart des großen Reorx, wenn ich nur wüßte, wie das funktioniert«, sagte Tolpan nachdenklich.

Am Tag des Heiligen Abends ereignete sich der erste der Unglücksfälle, die später als die Dreizehn Katastrophen bezeichnet wurden. (Man beachte, daß Astinus sie in den »Chroniken« die Dreizehn Warnungen nennt.)

Der Tag brach heiß und windstill an. Es war der heißeste Heilige Abend, an den sich alle – selbst die Elfen – erinnern konnten. Im Tempel ließen die Heiligabendrosen die Köpfe hängen und verwelkten, der Schnee, der den Wein in den silbernen Gefäßen kühlen sollte, schmolz so schnell, daß die Diener den ganzen Tag nichts anderes zu tun hatten, als von den Steinkellern zu den Gesellschaftsräumen zu eilen und eimerweise Schnee zu schleppen.

Raistlin erwachte an diesem Tag in der dunklen Stunde vor der Morgendämmerung so krank, daß er nicht aufstehen konnte. Er lag im Schweiß gebadet nackt da, ein Opfer der fieberhaften Halluzinationen, die ihn veranlaßt hatten, seine Roben von sich zu reißen. Die Götter waren wirklich in der Nähe, aber es war die Nähe eines bestimmten Gottes – seiner Göttin, der Königin der Finsternis –, die ihn in Mitleidenschaft zog. Er konnte ihren Zorn spüren, so wie er den Zorn aller Götter über den Versuch des Königspriesters spüren konnte, das Gleichgewicht zu zerstören, das sie in der Welt aufrechtzuerhalten versuchten.

Folglich träumte er von seiner Königin, aber sie hatte in ihrem Zorn entschieden, nicht zu erscheinen. Er hatte nicht von einem entsetzlichen fünfköpfigen Drachen geträumt, dem Vielfarbenen Drachen, der versuchen würde, die Welt im Krieg der Lanze zu versklaven. Er hatte sie nicht als die Finstere Kriegerin gesehen, die ihre Legionen in den Tod und die Zerstörung führte. Nein, sie war ihm als die Schwarze Verführerin der Nacht erschienen, die schönste aller Frauen, und so hatte sie die Nacht bei ihm verbracht und ihn mit der Verzückung des Fleisches gequält.

Er schloß die Augen, zitterte in dem Raum, der trotz der Hitze draußen kalt war. Er stellte sich wieder das duftende dunkle Haar vor, das über ihn strich; er spürte ihre Wärme. Er streckte die Hände aus, ließ sich in ihren Zauber fallen, teilte das Haar – und sah in Crysanias Gesicht!

Der Traum endete, sowie sein Geist wieder die Kontrolle übernahm. Und jetzt lag er wach, jubelte über seinen Sieg, obwohl er wußte, welchen Preis er bezahlt hatte.

»Ich werde nicht nachgeben«, murmelte er. »So einfach wirst du nicht den Sieg über mich davontragen, meine Königin.« Er taumelte aus dem Bett, zog seine schwarzen Roben über und ging zu seinem Schreibtisch. Dort las er einen uralten Text über magische Utensilien und begann seine mühsame Suche.

Auch Crysania hatte schlecht geschlafen. Wie Raistlin spürte sie die Nähe der Götter, aber ihren Gott – Paladin – am stärksten. Sie spürte seinen Zorn, aber er war mit so tiefem Kummer vermischt, daß Crysania es nicht ertragen konnte. Von Schuldgefühlen überwältigt, wandte sie sich von dem gütigen Gesicht ab und begann zu laufen. Sie lief und lief, weinte, unfähig zu sehen, wohin sie ging. Sie stolperte und fiel ins Nichts, ihre Seele war von Angst zerrissen. Dann fingen starke Arme sie auf. Sie war von weichen schwarzen Roben umgeben, wurde an einen muskulösen Körper gedrückt. Schlanke Finger streichelten ihr Haar, beruhigten sie. Sie sah in ein Gesicht...

Glocken. Glocken durchbrachen die Stille. Erschreckt richtete sich Crysania im Bett auf und sah sich verstört um. Dann erinnerte sie sich an das Gesicht, das sie gesehen hatte, erinnerte sich an die Wärme seines Körpers und den Trost, den sie gefunden hatte. Sie legte ihren schmerzenden Kopf in ihre Hände und weinte.

Tolpan verspürte beim Erwachen zuerst Enttäuschung. Heute war der Heilige Abend, erinnerte er sich, und es war ebenfalls der Tag, an dem laut Raistlin die Unheilvollen Geschehnisse einsetzen sollten. Er sah sich in dem grauen Licht um, das durch das Fenster drang, und das einzige Unheilvolle Geschehnis, das Tolpan bemerkte, war Caramon, der sich auf dem Fußboden durch seine morgendlichen Übungen pustete.

Obgleich Caramons Tage mit Waffenübungen ausgefüllt waren, kämpfte der große Mann in einer niemals endenden Schlacht mit seinem Gewicht. Man hatte ihn von der Diät erlöst und ihm erlaubt, das Gleiche wie die anderen zu essen. Aber der scharfäugige Zwerg bemerkte bald, daß Caramon ungefähr fünfmal so viel aß wie jeder andere!

Einst hatte der große Mann aus Vergnügen gegessen. Jetzt, nervös und unglücklich und von Gedanken an seinen Bruder besessen, suchte Caramon Trost im Essen, so wie ardere Trost im Trinken suchen.

Arak hatte folglich angeordnet, daß Caramon nur essen durfte, wenn er täglich eine Reihe von anstrengenden Übungen ausführte. Caramon fragte sich oft, wie der Zwerg es herausbekommen würde, wenn er einen Tag ausfallen ließ, da er die Übungen früh am Morgen vor dem Aufwachen der anderen machte. Aber Arak wußte es irgendwie. An einem Morgen hatte Caramon die Übungen ausgelassen, und der Zutritt in den Speisesaal wurde ihm von einem grinsenden, keulenschwingenden Raag verwehrt.

Tolpan kletterte auf einen Stuhl und lugte aus dem Fenster, um zu sehen, ob draußen etwas Unheilvolles passieren würde. Unverzüglich war er überglücklich. »Caramon! Guck mal!« rief er aufgeregt. »Hast du jemals einen Himmel von dieser besonderen Schattierung gesehen?«

»Neunundneunzig, hundert«, prustete der große Mann. Er ging zu dem vergitterten Fenster, um einen Blick hinauszuwerfen. Plötzlich blinzelte er und riß dann die Augen weit auf. »Nein«, murmelte er, »habe ich noch nicht. Und ich habe in meinem Leben schon viele seltsame Dinge gesehen.«

»O Caramon«, rief Tolpan, »Raistlin hatte recht. Er sagte...«

»Raistlin!«

Tolpan schluckte. Er wollte das Thema eigentlich nicht aufbringen.

»Wo hast du Raistlin gesehen?« herrschte Caramon ihn an. Seine Stimme klang tief und streng.

»Im Tempel natürlich«, antwortete Tolpan, als wäre es das Normalste von der Welt. »Habe ich nicht erwähnt, daß ich gestern dort war?«

»Ja, aber du...«

»Nun, warum sollte ich sonst gehen, wenn nicht, um unsere Freunde zu sehen?«

»Du hast niemals...«

»Ich habe Crysania und Raistlin gesehen. Ich bin sicher, daß ich das erwähnt habe. Du hörst mir aber nie zu«, beklagte sich Tolpan. »Du sitzt jede Nacht auf deinem Bett, brütest und schmollst und sprichst mit dir selbst. ›Caramon‹, könnte ich sagen, ›das Dach stürzt ein‹, und du würdest sagen: ›Das ist aber nett, Tolpan.‹«

»Hör mal, Kender. Ich weiß genau, daß ich es gehört hätte, wenn du...«

»Crysania, Raistlin und ich hielten einen wundervollen kleinen Schwatz über den Heiligen Abend«, fuhr Tolpan hastig fort. »Nebenbei, Caramon, du solltest mal sehen, wie wunderschön sie den Tempel geschmückt haben! Er ist voll von Rosen – sag mal, habe ich daran gedacht, dir die Süßigkeiten zu geben? Warte, dort in meinem Beutel.« Der Kender versuchte vom Stuhl zu springen, aber Caramon hinderte ihn daran. »Nun, vermutlich kann das warten. Wo war ich stehengeblieben? O ja, Raistlin, Crysania und ich haben uns unterhalten. Caramon, es war so aufregend. Tika hatte recht, Crysania ist in deinen Bruder verliebt. Es war wirklich lustig. Ich lehnte an Raistlins verschlossener Tür, ruhte mich aus, wartete auf das Ende ihrer Unterhaltung und sah zufällig durchs Schlüsselloch. Er hat sie fast geküßt, Caramon! Dein Bruder! Kannst du dir das vorstellen? Aber er hat es dann doch nicht getan.« Der Kender seufzte. »Er hat sie praktisch angeschrien, daß sie gehen solle. Das hat sie getan, aber sie wollte nicht, das kann ich dir versichern. Sie hatte sich richtig fein gemacht und sah sehr hübsch aus.«

»In ihn verliebt?« brummte Caramon. Stirnrunzelnd drehte er sich um.

»Unverkennbar«, gab der Kender schlagfertig zurück, eilte zu seinem Beutel und wühlte ihn durch, bis er die Plätzchen gefunden hatte. Sie waren halb geschmolzen und hingen in einer klebrigen Masse zusammen. Aber Tolpan war sich sicher, daß Caramon das nicht auffallen würde. Er hatte recht. Der große Mann nahm die klebrige Masse an und begann zu essen, ohne sie eines Blickes zu würdigen.

»Wird Raistlin seinen Plan durchführen?« fragte Caramon. »Soll ich versuchen, ihn aufzuhalten? Habe ich das Recht, ihn aufzuhalten? Wenn Crysania sich entscheidet, mit ihm zu gehen, ist das nicht ihre Entscheidung? Vielleicht wäre es das Beste für ihn.« Er leckte seine klebrigen Finger ab. »Vielleicht, wenn sie ihn genug liebt...«

Tolpan seufzte erleichtert auf und sank auf sein Bett zurück, um auf den Ruf zum Frühstück zu warten. Caramon hatte nicht daran gedacht, den Kender zu fragen, warum er Raistlin aufgesucht hatte. Sein Geheimnis war sicher...

Der Himmel am Heiligen Abend war klar, so klar, daß es schien, als könnte man die hinter der riesigen Kuppel liegenden Reiche erkennen. Obwohl jeder hochsah, machten sich nur wenige die Mühe, ihre Blicke lang genug nach oben gerichtet zu halten, um etwas zu erkennen. Denn der Himmel hatte in der Tat »eine besondere Farbe«, wie Tolpan sagte – er war grün.

Es war ein seltsames, ungesundes Grün. Die Farbe nahm einem zusammen mit der Hitze und der schweren Luft, bei der man kaum atmen konnte, die Freude und das Vergnügen am Heiligen Abend. Jene, die gezwungen waren, an Gesellschaften teilzunehmen, eilten durch schwüle Straßen, sprachen verärgert über das seltsame Wetter, betrachteten es als persönliche Beleidigung. Aber sie redeten im Flüsterton, und jeder verspürte einen Hauch von Angst.

Die Gesellschaft im Tempel war etwas freudiger gestimmt. Sie war in den Gemächern des Königspriesters versammelt, die von der Außenwelt abgeschlossen waren. Niemand konnte den seltsamen Himmel sehen, und alle, die mit der Gegenwart des Königspriesters in Berührung kamen, fühlten ihre Angst schwinden. Crysania stand wieder unter dem Zauber des Königspriesters und saß lange Zeit neben ihm. Sie war schweigsam, ließ sich von seiner strahlenden Anwesenheit trösten und verbannte die dunklen, alptraumhaften Gedanken. Aber auch sie hatte den grünen Himmel gesehen. An Raistlins Worte denkend, versuchte sie sich an das zu erinnern, was sie über die Dreizehn Tage gehört hatte.

Aber es waren nur Kindergeschichten, die sich mit ihren Träumen der vergangenen Nacht vermischten. Er wird die Warnungen beachten... Sie zwang sich zu denken, daß noch Zeit zur Veränderung bestand, und wenn sich das als unmöglich erweisen sollte, dann war der Königspriester trotzdem unschuldig. In seinem Licht sitzend, verbannte sie das Bild des verängstigten Sterblichen mit seinen blaßblauen Augen, die nervös in alle Richtungen huschten, aus ihrem Geist. Sie sah einen starken Mann, der die Minister, die ihn getäuscht hatten, verurteilte, der das unschuldige Opfer ihres Verrates war...

Die Menge in der Arena war an diesem Tage gering; die meisten wagten nicht, draußen unter dem grünen Himmel zu sitzen, dessen Farbe sich im Lauf des Tages beängstigend vertiefte.

Die Gladiatoren waren unruhig, nervös und vollführten ihre Schaustücke nur halbherzig. Die Zuschauer weigerten sich, ihnen Beifall zu klatschen, sie auszupfeifen oder ihnen höhnische Bemerkungen zuzuwerfen.

»Habt ihr häufig so einen Himmel?« fragte Kiiri und sah mit einem Schauder hoch, während sie mit Caramon und Pheragas im Korridor stand und auf ihren Auftritt in der Arena wartete. »Wenn das der Fall ist, dann ist mir klar, warum mein Volk sich entschieden hat, unter dem Wasser zu leben!«

»Mein Vater hat die Meere bereist«, knurrte Pheragas, »so wie mein Großvater vor ihm und auch ich, bevor ich versuchte, mit einem Eisenbolzen ein wenig Verstand in den Kopf des Ersten Schiffsoffiziers zu hämmern, und für meine Bemühungen hierhergeschickt wurde. Und ich habe niemals einen Himmel von dieser Farbe gesehen. Oder davon gehört. Vermutlich kündigt er Unheil an.«

»Zweifellos«, stimmte Caramon unbehaglich zu. Plötzlich war dem großen Mann klar geworden, daß die Umwälzung in dreizehn Tagen stattfinden würde! Dreizehn Tage, und diese zwei Freunde, die ihm so teuer wie Sturm und Tanis geworden waren, diese zwei Freunde würden umkommen! Die restliche Bevölkerung Istars bedeutete ihm wenig. So wie er sie erlebt hatte, war es ein egoistisches Volk, das sich nur für Vergnügungen und Geld interessierte. Aber diese zwei... Er mußte sie irgendwie warnen. Wenn sie die Stadt verließen, konnten sie vielleicht entkommen.

Gedankenverloren schenkte er dem Kampf in der Arena wenig Beachtung. Er fand zwischen dem Roten Minotaurus, so genannt wegen seines rötlichbraunen Felles, das sein Tiergesicht bedeckte, und einem jungen Kämpfer statt. Dieser Mann war erst seit wenigen Wochen in der Schule, und Caramon hatte die Ausbildung des jungen Mannes mit väterlichem Vergnügen beobachtet.

Aber dann merkte er, wie Pheragas sich neben ihm versteifte. Caramons Blick ging zum Ring. »Was ist los?«

»Der Dreizack«, sagte Pheragas ruhig. »Hast du in der Requisitenkammer je so einen gesehen?«

Caramon starrte angestrengt auf die Waffe des Roten Minotaurus und blinzelte gegen die unerbittliche Sonne, die im grünglänzenden Himmel brannte. Langsam schüttelte er den Kopf, fühlte Zorn in sich aufsteigen. Der Minotaurus war dem jungen Mann überlegen, hatte seit Monaten in der Arena gekämpft und würde mit Caramons Mannschaft um die Meisterschaft rivalisieren. Der einzige Grund, warum der junge Mann sich so lange behaupten konnte, war die geübte Schauspielerei des Minotaurus, der in vorgeblicher Wut Schnitzer machte, was jedoch bei den Zuschauern nur ein wenig Gelächter hervorrief.

»Ein echter Dreizack. Arak beabsichtigt zweifellos, den jungen Mann eine Feuertaufe erleben zu lassen«, murmelte Caramon. »Schau mal, ich hatte recht.« Er zeigte auf drei blutende Wunden, die plötzlich auf der Brust des jungen Mannes erschienen waren.

Pheragas sagte nichts, sondern warf Kiiri einen Blick zu, die darauf die Schultern zuckte.

»Was ist los?« schrie Caramon über dem Aufbrüllen der Menge. Der Rote Minotaurus hatte gerade gewonnen, indem er seinem Gegner ein Bein stellte und ihn dann auf der Matte festhielt; die Spitzen des Dreizacks lagen an seinem Hals.

Der junge Mann taumelte auf die Füße und heuchelte Scham, Zorn und Demütigung, wie er es gelernt hatte. Er schüttelte die Faust gegen seinen siegreichen Gegner, bevor er aus der Arena stolzierte. Aber anstatt zu grinsen, als er an Caramon und seiner Mannschaft vorbeiging, wirkte der junge Mann seltsam besorgt und sah sie nicht an. Er war blaß, und Schweißperlen standen auf seiner Stirn. Sein Gesicht war schmerzverzerrt, und er hielt eine Hand auf seine blutigen Wunden gedrückt.

»Onigons Mann«, erklärte Pheragas ruhig und legte eine Hand auf Caramons Arm. »Preise dich glücklich, mein Freund. Du brauchst dir keine Sorgen mehr zu machen.«

»Was?« Caramon starrte ihn verwirrt an. Dann hörte er einen schrillen Schrei. Er wirbelte herum und sah den jungen Mann zusammengekrümmt auf den Boden stürzen.

»Los!« befahl Kiiri und hielt Caramon fest. »Wir sind jetzt dran. Sieh, der Rote Minotaurus tritt ab.«

Der Minotaurus schlenderte an ihnen vorbei; er übersah sie als Rasse, die man übersieht, da sie minderwertig ist. Er ging auch an dem sterbenden jungen Mann vorbei, ohne ihn eines Blickes zu würdigen. Arak kam aus dem Tunnel hervorgehastet, gefolgt von Raag. Mit einer Geste befahl der Zwerg dem Oger, den jetzt leblosen Körper beiseite zu schaffen.

Caramon zögerte, aber Kiiri grub ihre Nägel in seinen Arm, zog ihn hinaus in das entsetzliche Sonnenlicht. »Die Rechnung für den Barbaren ist beglichen«, zischte sie aus einem Mundwinkel. »Dein Herr hatte offensichtlich nichts damit zu tun. Jetzt sind Onigon und Quarat quitt.«

Die Menge begann zu jubeln. Aber Caramon hörte sie nicht. Raistlin hatte ihm die Wahrheit gesagt! Er hatte nichts mit dem Tod des Barbaren zu tun! Caramon wurde von einem Gefühl der Erleichterung überflutet.

Er konnte nach Hause gehen! Schließlich begriff er. Raistlin hatte versucht, es ihm zu erklären. Ihre Wege trennten sich, aber sein Bruder hatte das Recht, den Weg einzuschlagen, für den er sich entschieden hatte. Caramon hatte sich geirrt, die Zauberkundigen hatten sich geirrt, Crysania hatte sich geirrt. Raistlin wollte niemandem schaden, er stellte keine Bedrohung dar. Er wollte einfach nur in Frieden seinen Studien nachgehen.

In der Arena winkte Caramon der jubelnden Menge zu. Er genoß sogar den heutigen Kampf. Dieser war natürlich manipuliert, damit seine Mannschaft gewann. Aber Caramon brauchte sich darüber keine Gedanken zu machen. Er würde dann schon zurück sein, zu Hause bei Tika. Er würde natürlich zuvor seine zwei Freunde warnen und sie drängen, diese zum Untergang geweihte Stadt zu verlassen. Dann würde er sich bei seinem Bruder entschuldigen, ihm sagen, daß er ihn verstehe, und er würde Crysania und Tolpan zurück in die Zeit nehmen und ein neues Leben anfangen. Er würde morgen aufbrechen oder vielleicht einen Tag später.

Aber in dem Augenblick, als Caramon und seine Mannschaft nach einer gut gespielten Schlacht ihre Bogen ergriffen, schlug der Zyklon in den Tempel von Istar ein.

Der grüne Himmel hatte sich zu einer Farbe verdichtet, die wie dunkles Sumpfwasser aussah, als die wirbelnden Wolken erschienen, ihre Arme um einen der sieben Türme des Tempels hüllten und ihn aus seinem Fundament rissen. Der Zyklon hob ihn in die Lüfte, zerbrach den Marmor in Teilchen, die feiner als Hagel waren, und ließ sie wie einen Regen niederprasseln.

Niemand wurde schwer verletzt, viele erhielten jedoch Schnittwunden, als sie von den scharfen Steinsplittern getroffen wurden. Der zerstörte Turm war das Zentrum des Studiums und der Arbeit der Kirche gewesen. Glücklicherweise hatte sich wegen der Festlichkeiten dort niemand aufgehalten. Aber die Bewohner des Tempels und der Stadt wurden in helle Panik versetzt.

Die Zuschauer in der Arena flohen und verstopften die Straßen im panischen Versuch, ihre Häuser zu erreichen. Im Tempel verstummte die melodische Stimme des Königspriesters, sein Licht flackerte. Nach der Besichtigung der Trümmer suchten er und seine Minister, die Verehrten Söhne und Töchter Paladins, einen verborgenen Zufluchtsort auf, um den Vorfall zu erörtern. Alle anderen eilten umher und versuchten wieder Ordnung zu schaffen, denn der Wind hatte Möbel umgeworfen und Bilder von den Wänden gerissen und wirbelte Staubwolken auf, die in alle Richtungen trieben.

Das ist der Anfang, dachte Crysania verängstigt, während sie versuchte, ihre zitternden Hände zu zwingen, zerbrochenes feines Porzellan im Speisezimmer aufzuheben. Das ist nur der Anfang…

Aber es sollte noch schlimmer kommen.

»Es sind die Kräfte des Bösen, die daran arbeiten, mich zu besiegen«, rief der Königspriester. »Aber ich werde nicht nachgeben! Wir müssen stark sein angesichts dieser Bedrohung...«

»Nein«, flüsterte Crysania verzweifelt. »Nein, du bist völlig im Irrtum! Du verstehst nichts! Wie kannst du so blind sein!«

Sie saß in der Morgenandacht, zwölf Tage nachdem die erste der Dreizehn Warnungen erfolgt war – die aber in den Wind geschlagen wurde. Seitdem gingen aus allen Teilen des Kontinents Berichte über seltsame Vorkommnisse ein – jeden Tag gab es etwas Neues.

»König Lorac berichtet, daß in Silvanesti die Bäume einen ganzen Tag Blut geweint haben«, gab der Königspriester bekannt; seine Stimme steigerte sich vor Entsetzen über die Ereignisse. »Die Stadt Palanthas ist mit dichtem weißen Nebel bedeckt, so dicht, daß sich die Bewohner verlaufen, wenn sie sich auf die Straße wagen. In Solamnia brennt kein Feuer. Die

Kamine sind kalt und nutzlos. Die Schmieden sind geschlossen. Dennoch hat das Präriegras in den Ebenen von Abanasinia Feuer gefangen. Die Flammen toben, füllen den Himmel mit schwarzem Rauch und vertreiben die Menschen aus ihren Stammeshäusern. Heute morgen haben die Greife berichtet, daß die Elfenstadt Qualinost von Waldtieren angegriffen wurde, die sich plötzlich in seltsame und grausame Bestien verwandelt haben...«

Crysania konnte es nicht länger ertragen. Obwohl die Frauen sie schockiert ansahen, als sie sich erhob, mißachtete sie ihre Blicke und flüchtete in die Korridore des Tempels.

Ein gezackter Blitz blendete sie, der unverzüglich folgende Donnerschlag brachte sie dazu, ihr Gesicht mit den Händen zu bedecken. »Wenn das nicht aufhört, werde ich verrückt«, murmelte sie gebrochen und kauerte sich in eine Ecke.

Seit zwölf Tagen tobte ein Sturm über Istar, überflutete die Stadt mit Regen und Hagel. Die fast ständigen Blitze und Donnerschläge erschütterten den Tempel.

Eine sanfte Berührung an ihrem Arm ließ sie aufspringen. Sie erblickte einen hochgewachsenen, gutaussehenden jungen Mann in einem durchnäßten Umhang. Sie konnte die Umrisse muskulöser Schultern erkennen.

»Es tut mir leid, Verehrte Tochter. Ich wollte dich nicht erschrecken«, sagte er mit einer tiefen Stimme, die ihr wie sein Gesicht irgendwie vertraut vorkam.

»Caramon!« keuchte Crysania erleichtert. Es folgten ein weiterer heller Blitz und eine Erschütterung. Crysania drückte die Augen zu und biß die Zähne zusammen. Caramon hielt sie fest und stützte sie.

»Ich... ich mußte zur Morgenandacht«, stotterte Crysania. »Es muß draußen entsetzlich sein. Du bist ja bis auf die Haut durchnäßt.«

»Ich versuche schon seit Tagen, dich zu sehen...«, begann Caramon.

»Ich... ich weiß«, stammelte Crysania. »Es ist nur so, daß ich... ich sehr beschäftigt bin...«

»Crysania«, unterbrach Caramon sie, »es geht nicht um eine Einladung zu einer Gesellschaft zum Heiligen Abend. Morgen wird diese Stadt zu existieren aufhören! Ich...«

»Pst!« befahl Crysania. Nervös sah sie sich um. »Wir können hier nicht reden!« Ein Blitz und ein ohrenbetäubendes Krachen ließen sie zusammenzucken. »Komm mit mir.«

Caramon zögerte und runzelte die Stirn, folgte ihr dann aber, als sie durch den Tempel zu einem der vielen dunklen verborgenen Räume ging. Hier konnte zumindest der Blitz nicht durchdringen, und der Donner klang gedämpft. Crysania schloß sorgfältig die Tür, setzte sich auf einen Stuhl und bat Caramon, ebenfalls Platz zu nehmen.

Caramon setzte sich nervös auf den Rand eines Stuhls, sich der Umstände ihres letzten Treffens bewußt, als wegen seiner Trunkenheit fast alle getötet worden wären. Crysania dachte wohl das Gleiche. Sie musterte ihn mit Augen, die so kalt und grau wie die Morgendämmerung waren. Caramon errötete.

»Ich bin erfreut zu sehen, daß es dir gesundheitlich besser geht«, sagte Crysania und versuchte, die Strenge aus ihrer Stimme zu halten.

Caramon lief noch dunkler an. Er sah auf den Boden.

»Es tut mir leid«, sagte Crysania. »Bitte verzeih mir. Ich... ich habe seit Tagen nicht mehr geschlafen, seitdem der Lärm angefangen hat.« Sie legte eine zitternde Hand an ihre Stirn. »Ich kann nicht denken«, fügte sie heiser hinzu. »Dieser ständige Lärm...«

»Ich verstehe«, unterbrach Caramon sie und sah zu ihr auf. »Und du hast jedes Recht, mich zu verabscheuen. Ich verabscheue mich selbst, daß ich so gewesen bin. Aber das spielt jetzt keine Rolle mehr. Wir müssen aufbrechen, Crysania!«

»Ja, du hast recht.« Crysania holte tief Luft. »Wir müssen verschwinden. Uns bleiben nur noch Stunden zur Flucht. Ich bin mir dessen wohl bewußt, glaub mir.« Seufzend sah sie auf ihre Hände. »Ich habe versagt«, sagte sie dumpf. »Ich habe bisher die Hoffnung gehegt, daß die Dinge verändert werden können. Aber der Königspriester ist blind! Blind!«

»Das ist aber nicht der Grund, warum du mir aus dem Weg gegangen bist, oder?« fragte Caramon mit ausdrucksloser Stimme. »Warum verzögerst du den Aufbruch?«

Jetzt errötete Crysania. Sie sah wieder auf ihre Hände. »Nein«, sagte sie so leise, daß Caramon sie kaum verstehen konnte. »Nein, ich... ich wollte nicht aufbrechen ohne... ohne...«

»Raistlin«, beendete Caramon den Satz. »Crysania, er verfügt über seine eigene Magie. Sie brachte ihn auch hierher. Er hat seine Entscheidung getroffen. Ich habe das allmählich erkannt. Wir sollten aufbrechen...«

»Dein Bruder ist schrecklich krank«, sagte Crysania.

Caramon sah sorgenvoll auf.

»Seit Tagen, seit dem Heiligen Abend, versuche ich ihn zu sehen, aber er hat allen den Zutritt verweigert, selbst mir. Aber heute hat er nach mir rufen lassen«, fuhr Crysania fort; sie spürte, wie ihr Gesicht unter Caramons durchdringendem Blick brannte. »Ich werde mit ihm sprechen, ihn überreden, mit uns zu kommen. Wenn seine Gesundheit angeschlagen ist, wird er nicht die Kraft haben, seine Magie anzuwenden.«

»Ja«, murmelte Caramon und dachte über die Schwierigkeiten nach, die mit diesem mächtigen Zauber zusammenhingen. Er hatte Par-Salian Tage in Anspruch genommen, und dieser befand sich bei guter Gesundheit. »Was ist mit Raist?« fragte Caramon plötzlich.

»Die Nähe der Götter zieht ihn in Mitleidenschaft«, erwiderte Crysania, »so wie es auch bei anderen der Fall ist, nur daß sie sich weigern, es zuzugeben.« Ihre Stimme erstarb vor Mitleid. »Wir müssen vorbereitet sein, schnell zu verschwinden, wenn er sich einverstanden erklärt, mit uns zu kommen...«

»Und wenn er nicht mitkommt?« fragte Caramon.

Crysania errötete. »Ich glaube... er wird es«, sagte sie. Ihre Gedanken wanderten zurück zu der Zeit in seinem Zimmer, als er ihr so nahe gewesen war, zu dem Ausdruck des Verlangens und der Sehnsucht in seinen Augen. »Ich habe... mit ihm geredet. Ich habe ihm gezeigt, daß das Böse niemals aufbauen oder etwas schaffen kann, daß es nur zerstören und sich gegen sich selbst richten kann. Er hat die Richtigkeit meiner Worte zugegeben und versprochen, darüber nachzudenken.«

»Und er liebt dich«, sagte Caramon sanft.

Crysania konnte nicht antworten. Ihr Herz schlug so laut, daß sie außer dem Pulsieren ihres Blutes nichts hören konnte. Sie spürte Caramons dunkle Augen auf sich gerichtet, während der Donner rumorte und den Tempel erschütterte. Dann nahm sie wahr, daß Caramon sich erhob.

»Crysania«, sagte er mit leiser, feierlicher Stimme, »wenn du recht hast, wenn du ihn mit deiner Güte und deiner Liebe von den dunklen Wegen abbringen kannst, auf denen er geht, dann würde ich...« Er wandte sich eilig ab.

Crysania war von Schmerz und Reue überwältigt, so viel Liebe in der Stimme des großen Mannes zu hören und seine Tränen zu sehen, die er zu verbergen suchte. Sie begann sich zu fragen, ob sie ihn nicht falsch beurteilt habe. Sie stand auf und berührte sanft den Arm des Mannes. »Mußt du zurückkehren? Kannst du nicht bleiben?«

»Nein.« Caramon schüttelte den Kopf. »Ich muß Tolpan und das Gerät von Par-Salian holen. Ich habe es eingeschlossen. Und dann habe ich Freunde... Ich bin dabei, sie zu überreden, die Stadt zu verlassen. Vielleicht ist es zu spät, aber ich muß noch einen Versuch unternehmen...«

»Ja«, sagte Crysania, »ich verstehe. Komm so schnell wie möglich zurück. Du triffst mich... in Raistlins Zimmer.«

»Ich werde kommen«, erwiderte er. »Und jetzt muß ich gehen, bevor meine Freunde mit den Übungen anfangen.« Er legte ihre Hand in seine und drückte sie fest, dann eilte er von dannen. Crysania sah ihn hinaus in den Korridor gehen, wo Fackellichter leuchteten. Er bewegte sich schnell und sicher und zuckte nicht einmal zusammen, als er an einem Fenster vorbeikam, das plötzlich von einem hellen Blitz aufstrahlte.

Caramon verschwand in der Dunkelheit. Crysania raffte ihre weißen Roben zusammen und stieg zu dem Teil des Tempels hinauf, in dem der schwarzgekleidete Magier wohnte.

Ihre gute Laune und ihre Hoffnung sanken leicht, als sie den Korridor betrat. Hier schien die volle Wut des Sturmes unvermindert zu rasen. Nicht einmal die schweren Vorhänge konnten die blendenden Blitze fernhalten, die dicksten Wände nicht die Donnerschläge dämpfen. Vielleicht wegen eines undichten Fensters schien selbst der Wind durch die Tempelmauern zu dringen. Hier brannten keine Fackeln, sie waren auch nicht erforderlich, so beständig war der Blitz.

Crysanias schwarzes Haar wehte um ihre Augen, ihre Roben flatterten um sie. Als sie sich dem Zimmer des Magiers am Ende des Korridors näherte, hörte sie den Regen gegen das Glas der Fenster schlagen. Die Luft war kalt und feucht. Bebend beschleunigte sie ihren Schritt und hielt die Hand erhoben, um an der Tür zu klopfen, als plötzlich ein blauweißer Blitz aufzischte. Der gleichzeitige Knall eines Donners ließ Crysania gegen die Tür prallen. Diese sprang auf, und Crysania lag in Raistlins Armen.

Es war wie in ihrem Traum. Vor Entsetzen fast schluchzend, schmiegte sie sich an die weichen schwarzen Samtroben und wärmte sich an der Hitze seines Körpers. Zuerst war er angespannt, dann spürte sie, wie er sich lockerte. Seine Arme schlossen sich eng um sie, eine Hand griff nach oben, um ihr Haar tröstend zu streicheln.

»Nun, nun«, flüsterte er mit einer Stimme, mit der man zu einem Kind spricht, »fürchte nicht den Sturm, Verehrte Tochter. Frohlocke darüber! Koste die Macht der Götter, Crysania! Auf diese Weise ängstigen sie die Narren. Sie können uns nichts antun.«

Allmählich versiegte Crysanias Schluchzen. Raistlins Worte waren wie das sanfte Gemurmel einer Mutter. Sie sah zu ihm auf. »Wie meinst du das?« stammelte sie, plötzlich verängstigt. Ein Riß war in seinen spiegelgleichen Augen erschienen und erlaubte ihr den Einblick in seine Seele, die hinter ihnen brannte.

Er strich mit zitternden Händen das zerzauste schwarze Haar aus ihrem Gesicht und flüsterte: »Komm mit mir, Crysania! Komm mit mir in eine Zeit, in der wir die Götter herausfordern können, Crysania! Denk darüber nach! Zu herrschen, der Welt diese Kraft zu zeigen!«

Raistlin löste seinen Griff. Er hob die Arme, die schwarzen Roben schimmerten um ihn, als der Blitz aufflammte, der Donner brüllte, und er lachte. Und dann sah Crysania den fiebrigen Glanz in seinen Augen und die hellen farbigen Flecken auf seinen leichenblassen Wangen. Er war mager, viel magerer als bei ihrem letzten Besuch.

»Du bist krank«, stellte sie fest und trat zurück. Ihre Hände griffen zur Türklinke. »Ich hole Hilfe…«

»Nein!« Raistlins Schrei war lauter als der Donner. Seine Augen gewannen ihre Spiegelfläche wieder, sein Gesicht war kalt und entspannt. Er ergriff ihr Handgelenk mit einem schmerzhaften Druck und riß sie in das Zimmer zurück. Die Tür schlug hinter ihr zu. »Ich bin krank«, sagte er ruhig, »aber es gibt keine Hilfe, keine Heilmittel für meine Krankheit, außer diesem Wahnsinn zu entkommen. Meine Pläne sind fast vollendet. Morgen, am Tag der Umwälzung, werden die Götter mit der Lehre beschäftigt sein, die sie diesen erbärmlichen Wichten erteilen. Die Dunkle Königin wird nicht in der Lage sein, mich aufzuhalten, wenn ich mich mit Hilfe meiner Magie in die Zeit der Geschichte befördere, in der sie von der Macht eines wahren Klerikers verwundbar ist!«

»Laß mich gehen!« schrie Crysania. Schmerz und Zorn verdrängten ihre Angst. Wütend riß sie ihren Arm aus seinem Griff. Aber sie dachte immer noch an seine Umarmung, die Berührung seiner Hände… Beschämt drehte sich Crysania um. »Du mußt dein verruchtes Werk ohne mich verrichten«», sagte sie, und ihre Stimme war von Tränen erstickt. »Ich gehe nicht mit dir.«

»Dann wirst du sterben«, erwiderte Raistlin grimmig.

»Du wagst mir zu drohen?« schrie Crysania und wirbelte herum. Der Zorn trocknete ihre Tränen.

»Oh, nicht durch meine Hand«, sagte Raistlin mit einem seltsamen Lächeln. »Du wirst durch die Hände jener sterben, die dich hierhergeschickt haben.«

Crysania war sprachlos. Dann gewann sie schnell ihre Beherrschung wieder. »Ein weiterer Trick?« fragte sie kalt und wich vor ihm zurück.

»Kein Trick, Verehrte Tochter«, erwiderte Raistlin. Er deutete auf ein rotgebundenes Buch, das geöffnet auf seinem Schreibtisch lag. »Sieh selbst. Lang habe ich studiert...« Er ließ seine Hand über die endlosen Bücherreihen an der Wand gleiten. Crysania war verwundert. Beim letzten Mal waren sie noch nicht da gewesen. Er nickte, als er wieder seinen Blick auf sie richtete. »Ja, ich habe sie von weit entfernten Plätzen herbeigeholt. Ich bin weit gereist auf der Suche nach vielen. Dieses fand ich im Turm der Erzmagier in Wayreth, so wie ich es die ganze Zeit vermutete. Komm her, sieh es dir an.«

»Was ist das?« Crysania starrte auf den Band, als ob er eine zusammengerollte Giftschlange wäre.

»Ein Buch, nichts weiter.« Raistlin lächelte erschöpft. »Ich versichere dir, ich werde es nicht in einen Drachen verwandeln, der dich auf mein Kommando davonträgt. Ich wiederhole – es ist ein Buch, eine Enzyklopädie, wenn du so willst. Sie ist uralt, sie wurde im Zeitalter der Träume geschrieben.«

»Warum willst du, daß ich es mir ansehe? Was hat es mit mir zu tun?« fragte Crysania argwöhnisch.

»Es ist eine Enzyklopädie der magischen Geräte, die im Zeitalter der Träume hergestellt wurden«, fuhr Raistlin gleichmütig fort, seine Augen nicht von Crysania abwendend, als ob er sie mit seinem Blick näher zu sich ziehen wollte. »Lies...«

»Ich verstehe die Sprache der Magie nicht«, sagte Crysania. »Oder willst du es mir ›übersetzen‹?«

»Es ist nicht in der Sprache der Magie geschrieben«, erwiderte er leise. Er sah auf seine schwarzen Roben, dann lächelte er ein verzerrtes, bitteres Lächeln. »Vor langer Zeit habe ich bereitwillig den Preis bezahlt. Ich weiß nicht, warum ich gehofft habe, daß du mir vertrauen würdest.«

Crysania durchquerte das Zimmer und blieb zögernd am Schreibtisch stehen. Raistlin nahm Platz und winkte sie zu sich, und sie trat einen Schritt nach vorne. Der Magier sprach einen

Befehl, und der Stab, der an der Wand lehnte, leuchtete in gelbem Licht auf.

»Lies«, sagte Raistlin und zeigte auf die Seite.

Crysania überflog die Seite, obwohl sie keine Vorstellung hatte, wonach sie suchen sollte. Dann wurde ihre Aufmerksamkeit gefesselt. Einer der Abschnitte trug den Titel »Gerät für Zeitreisen«, und darunter war ein Gerät dargestellt, das der Beschreibung des Kenders glich.

»Ist es das?« fragte sie und blickte Raistlin an. »Das Gerät, das Par-Salian Caramon gab und das uns zurückbringen soll?«

Der Magier nickte. In seinen Augen spiegelte sich das gelbe Licht des Stabes. »Lies«, wiederholte er leise.

Neugierig überflog Crysania die Seite. Es handelte sich um ein Gerät, das ein großer, seit langem vergessener Magier entworfen und gebaut hatte, und die Bedingungen seines Einsatzes. Ein Großteil der Beschreibung ging über ihr Verstehen hinaus, handelte von geheimnisvollen Dingen.

»... wird die bereits unter einem Zeitzauber stehende Person entweder vor oder zurück in der Zeit befördern... muß korrekt angeordnet sein und die Facetten in der vorgeschriebenen Reihenfolge ausgerichtet... wird nur eine Person transportieren, die Person, der das Gerät zur Zeit gegeben wurde, als der Zauber ausgeführt wurde... Der Einsatz des Gerätes ist auf Elfen, Menschen, Oger beschränkt... kein weiteres Zauberwort erforderlich...«

Crysania sah unsicher zu Raistlin auf. Er beobachtete sie mit einem erwartungsvollen Blick. Er wartete darauf, daß sie etwas fand. Und tief in ihrem Inneren spürte sie eine Unruhe, eine Angst, als ob ihr Herz den Text schneller verstünde als ihr Gehirn.

»Noch einmal«, sagte Raistlin.

Sie versuchte sich zu konzentrieren, obgleich sie jetzt den Sturm stärker wahrnahm, der draußen tobte, und sah wieder auf den Text.

Und da war es. Die Worte sprangen sie an, griffen nach ihrer Kehle, würgten sie.

»Nur eine Person transportieren…«

Nur eine Person transportieren!

Crysanias Beine gaben nach. Glücklicherweise schob Raistlin ihr einen Stuhl unter, sonst wäre sie zu Boden gefallen.

Lange Zeit starrte sie in das Zimmer. Obgleich es von Blitzen und dem magischen Licht des Stabes beleuchtet wurde, war es für sie plötzlich dunkel geworden. »Weiß er das?« stieß sie schließlich hervor.

»Caramon?« knurrte Raistlin. »Natürlich nicht. Wenn er es wüßte, würde er seinen dummen Hals brechen in dem Versuch, es dir zu geben, und er würde dich auf Knien anflehen, es zu benutzen und ihm das Vorrecht zu gewähren, an deiner Stelle zu sterben. Ich kann mir nicht vorstellen, was ihn glücklicher machen würde. Nein, Crysania, er wird es zweifellos vertrauensselig anwenden, zwischen dir und dem Kender stehend. Und er wird völlig am Boden zerstört sein, wenn sie ihm dann den Grund seiner alleinigen Rückkehr erklären würden. Ich frage mich, wie Par-Salian das bewerkstelligen will«, fügte Raistlin mit grimmigem Lächeln hinzu. »Caramon ist wirklich in der Lage, den Turm unter ihren Augen entzweizureißen. Aber das wird weder hier noch dort stattfinden.«

Sein Blick fing ihren auf. Er zwang sie durch die Kraft seines Willens, in seine Augen zu schauen. Und wieder sah sie sich in ihnen, aber dieses Mal einsam und angstvoll.

»Sie haben dich zum Sterben zurückgeschickt, Crysania«, sagte Raistlin mit einer Stimme, die leiser als ein Atemzug war; dennoch durchdrang sie Crysanias Innerstes, hallte lauter als der Sturm in ihrem Bewußtsein wider. »Ist das das Gute, von dem du mir erzählst? Pah! Sie leben in Angst, wie der Königspriester! Sie fürchten dich, so wie sie mich fürchten. Der einzige Weg zum Guten, Crysania, ist mein Weg! Hilf mir das Böse besiegen. Ich brauche dich…«

Crysania schloß die Augen. Vor ihr tauchte ganz lebhaft Par-Salians Handschrift in dem Brief auf, den sie gefunden hatte: »…dein Leben und deine Seele – um eines zu retten, mußt du das andere aufgeben! Es gibt für dich viele Möglichkeiten, diese

Zeit zu verlassen, eine davon ist mit der Hilfe von Caramon.« Er hatte sie absichtlich in die Irre geführt! Welche Möglichkeit bestand noch, außer mit Raistlin? War es das, was der Magier meinte? Wer konnte ihr diese Frage beantworten? Gab es jemanden, dem sie vertrauen konnte?

Crysania erhob sich. Sie sah Raistlin an, sie starrte vor sich ins Nichts. »Ich muß gehen«, murmelte sie gebrochen. »Ich muß nachdenken…«

Raistlin versuchte nicht, sie aufzuhalten. Er stand nicht einmal auf. Er sagte kein Wort – bis sie die Tür erreichte. »Morgen«, flüsterte er. »Morgen…«

Es erforderte Caramons ganze Kraft und die der zwei Tempelwachen, um die großen Tore des Tempels zu öffnen und ihn in den Sturm hinauszulassen. Der Wind peitschte mit voller Gewalt auf ihn ein, trieb den großen Mann zurück gegen die Steinmauer, hielt ihn dort fest, als wäre er nicht kräftiger als Tolpan. Als die Kraft des Sturmes nachgab, konnte er die Stufen hinuntergehen.

Die Bewohner Istars kauerten in ihren Häusern, die Götter abwechselnd verfluchend oder anrufend. Der gelegentliche Passant, dem er begegnete, klebte an der Wand eines Gebäudes oder stand in einer Türöffnung.

Aber Caramon schleppte sich mühsam weiter, eifrig bedacht, in die Arena zurückzukehren. Sein Herz war von Hoffnung erfüllt, seine Stimmung trotz des Sturmes gut. Jetzt endlich würden Kiiri und Pheragas zuhören, anstatt ihm kalte Blicke zuzuwerfen wie vor kurzem, als er sie zu überreden versuchte, aus Istar zu fliehen.

»Ich kann euch nicht sagen, wieso ich es weiß, ich weiß es einfach!« hatte er gerufen. »Ein großes Unglück wird kommen. Ich kann es förmlich riechen!«

»Willst du den letzten Kampf verpassen?« fragte Kiiri kühl.

»Sie werden ihn bei diesem Wetter nicht abhalten!« Caramon winkte ab.

»So ein heftiger Sturm hält sich nicht lange!« warf Pheragas ein. »Er wird sich schon austoben, und dann haben wir einen wunderschönen Tag. Außerdem« – seine Augen verengten sich –, »was willst du ohne uns in der Arena machen?«

»Nun, allein kämpfen, wenn es sein muß«, sagte Caramon. Er plante, dann schon längst verschwunden zu sein – er und Tolpan, Crysania und vielleicht...

»Wenn es sein muß...«, wiederholte Kiiri in einem seltsamen Ton und tauschte mit Pheragas Blicke. »Danke, daß du an uns denkst, Freund«, sagte sie mit einem vernichtenden Blick auf Caramons Eisenband, das Band, das auch sie trug, »oder keinen Dank. Unser Leben wäre verwirkt – entflohene Sklaven! Wie lange, glaubst du wohl, würden wir das überleben?«

»Es spielt keine Rolle, nicht nach... nach...« Caramon seufzte und schüttelte den Kopf. Was konnte er ihnen sagen? Wie konnte er sie dazu bringen, ihn zu verstehen? Aber sie hatten ihm keine Gelegenheit gegeben. Sie waren, ohne ein weiteres Wort zu verlieren, hinausgegangen und hatten ihn allein im Speisesaal zurückgelassen.

Aber jetzt würden sie bestimmt zuhören! Sie würden begreifen, daß es kein gewöhnlicher Sturm war. Würden sie genügend Zeit haben, um sicher zu entkommen? Caramon runzelte die Stirn und wünschte sich zum ersten Mal, daß er den Büchern mehr Beachtung geschenkt hätte. Er hatte keine Ahnung, welche Ausmaße die verheerende Wirkung des stürzenden feurigen Gebirges erreichen würde. Er schüttelte den Kopf. Vielleicht war es bereits zu spät.

Nun, er hatte es immerhin versucht, sagte er sich, während er durch das Wasser stapfte. Um die Notlage seiner Freunde zu vergessen, zwang er sich zu erfreulicheren Gedanken. Bald würde er von diesem schrecklichen Ort verschwunden sein. Bald würde das alles nur wie ein böser Traum sein.

Er würde wieder zu Hause bei Tika sein. Vielleicht mit Raistlin. »Ich werde unser neues Haus fertigstellen«, sagte er. Ein Bild kam ihm. Er konnte sich in ihrem neuen Haus am Feuer sitzen sehen. Tikas Kopf ruhte in seinem Schoß. Er erzählte ihr die Abenteuer, die sie erlebt hatten. Raistlin würde sich an den Abenden zu ihnen gesellen: lesend, studierend, in weiße Roben gekleidet... »Tika wird kein Wort glauben«, sagte sich Caramon. »Aber es spielt keine Rolle. Sie wird wieder den Mann haben, in den sie sich damals verliebt hat. Und dieses Mal werde ich sie nicht verlassen, für nichts auf der Welt!« Er seufzte, spürte ihre krausen roten Locken an seinen Fingern, sah sie im Feuerschein glänzen.

Diese Gedanken trugen Caramon durch den Sturm zur Arena. Er zog den Klotz in der Mauer hervor, der von allen Gladiatoren für ihre nächtlichen Streifzüge benutzt wurde. Natürlich war niemand in der Arena. Alle Übungsstunden waren gestrichen worden. Alle verfluchten das schlechte Wetter und schlossen Wetten ab, ob sie am nächsten Tag kämpfen würden oder nicht.

Arak war in einer Laune, die fast genauso übel war wie das Wetter. Er zählte immer wieder die Goldstücke nach, die aus seinen Fingern gleiten würden, wenn er den Endkampf rückgängig machen mußte – das Sportereignis des Jahres in Istar. Er versuchte sich mit dem Gedanken aufzumuntern, daß *er* ihm gutes Wetter versprochen hatte.

Von seinem Aussichtspunkt, einem Fenster im Turm der Arena, sah er Caramon durch die Steinmauer kriechen. »Raag!« Er machte eine Handbewegung. Raag sah hinunter, nickte verstehend, ergriff die riesige Keule und wartete auf den Zwerg, der seine Rechnungsbücher zur Seite legte.

Caramon eilte zu der Zelle, die er mit dem Kender teilte, begierig, ihm von Crysania und Raistlin zu berichten. Aber er fand den kleinen Raum leer vor.

»Tolpan?« fragte er und sah sich um, um sicherzugehen, daß er ihn nicht im Schatten übersehen hatte. Ein Blitz beleuchtete den Raum heller als das Tageslicht. Es gab kein Zeichen von dem Kender.

»Tolpan, komm hervor! Wir haben keine Zeit für Spiele!« befahl Caramon streng. Tolpan hatte ihn einmal zu Tode erschreckt, indem er sich unter dem Bett versteckt hatte und dann hervorgesprungen war, als Caramon sich umgedreht hatte. Der große Mann zündete eine Fackel an, legte sich brummend auf den Boden und leuchtete mit der Fackel unter das Bett. Kein Tolpan.

»Ich hoffe, daß dieser kleine Narr nicht versucht hat, bei diesem Sturm hinauszugehen!« murmelte Caramon. Seine Verärgerung verwandelte sich in plötzliche Sorge. »Er könnte zurück nach Solace geweht werden. Aber vielleicht ist er im Speisesaal und wartet auf mich. Vielleicht ist er bei Kiiri und Pheragas. Das ist es! Ich nehme einfach das Gerät und geselle mich zu ihnen...«

Im Selbstgespräch ging Caramon zu der kleinen Holzkommode, in der er seine Rüstung aufbewahrte. Er öffnete sie und nahm sein verziertes goldenes Kostüm heraus. Er betrachtete es verächtlich, dann warf er es auf den Boden. »Zumindest brauche ich dieses Zeug nicht mehr zu tragen«, sagte er dankbar. »Obwohl – es wäre lustig, Tikas Reaktion zu sehen, wenn ich es anziehe! Würde sie nicht lachen?« Fröhlich pfeifend nahm er alles aus der Kommode und stemmte mit der Spitze eines zusammenklappbaren Dolches den falschen Boden hoch, den er eingebaut hatte. Das Pfeifen erstarb auf seinen Lippen. Die Kommode war leer.

Hektisch suchte Caramon überall in der Kommode nach, obgleich es unwahrscheinlich war, daß ein Anhänger – größer war das magische Gerät nicht – durch eine Ritze fallen könnte. Sein Herz schlug heftig vor Angst, als er sich aufrappelte, mit der Fackel in jede Ecke leuchtete und mehr als einmal unter die Betten sah. Er riß sogar seine Matratze auf und wollte sich gerade an der Tolpans zu schaffen machen, als ihm etwas auffiel.

Nicht nur der Kender war verschwunden, sondern auch seine Beutel, seine gesamten geliebten Besitztümer. Und auch sein Umhang. Und dann war ihm alles klar. Tolpan hatte das Gerät genommen.

Aber warum?

Tolpan hatte Raistlin gesehen – das hatte er Caramon mitgeteilt. Aber was hatte Tolpan dort gemacht? Warum hatte er Raistlin aufgesucht? Caramon erkannte plötzlich, daß der Kender in der Unterhaltung geschickt von diesem Punkt abgelenkt hatte.

Er stöhnte auf. Der neugierige Kender hatte ihn natürlich über das Gerät ausgefragt, aber Tolpan schien immer mit Caramons Antworten zufrieden gewesen zu sein. Caramon hatte gelegentlich nachgeprüft, ob es noch da war – so wie man es gewohnheitsgemäß tat, wenn man mit einem Kender zusammenlebte.

Aber vielleicht hatte Raistlin Tolpan dazu gebracht, es ihm zu bringen! Wenn das Gerät erst einmal in seinem Besitz war, konnte Raistlin sie zwingen, mit ihm zu gehen. War das die ganze Zeit sein Plan gewesen? Hatte er Tolpan überlistet und Crysania getäuscht? Caramons Gedanken stolperten verwirrt in seinem Kopf herum.

»Ich muß Tolpan finden! Ich muß ihn aufhalten!« sagte er laut.

Fieberhaft ergriff der große Mann seinen durchnäßten Umhang. Er wollte gerade aus der Tür, als ein riesiger dunkler Schatten ihm den Weg versperrte.

»Geh mir aus den Weg, Raag«, knurrte Caramon, in seiner Aufregung völlig vergessend, wo er sich befand.

Raag erinnerte ihn sofort daran; seine Riesenpranke schloß sich um Caramons breite Schulter. »Wohin, Sklave?«

Caramon versuchte, den Griff des Ogers abzuschütteln, aber Raags Hand verstärkte einfach den Druck. Etwas knirschte, und Caramon schrie vor Schmerz auf.

»Verletz ihn nicht, Raag«, ertönte eine Stimme. »Er muß morgen kämpfen. Und was wichtiger ist, er muß gewinnen!«

Raag schob Caramon genauso mühelos wie ein Erwachsener, der ein Kind spielerisch schubst, in die Zelle zurück. Der große Krieger taumelte und fiel hart auf den Steinboden.

»Du bist heute sicherlich beschäftigt«, sagte Arak im Unterhaltungston, betrat die Zelle und ließ sich auf das Bett plumpsen.

Caramon richtete sich auf und rieb seine verletzte Schulter. Er warf Raag schnell einen Blick zu, der immer noch in der Tür stand und sie blockierte.

Arak sprach weiter. »Du warst bereits bei diesem schlechten Wetter draußen, und jetzt willst du wieder gehen?« Er schüttelte den Kopf. »Nein, nein, das kann ich nicht zulassen. Du könntest dich erkälten…«

»He«, sagte Caramon, grinste schwach und leckte seine trokkenen Lippen, »ich wollte nur in den Speisesaal gehen, um nach Tolpan zu sehen…« Er zuckte unfreiwillig zusammen, als draußen ein Blitz explodierte. Es krachte, und dann roch es plötzlich nach brennendem Holz.

»Vergiß es. Der Kender ist gegangen«, sagte Arak schulterzuckend, »und mir scheint, für immer – er hat sein ganzes Zeug gepackt.«

Caramon schluckte. »Laß mich dann auch gehen, ich muß ihn finden…«, begann er.

Araks Grinsen verzerrte sich bösartig. »Dieser kleine Bastard interessiert mich überhaupt nicht! Ich habe das Geld, das ich für ihn ausgegeben habe, durch die Sachen, die er für mich gestohlen hat, zurückerhalten. Aber du – in dich habe ich investiert. Dein Fluchtplan ist gescheitert, Sklave.«

»Flucht?« Caramon lachte auf. »Du verstehst nicht…«

»Ich verstehe nicht?« knurrte Arak. »Ich verstehe nicht, daß du versuchst, meine zwei besten Kämpfer zum Gehen zu bewegen? Daß du versuchst, mich zu ruinieren?« Die Stimme des Zwergs steigerte sich zu einem schrillen Kreischen, das lauter als der heulende Wind war. »Wer hat dich dazu angestiftet? Dein Herr war es nicht, also lüg mich nicht an. Er hat mich hier besucht.«

»Raist – äh – Fist... Fistandantil...«, stammelte Caramon.

Der Zwerg lächelte selbstgefällig. »Ja. Fistandantilus wies mich darauf hin, daß du so etwas versuchen würdest. Sagte, ich solle sorgfältig auf dich aufpassen. Er hat sogar die angemessene Bestrafung für dich vorgeschlagen. Der letzte Kampf morgen wird nicht zwischen deiner Mannschaft und dem Roten Minotaurus stattfinden. Du wirst gegen Kiiri und Pheragas und den Minotaurus kämpfen!« Er lehnte sich vor und grinste Caramon höhnisch an. »Und ihre Waffen werden echt sein!«

Caramon starrte Arak verständnislos an. »Warum?« murmelte er düster. »Warum will er mich töten?«

»Dich töten?« Der Zwerg kicherte. »Er will dich nicht töten! Er ist überzeugt, daß du gewinnen wirst! ›Es ist eine Prüfung‹, hat er zu mir gesagt. ›Ich will keinen Sklaven, der nicht der Beste ist! Und dieser Kampf wird es beweisen. Caramon hat gezeigt, wie er gegen den Barbaren vorgegangen ist. Das war seine erste Prüfung. Laß uns *diese* Prüfung noch schwerer machen‹, sagte er. Oh, du hast schon einen außergewöhnlichen Herrn!«

Der Zwerg kicherte, schlug sich bei diesem Gedanken auf die Knie, und selbst Raag gab ein Grunzen von sich, das wohl ein Zeichen seines Vergnügens darstellte.

»Ich werde nicht kämpfen«, sagte Caramon. Sein Gesicht verhärtete sich. »Töte mich! Ich werde nicht gegen meine Freunde kämpfen. Und sie werden nicht gegen mich kämpfen!«

»Er hat gesagt, daß du so reagieren würdest!« Der Zwerg grölte. »Stimmt das nicht, Raag? Die gleichen Worte. Beim Elch, er kennt dich! Man könnte denken, ihr seid Zwillinge! ›Also‹, sagte er zu mir, ›wenn er sich zu kämpfen weigert, und das wird er, dann sag ihm, daß seine Freunde an seiner Stelle kämpfen werden, und es wird der Minotaurus sein, der die echten Waffen trägt.‹«

Caramon erinnerte sich lebhaft an den jungen Mann, der sich im Todeskampf auf dem Steinboden gekrümmt hatte, als das Gift vom Dreizack des Minotaurus durch seinen Körper geströmt war.

»Was deine Freunde betrifft, die gegen dich kämpfen«, höhnte der Zwerg, »um die hat sich Fistandantilus auch gekümmert. Nachdem er mit ihnen geredet hat, denke ich, sind sie richtig erpicht, in der Arena gegen dich aufzutreten!«

Caramon ließ den Kopf sinken. Er begann zu zittern. Die ungeheuerliche Bösartigkeit seines Bruders überwältigte ihn, Verzweiflung erfüllte sein Bewußtsein.

Raistlin hatte alle getäuscht, Crysania, Tolpan, ihn selbst! Es war Raistlin, der ihn den Barbaren töten ließ! Er hatte ihn angelogen! Und er hatte auch Crysania angelogen. Er war unfähig, sie zu lieben. Er benutzte sie! Und Tolpan? Caramon schloß die Augen. Er erinnerte sich an Raistlins Worte: »Kender können den Verlauf der Zeit verändern...« Tolpan stellte eine Gefahr dar, eine Bedrohung! Er hatte nun keinen Zweifel mehr, wohin Tolpan gegangen war...

Der Wind heulte, aber nicht so laut wie der Schmerz und die Qual in Caramons Seele. Dem großen Krieger wurde übel. Er sah nicht Araks Geste, noch fühlte er Raags riesige Hände, die ihn ergriffen. Er spürte nicht einmal die Stricke an seinen Handgelenken...

Erst später, als das Gefühl der Übelkeit verschwand, nahm er seine Umgebung wieder wahr. Er befand sich in einer winzigen, fensterlosen, unterirdischen Zelle, wahrscheinlich unter der Arena. Raag hatte eine Kette an das Eisenband um seinen Hals gebunden und diese Kette an einem Ring in der Steinmauer befestigt. Dann überprüfte der Oger die Lederschnüre, mit denen Caramons Handgelenke gefesselt waren.

»Nicht zu fest«, hörte Caramon die warnende Stimme des Zwergs, »er muß morgen kämpfen...«

Aus der Höhe ertönte ein Donnergrollen. Bei diesem Geräusch sah Caramon hoffnungsvoll auf. Wir können bei diesem Wetter nicht kämpfen...

Der Zwerg grinste, als er Raag zur Tür folgte. Da bemerkte er Caramons Blick. »Oh, nebenbei bemerkt, Fistandantilus hat gesagt, daß morgen ein wunderschöner Tag sein wird. Ein Tag, an den sich jeder auf Krynn lange erinnern wird...«

Die Tür wurde zugeschlagen und verschlossen.

Caramon saß allein in der feuchten Dunkelheit. Niemand war da, den er um Rat fragen konnte, niemand war da, um für ihn Entscheidungen zu treffen. Und dann erkannte er, daß er niemanden brauchte. Nicht für diese Entscheidung.

Jetzt verstand er den Grund, warum die Magier ihn zurückgeschickt hatten. Sie kannten die Wahrheit und wollten, daß er sie selbst erkannte. Sein Zwillingsbruder war verloren, konnte niemals bekehrt werden.

Raistlin mußte sterben.

16

In dieser Nacht schlief niemand in Istar.

Der Sturm nahm an Heftigkeit zu, bis es schien, daß er alles zerstören wollte. Blitze tanzten durch die Straßen, Bäume explodierten bei ihrer feurigen Berührung. Hagel prasselte auf die Straßen nieder, brach Ziegel und Steine aus den Häusern, zerschlug das dickste Glas. Hochwasser toste durch die Straßen, riß die Marktbuden, Sklavenpferche, Karren und Kutschen mit sich.

Aber niemand wurde verletzt.

Es war, als ob die Götter in dieser letzten Stunde ihre Hände schützend über die Lebenden hielten, als ob sie hofften, sie würden die Warnungen beachten.

In der Morgendämmerung hörte der Sturm auf. Die Welt war plötzlich von einer tiefen Ruhe erfüllt. Die Götter warteten, wagten nicht einmal zu atmen, um nicht den leisen Schrei zu verpassen, der vielleicht die Welt retten konnte.

Die Sonne stieg an einem blaßblauen Himmel empor. Kein Vogel sang, um sie willkommen zu heißen, keine Blätter raschelten in der Morgenbrise, denn es gab keine Morgenbrise. Die Luft war still und tödlich ruhig. Rauch stieg von qualmenden Bäumen in senkrechten Säulen in den Himmel, das Hochwasser schwand dahin, als ob es von einer riesigen Abzugsrinne verschluckt würde. Die Leute schlichen ins Freie, sahen sich ungläubig um, daß es nicht mehr Schäden gab, und von den vorausgegangenen schlaflosen Nächten erschöpft, kehrten sie dann in ihre Häuser zurück.

Aber immerhin gab es eine Person in Istar, die friedlich die Nacht durchschlief. Tatsächlich wurde sie durch die plötzliche Stille wach.

Wie Tolpan Barfuß gern erzählte, hatte er im Düsterwald mit Geistern geredet und mehrere Drachen kennengelernt, war dem verfluchten Eichenwald von Shoikan nahe gekommen, hatte eine Kugel der Drachen zerstört und war persönlich verantwortlich für die Niederlage der Königin der Finsternis. Bloß ein Gewitter konnte ihn kaum aus der Ruhe bringen und noch weniger seinen Schlaf beeinträchtigen.

Es war einfach gewesen, das magische Gerät zu ergattern. Tolpan schüttelte den Kopf über Caramons naiven Stolz, ein kluges Versteck gefunden zu haben. Tolpan hatte den großen Mann nicht darüber aufgeklärt, daß dieser falsche Boden von jedem Kender ab drei Jahren ausfindig gemacht werden konnte.

Tolpan nahm das magische Gerät aus der Schachtel und starrte es voll Entzücken an.

Eilig ging er im Geist noch einmal Raistlins Anweisungen durch. Der Magier hatte sie ihm erst vor wenigen Tagen gegeben und ihn auswendig lernen lassen.

»Deine Zeit gehört dir allein, auch wenn du quer durch sie reist. Ihre Ausdehnungen siehst du durch die Ewigkeit wirbeln; hemme nicht ihren Verlauf. Ergreife fest das Ende und den Anfang, drehe sie um sich selbst, und alles, was verloren ist, wird in Sicherheit sein. Das Schicksal wird über deinem Kopf sein.«

Das Gerät war so schön, daß Tolpan es gern lange bewundert hätte. Aber er hatte keine Zeit, darum warf er es hastig in einen Beutel, ergriff seine anderen Beutel, legte seinen Umhang an und eilte hinaus. Auf dem Weg dachte er über seine letzte Unterhaltung mit dem Magier nach.

»Leih dir den Gegenstand in der Nacht zuvor aus«, hatte Raistlin ihm geraten. »Der Sturm wird beängstigend sein, und Caramon könnte es sich in den Kopf setzen, vorher aufzubrechen. Außerdem wird es für dich am einfachsten sein, unbemerkt in den Raum zu schlüpfen, der als die Geweihte Kammer des Tempels bekannt ist, während der Sturm tobt. Der Sturm wird sich am Morgen legen, und dann werden der Königspriester und seine Minister mit der Prozession beginnen. Sie werden in die Geweihte Kammer gehen, und dort wird der Königspriester den Göttern seine Forderungen stellen. Du mußt in der Kammer sein und das Gerät aktivieren, sobald der Königspriester zu sprechen aufhört…«

»Wie wird das Gerät die Umwälzung aufhalten?« unterbrach ihn Tolpan gespannt. »Werde ich sehen, wie es einen Lichtstrahl in den Himmel schießt? Oder wird es den Königspriester flach auf den Boden werfen?«

»Nein«, antwortete Raistlin und hustete leise, »es wird den Königspriester nicht flach auf den Boden werfen. Aber du hast recht mit dem Licht.«

»Ja?« Tolpan freute sich. »Ich habe es einfach vermutet! Das ist ja phantastisch! Ich muß wohl schon ganz gut sein bei diesem magischen Zeug.«

»Ja«, erwiderte Raistlin trocken. »Nun, um fortzufahren, wo ich unterbrochen wurde…«

»Entschuldige, es wird nicht wieder passieren«, unterbrach ihn Tolpan.

Raistlin funkelte ihn an. »Du mußt dich also in der Nacht in die Geweihte Kammer schleichen. Der Bereich hinter dem Altar ist durch Vorhänge abgetrennt. Versteck dich dort, damit du nicht entdeckt wirst.«

»Und dann halte ich die Umwälzung auf, gehe zu Caramon

zurück und erzähle ihm alles! Ich werde ein Held sein...« Tolpan verstummte, ein plötzlicher Gedanke war ihm gekommen. »Aber wie kann ich ein Held sein, wenn ich etwas aufhalte, was niemals angefangen hat? Ich meine, wie sollen sie es erfahren, daß ich alles unternommen habe, wenn ich nicht...«

»Oh, sie werden es wissen...«, sagte Raistlin sanft.

»Ja? Aber ich verstehe noch nicht... Oh, du bist beschäftigt, vermute ich. Ich gehe wohl besser. Sag, wirst du auch aufbrechen, wenn alles hier erledigt ist?« sagte Tolpan, während Raistlins Hand, die auf seiner Schulter lag, ihn beharrlich zur Tür steuerte. »Wohin wirst du gehen?«

»Wohin ich will«, gab Raistlin zurück.

»Könnte ich mit dir kommen?« fragte Tolpan eifrig.

»Nein, du wirst in deiner eigenen Zeit benötigt«, antwortete Raistlin. »Du mußt dich um Caramon kümmern...«

»Ja, du hast wohl recht.« Der Kender seufzte. »Er braucht jemand, der sich um ihn kümmert.«

Als Tolpan zur Arena zurückkehrte, erinnerte er sich wieder daran, wie er in der Nacht vor der Umwälzung die Arena verlassen hatte. Er wußte nicht, wie heftig der Sturm geworden war, und war über die Wildheit des Windes verblüfft, der ihn buchstäblich hochhob und zurück gegen die Steinmauer der Arena schleuderte, als er sich nach draußen wagte. Nach einer Pause, in der er Atem schöpfte, rappelte sich der Kender wieder hoch und nahm den Weg zum Tempel auf, das magische Gerät fest in der Hand haltend. Schließlich erreichte er den Tempel. Er schlich sich durch den Garten und gelangte ins Innere. Kleriker liefen überall herum, versuchten, Wasser aufzuwischen und zerbrochenes Glas aufzukehren, und zündeten erloschene Fackeln wieder an.

Er hatte keine Vorstellung, wo die Geweihte Kammer sein konnte, aber es gab nichts, was er mehr genoß, als durch fremde Orte zu wandern. Zwei oder drei Stunden später geriet er zufällig in einen Raum, der Raistlins Beschreibung entsprach.

Keine Fackeln brannten in ihm, da er zur Zeit nicht gebraucht wurde, aber Blitze beleuchteten ihn für den Kender ausreichend, um den Altar und die Vorhänge zu erkennen, die Raistlin beschrieben hatte. Tolpan war ziemlich erschöpft und freute sich auf eine Pause. Nachdem er den Raum untersucht und leer gefunden hatte, ging er am Altar vorbei und sah hinter die Vorhänge, in der Hoffnung, eine Art geheime Höhle zu finden, in der der Königspriester heilige Riten vollführte, die für die Augen Sterblicher verboten waren.

Als er sich umschaute, seufzte er. Nichts. Nur eine Wand, mit Vorhängen bedeckt. Er nahm hinter den Vorhängen Platz, breitete seinen Umhang zum Trocknen aus, wrang das Wasser aus seinem Haarknoten, und mit Hilfe der Blitze begann er, die interessanten Gegenstände auszusortieren, die ihren Weg in seine Beutel gefunden hatten.

Nach einer Weile wurden seine Augen so schwer, daß er sie nicht mehr aufbehalten konnte. Er rollte sich auf dem Boden zusammen und glitt in den Schlaf, nur leicht verärgert über das Grollen des Donners. Sein letzter Gedanke war, ob Caramon ihn bereits vermißte, und wenn ja, ob er sehr wütend war...

Das nächste, was Tolpan wahrnahm, war die Ruhe. Warum ihn ausgerechnet die Ruhe aus seinem tiefen Schlaf schreckte, war ihm zuerst ein völliges Rätsel.

Dann fiel ihm der Grund ein. Der Sturm hatte sich gelegt – wie Raistlin vorausgesagt hatte. Er erhob sich und spähte zwischen den Vorhängen in die Geweihte Kammer. Durch die Fenster schien helles Sonnenlicht.

Er hatte keine Ahnung, wie spät es war, aber nach dem Stand der Sonne mußte es kurz vor Mittag sein. Die Prozession würde bald anfangen, erinnerte er sich, und es würde eine Zeitlang dauern, bis sie sich durch den Tempel gewunden hatte. Der Königspriester wollte die Götter zur Mittwacht anrufen, wenn die Sonne den Zenit erreicht hatte.

Tatsächlich läuteten Glocken über ihm, als Tolpan darüber nachdachte. Dann hörte das Läuten wieder auf. Einen Seufzer der Erleichterung ausstoßend, spähte er wieder zwischen den Vorhängen in die Kammer und zog gerade die Möglichkeit in

Betracht, daß jemand zum Saubermachen käme, als er eine dunkle Gestalt in das Zimmer gleiten sah.

Tolpan zog sich zurück. Er hielt die Vorhänge nur noch einen Spalt auf und spähte mit nur einem Auge. Die Gestalt hielt den Kopf gesenkt, ihre Schritte waren langsam und unsicher. Sie hielt kurz inne, um sich auf eine der Steinbänke zu stützen, die den Altar umgaben, als ob sie zu müde wäre weiterzugehen; dann fiel sie auf die Knie. Obgleich sie wie fast jeder im Tempel in weiße Roben gekleidet war, kam Tolpan diese Gestalt vertraut vor. Als er sich ziemlich sicher war, daß die Aufmerksamkeit der Gestalt nicht auf ihn gerichtet war, riskierte er es, den Spalt zu vergrößern.

»Crysania!« murmelte er. »Ich frage mich, warum sie so früh hier ist!« Dann wurde er von einer Enttäuschung ergriffen. »Nehmen wir mal an, sie ist auch hier, um die Umwälzung aufzuhalten... Verdammt! Raistlin hat gesagt, *ich* könnte es«, brummte er. Dann wurde ihm klar, daß sie redete – entweder ein Selbstgespräch oder ein Gebet. Er lauschte ihrem Gemurmel.

»Paladin, größter und weisester Gott von ewiger Güte, höre meine Stimme an diesem tragischsten aller Tage. Ich weiß, ich kann nicht aufhalten, was eintreten wird. Und vielleicht ist es ein Zeichen meines mangelnden Glaubens, daß sogar ich dein Vorhaben in Frage stelle. Ich habe nur eine einzige Bitte – hilf mir alles verstehen! Wenn es stimmt, daß ich sterben muß, laß mich den Grund wissen. Laß mich erkennen, daß mein Tod einem Zweck dient. Zeig mir, daß ich nicht völlig versagt habe bei dem, was ich hier in der Vergangenheit vollbringen wollte. Gewähre mir, daß ich hier ungesehen verweilen darf und hören kann, was kein Sterblicher jemals gehört und überlebt hat, um es weiterzugeben – die Worte des Königspriesters. Er ist ein guter Mann, vielleicht zu gut.« Crysanias Kopf sank in ihre Hände. »Mein Glaube hängt an einem Faden«, sagte sie so leise, daß Tolpan sie kaum verstehen konnte. »Zeig mir die Rechtfertigung dieser schrecklichen Tat. Wenn es dein launenhafter Einfall ist, will ich sterben, so wie es wohl beabsichtigt ist, mit denen, die vor langer Zeit ihren Glauben an die wahren Götter verloren...«

»Sag nicht, daß sie ihren Glauben verloren haben, Verehrte Tochter«, ertönte eine Stimme aus der Luft, die den Kender so erschreckte, daß er fast durch die Vorhänge fiel. »Sag lieber, daß sie ihren Glauben an die wahren Götter durch ihren Glauben an die falschen ersetzt haben – Geld, Macht, Ehrgeiz...«

Crysania hob mit einem Laut des Erschreckens den Kopf, aber es war der Anblick ihres Gesichts, nicht der der weißschimmernden Gestalt, die sich neben ihr materialisierte, der dem Kender den Atem nahm. Crysania hatte offensichtlich seit Tagen nicht mehr geschlafen, ihre Augen waren dunkel und groß und lagen eingefallen in ihrem Gesicht. Ihre Wangen waren hohl, ihre Lippen trocken und aufgesprungen. Sie hatte nicht einmal ihr Haar gekämmt, es fiel wie schwarze Spinnweben über ihr Gesicht, als sie voll Angst die geisterhafte Gestalt anstarrte. »Wer... wer bist du?« stammelte sie.

»Mein Name ist Loralon. Und ich bin gekommen, um dich mitzunehmen. Dein Tod war nicht beabsichtigt, Crysania. Du bist nun die letzte wahre Klerikerin auf Krynn, und du kannst dich zu uns gesellen, die vor vielen Tagen aufgebrochen sind.«

»Loralon, der größte Kleriker von Silvanesti«, murmelte Crysania. Lange Zeit betrachtete sie ihn, dann senkte sie den Kopf, drehte sich um, und ihre Augen blickten zum Altar. »Ich kann nicht gehen«, sagte sie entschlossen, während sie kniete. »Noch nicht. Ich muß den Königspriester hören. Ich muß verstehen...«

»Verstehst du immer noch nicht genug?« fragte Loralon streng. »Was hast du in der vergangenen Nacht in deiner Seele gespürt?«

Crysania schluckte, dann strich sie ihr Haar mit zitternder Hand zurück. »Ehrfurcht, Demut«, flüsterte sie. »Sicher müssen das alle spüren angesichts der Macht der Götter...«

»Sonst nichts?« fragte Loralon weiter. »Neid vielleicht? Der Wunsch, ihnen gleich zu sein? Auf der gleichen Ebene zu existieren?«

»Nein!« antwortete Crysania wütend, dann errötete sie und wandte das Gesicht ab.

»Komm jetzt mit mir, Crysania«, drängte Loralon. »Wahrer Glaube benötigt keine Beweise, um etwas zu glauben, von dem das Herz weiß, daß es richtig ist.«

»Die Worte meines Herzens klingen hohl in meinem Verstand«, gab Crysania zurück. »Sie sind nichts weiter als Schatten. Ich muß die Wahrheit sehen, wie sie im klaren Licht des Tages glänzt! Nein, ich werde nicht mit dir aufbrechen. Ich werde bleiben und hören, was er sagt! Ich will wissen, ob das Handeln der Götter gerechtfertigt ist!«

Loralon musterte sie mit einem Blick, der eher mitleidig als wütend war. »Du schaust nicht in das Licht, du stehst vor ihm. Der Schatten, den du vor dir siehst, ist dein eigener. Beim nächsten Mal, wenn du deutlich sehen wirst, Crysania, wirst du von der Dunkelheit blind sein, unendlicher Dunkelheit. Lebe wohl, Verehrte Tochter.«

Tolpan blinzelte und sah sich um. Der alte Elf war verschwunden! Ist er wirklich hier gewesen? fragte sich der Kender unbehaglich. Aber es mußte stimmen, denn Tolpan konnte sich noch an seine Worte erinnern. Und was hatte er gemeint? Es hörte sich alles so seltsam an. Und was hatte Crysania gemeint – zum Sterben hierhergeschickt zu sein?

Dann faßte der Kender wieder Mut. Keiner von ihnen wußte, daß die Umwälzung nicht stattfinden würde. Kein Wunder, daß Crysania sich so krank fühlte. »Sie wird wahrscheinlich wieder fröhlicher werden, wenn sie erfährt, daß die Welt nicht verwüstet wird«, sagte sich Tolpan.

Und dann hörte der Kender entfernte Stimmen sich zu einem Lied vereinen. Die Prozession! Sie begann. Tolpan jauchzte fast vor Aufregung. Dann warf er einen letzten schnellen Blick auf Crysania. Sie saß einsam und verzweifelt da, krümmte sich bei dem Klang der Musik. Durch die Entfernung verzerrt, hörte sie sich schrill an.

»Du wirst dich schon bald besser fühlen«, tröstete Tolpan sie stumm, dann kauerte er sich wieder hinter den Vorhang, um das wundervolle magische Gerät aus seinem Beutel zu holen. Er setzte sich hin, hielt das Gerät in seinen Händen und wartete.

Die Prozession dauerte ewig. Der Kender gähnte. Er hätte gern mit dem magischen Gerät gespielt, aber Raistlin hatte ihm eingeprägt, es in Ruhe zu lassen, bis die Zeit gekommen war, und dann die Anweisungen zu befolgen. Tolpan saß da, hielt das magische Gerät fest und hatte fast Angst, sich zu bewegen.

Als er gerade aufgeben wollte, hörte er wunderschöne Stimmen erschallen. Glänzendes Licht quoll durch die Vorhänge. Der Kender rang mit seiner Neugierde, aber schließlich konnte er nicht widerstehen, wenigstens einen kleinen Blick zu riskieren. Er hatte schließlich noch nie den Königspriester gesehen. Er sagte sich, daß er sehen mußte, was vor sich ging, und spähte wieder durch den Spalt zwischen den Vorhängen.

Das Licht blendete ihn fast.

»Großer Reorx!« murmelte der Kender und bedeckte die Augen mit den Händen. Er erinnerte sich, als Kind einmal in die Sonne geschaut zu haben, um herauszufinden, ob sie wirklich eine riesige goldene Münze war, und wenn ja, wie er sie vom Himmel holen könnte. Danach war er gezwungen gewesen, drei Tage mit kalten Umschlägen um seine Augen im Bett zu verbringen.

»Ich frage mich, wie er das anstellt«, murmelte Tolpan und wagte es wieder, durch seine Finger zu spähen. Er starrte in das Innere des Lichtes, so wie er damals in die Sonne gestarrt hatte. Und er sah die Wahrheit. Die Sonne war keine goldene Münze. Der Königspriester war lediglich ein Mann.

Der Kender erlebte nicht den schrecklichen Schock wie Crysania, als sie hinter der Illusion den wirklichen Mann erblickt hatte. Er war überrascht – und enttäuscht. Ich habe diese ganze Plackerei für nichts auf mich genommen, dachte er verärgert. Es wird keine Umwälzung geben. Ich glaube nicht, daß mich dieser Mann wütend genug machen könnte, um eine Pastete auf ihn zu werfen, geschweige denn ein ganzes feuriges Gebirge.

Aber Tolpan hatte nichts anderes zu tun, und so beschloß er, in der Nähe zu bleiben, zu beobachten und zu lauschen. Immerhin würde etwas passieren. Er versuchte, Crysania ausfindig zu machen, fragte sich, wie sie wohl darüber dachte, aber der Heiligenschein, der den Königspriester umgab, war so hell, daß er sonst nichts im Raum erkennen konnte.

Der Königspriester ging mit andächtigen Schritten zum Altar, seine Augen bewegten sich blitzschnell nach links und rechts. Tolpan fragte sich, ob der Königspriester Crysania sehen konnte, aber offensichtlich war er von seinem eigenen Licht geblendet, denn seine Augen gingen über sie hinweg. Als er den Altar erreichte, kniete er sich nicht zum Gebet nieder, so wie Crysania es getan hatte. Tolpan hatte den Eindruck, daß er es gerade tun wollte, aber dann schüttelte er wütend den Kopf und blieb stehen.

Tolpan, der sich hinter dem Altar und leicht zu seiner Linken befand, hatte eine hervorragende Aussicht auf das Gesicht des Mannes. Wieder ergriff der Kender vor Aufregung das magische Gerät. Denn der Blick reinen Entsetzens in den wäßrigen Augen des Königspriesters wurde von einer arroganten Maske verdeckt.

»Paladin«, trompetete der Königspriester, und Tolpan hatte den entschiedenen Eindruck, daß der Mann zu einem Handlanger sprach. »Paladin, du siehst das Böse, das mich umgibt! Du warst Zeuge der Katastrophen in den vergangenen Tagen. Du weißt, daß das Böse gegen mich gerichtet ist, gegen mich persönlich, weil ich der einzige bin, der es bekämpft! Auf jeden Fall mußt du zugeben, daß diese Lehre vom Gleichgewicht nicht funktioniert!« Die Stimme des Königspriesters verlor den barschen Ton, wurde sanft wie eine Flöte. »Natürlich verstehe ich. Du mußtest diese Lehre in den alten Zeiten vertreten, als du schwach warst. Aber du verfügst jetzt über mich, deinen rechten Arm, deinen wahren Vertreter auf Krynn. Mit unserer gemeinsamen Macht kann ich das Böse beseitigen! Zerstöre die Ogerrassen! Bring die widerspenstigen Menschen unter deine Herrschaft! Finde eine neue, weitentfernte Heimat für die Zwerge und Kender und Gnome, diese Rassen, die nicht deiner Schöpfung entstammen...«

Wie beleidigend, dachte Tolpan aufgebracht. Ich wünsche fast, daß sie einen Berg auf ihn schmeißen!

»Und ich werde in Glanz herrschen«, die Stimme des Königspriesters schwoll an, »und ein Zeitalter schaffen, das sogar mit dem sagenumwobenen Zeitalter der Träume rivalisieren kann!« Der Königspriester breitete die Arme aus. »Du hast dies und noch viel mehr Huma gewährt, Paladin, der nichts weiter war als ein abtrünniger Ritter von niedriger Geburt! Ich verlange, daß auch du mir die Macht gewährst, die Schatten des Bösen zu vertreiben, die dieses Land in Dunkelheit hüllen!«

Er verstummte und wartete mit ausgebreiteten Armen.

Tolpan hielt den Atem an, wartete ebenfalls und umklammerte das magische Gerät in seinen Händen. Und dann spürte der Kender die Antwort. Ein Entsetzen kroch in ihm hoch, eine Angst, die er nie zuvor empfunden hatte, nicht einmal vor Soth oder im Eichenwald von Shoikan. Zitternd sank der Kender auf die Knie und neigte den Kopf, wimmerte und schüttelte sich, bat irgendeine unsichtbare Macht um Gnade, um Vergebung. Hinter dem Vorhang konnte er das Echo seines eigenen zusammenhanglosen Gemurmels hören, und er wußte, Crysania war da, und auch sie spürte den heißen Zorn, der über ihn wie der Donner des Sturmes rollte.

Aber der Königspriester sprach kein Wort. Er blieb einfach stehen, starrte erwartungsvoll zum Himmel empor, den er durch die Decken seines Tempels und wegen seines eigenen Lichts nicht sehen konnte.

17

Nachdem Caramon einen Plan geschmiedet hatte, schlief er erschöpft ein. Er erwachte mit einem Schreck, als sich Raag über ihn beugte und seine Ketten aufbrach.

»Was ist damit?« fragte Caramon und hob seine gefesselten Handgelenke.

Raag schüttelte den Kopf. Obwohl Arak nicht wirklich glaubte, daß Caramon so dumm sein würde zu versuchen, den Oger unbewaffnet zu überwältigen, hatte der Zwerg in der Nacht zuvor in den Augen des Mannes genügend Wahnsinn gesehen, um kein Risiko einzugehen.

Caramon seufzte. Er hatte tatsächlich die Möglichkeit in Erwägung gezogen, so wie viele andere in der vergangenen Nacht, sie dann aber verworfen. Das Wichtigste war, am Leben zu bleiben – zumindest bis er sichergestellt hatte, daß Raistlin tot war. Danach spielte alles keine Rolle mehr...

Arme Tika... Sie würde warten und warten, bis sie eines Tages mit der Erkenntnis erwachen würde, daß er niemals nach Hause zurückkehrte.

»Beweg dich!« grunzte Raag.

Caramon erhob sich, folgte dem Oger die feuchten Treppen hinauf, die zu den Lagerräumen unter der Arena führten. Er schüttelte den Kopf und verdrängte alle Gedanken an Tika. Sie konnten seinen Entschluß schwächen, und das konnte er sich nicht leisten. Raistlin mußte sterben. Es war, als ob der Blitz in der vergangenen Nacht einen Teil in Caramons Gehirn erleuchtet hätte, der seit Jahren in Dunkelheit gelegen hatte. Endlich hatte Caramon das wahre Ausmaß von seines Bruders Ehrgeiz erkannt, seine Gier nach Macht. Endlich konnte Caramon aufhören, ihn zu entschuldigen. Es ärgerte ihn, aber er mußte zugeben, daß selbst der Dunkelelf Dalamar Raistlin weit besser kannte als er, sein Zwillingsbruder. Liebe hatte ihn geblendet, und sie hatte offensichtlich auch Crysania geblendet. Caramon fiel ein Spruch von Tanis ein: »Ich habe niemals erlebt, daß aus Liebe etwas Böses entsteht.« Er schnaufte verächtlich. Nun, für alles gab es das erste Mal – das war ein Lieblingsspruch von Flint gewesen. Ein erstes Mal... und ein letztes Mal.

Aber wie er seinen Bruder töten sollte, wußte Caramon nicht. Er machte sich keine Sorgen darüber. In seinem Inneren empfand er ein seltsames Gefühl des Friedens. Er dachte mit einer Klarheit, die ihn verblüffte. Er wußte, daß er die Tat ausführen konnte. Raistlin würde dieses Mal nicht in der Lage sein, ihn aufzuhalten. Der Zeitreisezauber würde die ganze Konzentration des Magiers in Anspruch nehmen. Das einzige, was Caramon möglicherweise aufhalten konnte, war der Tod selbst.

Und darum sagte sich Caramon grimmig: »Ich muß leben.«

Er stand ganz still da, ohne einen Muskel zu bewegen oder ein Wort zu sprechen, als Arak und Raag sich abmühten, ihm seine Rüstung anzulegen.

»Mir gefällt das nicht«, brummte der Zwerg mehr als einmal, während sie Caramon ankleideten. Der ruhige Ausdruck des großen Mannes beunruhigte den Zwerg mehr, als wenn er sich wie ein rasender Bulle aufgeführt hätte. Das einzige Mal nahm

Arak ein Aufflackern von Leben in Caramons gleichmütigem Gesicht wahr, als er das Kurzschwert an seinen Gürtel schnallte. Der große Mann warf einen Blick darauf. Arak sah ihn bitter lächeln.

»Behalte ihn im Auge«, befahl Arak, und Raag nickte. »Und halte ihn von den anderen fern, bis er in die Arena geht.«

Raag nickte wieder, dann führte er Caramon mit gefesselten Händen zu dem Korridor unter der Arena, wo die anderen warteten. Kiiri und Pheragas sahen kurz zu Caramon hin, als er eintrat. Kiiris Lippen kräuselten sich, und sie wandte sich kühl ab. Caramon begegnete Pheragas' Blick unerschütterlich, seine Augen bettelten nicht. Damit hatte Pheragas offensichtlich nicht gerechnet. Zuerst schien der schwarze Mann verwirrt zu sein, dann, nach einigen geflüsterten Worten von Kiiri, wandte auch er sich ab. Aber Caramon sah, wie er den Kopf schüttelte.

Aus der Menge erscholl ein Aufbrüllen, und Caramon hob den Blick zu den Tribünen. Es war fast Mittag, die Spiele begannen pünktlich um Mittwacht. Die Sonne strahlte am Himmel, die Menge war zahlreich und guter Laune. Einige einleitende Kämpfe sollten ihren Appetit anheizen und die Spannung erhöhen. Aber die eigentliche Attraktion war der Endkampf, aus dem der Sieger hervorgehen würde: der Sklave, der seine Freiheit gewinnen würde, oder der Rote Minotaurus, der genug Reichtum erlangen würde, um Jahre davon leben zu können.

Arak machte die ersten Kämpfe leicht, sogar komisch. Für diese hatte er einige Gossenzwerge importiert. Er gab ihnen echte Waffen, von denen sie natürlich keine Ahnung hatten, wie sie zu verwenden waren, und schickte sie in die Arena. Die Zuschauer jubelten vor Entzücken, lachten, bis ihnen beim Anblick der Gossenzwerge die Tränen kamen. Die Zwerge stolperten über ihre Schwerter oder drehten sich um und liefen kreischend aus der Arena.

Die Menge spendete Beifall, aber bald begannen viele ungeduldig mit den Füßen zu stampfen und verlangten nach der nächsten Attraktion. Bald schaukelten die Tribünen hin und her, als die Menge klatschte und stampfte und sang.

Und darum spürte niemand in der Menge das erste Beben.

Caramon spürte es, und sein Magen schlingerte, als der Boden unter seinen Füßen zitterte. Ihm war eiskalt vor Angst – nicht vor Angst zu sterben, sondern daß er sterben könnte, ohne seine Aufgabe erledigt zu haben. Er sah beunruhigt zum Himmel hoch, versuchte sich an jede Legende zu erinnern, die er über die Umwälzung gehört hatte. Sie war am frühen Nachmittag erfolgt, glaubte er sich zu erinnern. Aber es hatte Erdbeben, Vulkanausbrüche, entsetzliche Naturkatastrophen jeder Art auf ganz Krynn gegeben, noch bevor das feurige Gebirge die Stadt Istar so tief in den Erdboden schmetterte, daß das Meer sie überfluten und in sich aufnehmen konnte.

Lebhaft sah Caramon die Trümmer dieser verdammten Stadt vor sich, wie er sie gesehen hatte, nachdem ihr Schiff vom Mahlstrom verschluckt worden war, der nun als das Blutmeer von Istar bekannt war. Die Meerelfen hatten sie damals gerettet, aber für diese Leute würde es keine Rettung geben. Seine Seele schauderte vor Entsetzen, und ihm wurde klar, daß er diesen fürchterlichen Anblick die ganze Zeit über verdrängt hatte.

Er hatte niemals wirklich geglaubt, daß das eintreten würde, und er zitterte vor Angst, als der Boden erbebte. Mir bleiben nur noch Stunden, vielleicht nicht einmal so viel, dachte er. Ich muß hier heraus! Ich muß Raistlin erreichen!

Dann beruhigte er sich. Raistlin erwartete ihn. Raistlin brauchte ihn, oder zumindest brauchte er einen geübten Kämpfer. Raistlin würde sicherstellen, daß ihm genügend Zeit blieb – Zeit, um zu gewinnen und zu ihm zu gelangen. Oder Zeit, um zu verlieren und ersetzt zu werden.

Aber er empfand große Erleichterung, als das Beben aufhörte. Dann erhob sich Araks Stimme, die mitten aus der Arena ertönte und den Endkampf ankündigte.

»Einst kämpften sie als Mannschaft, und wie ihr wißt, war es die beste, die wir seit vielen Jahren erlebt haben. Viele Male habt ihr gesehen, wie die Mitglieder ihr Leben riskierten, um ein anderes zu retten. Sie waren wie Brüder« – Caramon zuckte dabei zusammen –, »aber jetzt sind sie erbitterte Feinde. Denn wenn es um Freiheit, um Reichtum geht und darum, dieses größte aller Spiele zu gewinnen, da muß die Liebe in der hintersten Reihe sitzen. Sie geben ihr Bestes, dessen könnt ihr sicher sein. Dies ist ein Kampf um Leben und Tod zwischen Kiiri, der Sirene, Pheragas aus Ergod, Caramon, dem Sieger, und dem Roten Minotaurus. Sie werden diese Arena nicht verlassen, es sei denn, mit ihren Füßen zuerst!«

Die Menge jubelte. Obgleich sie wußte, daß es sich nur um eine Imitation handelte, bildete sie sich gern ein, daß es echt war. Der Jubel wurde lauter, als der Rote Minotaurus auftrat, sein Tiergesicht wie immer geringschätzig. Kiiri und Pheragas warfen ihm einen Blick zu, der dann zu seinem Dreizack wanderte, dann sahen sie sich an. Kiiris Hand schloß sich fest um ihren Dolch.

Caramon spürte wieder den Boden erbeben. Dann rief Arak seinen Namen auf. Es war Zeit – das Spiel begann.

Tolpan spürte die ersten Erschütterungen und dachte, es wäre nur seine Einbildung, eine Reaktion auf den schrecklichen Zorn, der über sie rollte. Aber die Vorhänge bewegten sich, und er erkannte, daß es keine Einbildung war...

»Aktiviere das Gerät!« ertönte eine Stimme in Tolpans Gehirn. Seine Hände zitterten, er sah auf den Anhänger und wiederholte die Anweisung.

»›Deine Zeit gehört dir allein‹, mal sehen. Ich richte die Vorderseite auf mich. Genau. ›Auch wenn du quer durch sie reist.‹ Ich bewege diese Platte von rechts nach links. ›Ihre Maße siehst du‹ – die hintere Platte geht nach unten und bildet zwei Scheiben, die mit Stangen verbunden sind... Es funktioniert!« In höchster Aufregung fuhr Tolpan fort: »›Durch die Ewigkeit wirbeln‹, drehe an der auf mich gerichteten Spitze von unten gegen den Uhrzeigersinn. ›Hemme nicht ihren Verlauf‹, überzeuge dich, daß die Kette des Anhängers frei hängt. Ja, das ist richtig. Und jetzt: ›Ergreife fest das Ende und den Anfang.‹ Halte die Scheiben an beiden Enden fest. ›Drehe sie um sich selbst‹, nämlich so, und ›alles, was verloren ist, wird in Sicherheit sein‹. Die Kette wird sich selbst in das Gerät wickeln! Ist das nicht wunderbar! Sie macht es wirklich! Nun, ›das Schicksal wird über deinem Kopf sein‹. Ich halte es über meinen Kopf und – oh, etwas stimmt nicht! Ich glaube nicht, daß so etwas geschehen sollte…«

Ein winziges juwelenbesetztes Stück fiel vom Gerät und traf Tolpan an der Nase. Dann fiel noch ein Stück und noch eins, bis der verwirrte Kender in einem regelrechten Regen aus kleinen juwelenbesetzten Stücken stand.

Tolpan erschrak über das Gerät, das er immer noch über dem Kopf hielt. Hektisch drehte er wieder an den Enden. Diesmal wurde aus dem Juwelenregen ein richtiger Schauer, der mit hellen glockenähnlichen Klängen auf den Boden aufschlug.

Tolpan war sich nicht sicher, aber er glaubte nicht, daß es so sein sollte. Trotzdem konnte man es nicht wissen, insbesondere wenn es sich um Spielzeuge von Zauberern handelte. Er beobachtete es, hielt den Atem an und wartete auf das Licht…

Der Boden sprang plötzlich unter seinen Füßen hoch und schleuderte ihn durch die Vorhänge, und er blieb vor den Füßen des Königspriesters ausgestreckt liegen. Aber der Mann bemerkte den im Gesicht aschgrauen Kender nicht. Der Königspriester starrte in erhabener Unbesorgtheit über ihn hinweg, beobachtete mit distanzierter Neugierde, wie sich die Vorhänge wie Wellen kräuselten und sich plötzlich winzige Risse durch den Marmoraltar zogen. Sich selbst überzeugt zulächelnd, daß die Götter ihre Einwilligung auf diese Weise kundtaten, wandte sich der Königspriester von dem zerbröckelnden Altar ab und schritt zurück zum mittleren Gang, an den bebenden Bänken vorbei und in den Hauptbereich des Tempels.

»Nein!« stöhnte Tolpan und klapperte mit dem Gerät. In diesem Moment lösten sich die Stangen, die beide Enden des Zepters verbanden, und lagen in seinen Händen. Die Kette glitt durch seine Finger. Langsam und fast genauso zitternd wie der Boden, auf dem er lag, rappelte sich Tolpan hoch. In der Hand hielt er die zerbrochenen Teile des magischen Geräts.

»Was habe ich getan?« plärrte Tolpan. »Ich habe Raistlins Anweisungen genau befolgt. Dessen bin ich mir sicher! Ich...«

Und plötzlich wußte der Kender Bescheid. Die glitzernden, zerbrochenen Teile verschwammen vor seinen tränennassen Augen. »Er war so nett zu mir«, murmelte Tolpan. »Er ließ mich die Anweisungen dauernd wiederholen – ›um sicherzustellen, daß du sie behältst‹, hat er gesagt.« Tolpan schloß die Augen und hoffte, daß alles nur ein böser Traum sei.

Aber dem war nicht so, als er sie wieder öffnete.

»Ich habe es richtig gemacht. Er wollte, daß ich es zerstöre!« wimmerte Tolpan. »Warum? Damit wir hier alle in der Vergangenheit stranden? Damit wir hier alle sterben? Nein! Er will Crysania, so sagten sie, die Magier im Turm. Das ist es!« Tolpan wirbelte herum. »Crysania!«

Aber die Klerikerin hörte und sah ihn nicht. Geradeaus starrend, reglos, obwohl der Boden unter ihren Knien erbebte, glühten Crysanias graue Augen in einem unheimlichen inneren Licht. Ihre Hände, immer noch wie im Gebet gefaltet, waren so fest ineinander verklammert, daß die Finger dunkelrot und die Knöchel weiß angelaufen waren. Ihre Lippen bewegten sich. Betete sie?

Tolpan kroch hinter die Vorhänge, sammelte schnell die winzigen, juwelenbesetzten Teile des Gerätes auf, ergriff die Kette, die beinahe durch einen Spalt im Boden verschwunden wäre, stopfte alles in einen Beutel und verschloß ihn. Er warf einen letzten Blick auf den Boden, dann kroch er in die Geweihte Kammer zurück.

»Crysania«, flüsterte er. Es war ihm äußerst unangenehm, ihr Gebet zu stören, aber die Angelegenheit war zu dringlich.

»Crysania«, wiederholte er, ging zu ihr und stellte sich vor sie hin, da sie offensichtlich nicht einmal seine Existenz wahrnahm. Er beobachtete sie und las ihre ungesprochenen Äußerungen von ihren Lippen ab.

»Ich weiß«, sagte sie. »Ich kenne seinen Fehler! Vielleicht werden die Götter mir gewähren, was sie ihm versagt haben!« Sie holte tief Luft, dann neigte sie den Kopf. »Paladin, ich danke dir! Ich danke dir!« Tolpan hörte sie inbrünstig sprechen. Dann erhob sie sich schnell. Sie sah mit Verblüffung auf die Gegenstände im Raum, die sich in einem tödlichen Tanz bewegten; ihr Blick flackerte über den Kender hinweg, ohne ihn zu sehen.

»Crysania!« rief Tolpan, und dieses Mal klammerte er sich an ihre weißen Roben. »Crysania, ich habe es zerstört! Unseren einzigen Weg zurück! Ich habe einmal eine Kugel der Drachen zerstört! Aber das geschah mit Absicht! Dieses Gerät hier wollte ich wirklich nicht zerstören! Aber Caramon! Du mußt mir helfen! Komm mit mir, sprich mit Raistlin, er soll es reparieren!«

Die Klerikerin starrte erstaunt auf Tolpan hinab, als wäre er ein Fremder auf der Straße, der sie angesprochen hatte. »Raistlin!« murmelte sie und nahm sanft, aber bestimmt die Hände des Kenders von ihren Roben. »Natürlich! Er hat versucht, es mir zu sagen, aber ich wollte nicht zuhören! Und jetzt verstehe ich, jetzt weiß ich die Wahrheit!«

Crysania schob Tolpan von sich weg, raffte ihre fließenden weißen Roben, eilte durch die Bänke und lief den mittleren Gang entlang, ohne einen Blick zurückzuwerfen, während der Tempel in seinen Grundfesten erbebte.

Erst als Caramon die Stufen betrat, die hinaus zur Arena führten, entfernte Raag endlich die Fesseln von den Handgelenken des Gladiators. Eine Grimasse ziehend und seine Finger spreizend, folgte Caramon Kiiri, Pheragas und dem Roten Minotaurus in die Mitte der Arena. Die Zuschauer jubelten. Caramon nahm seinen Platz zwischen Kiiri und Pheragas ein und sah nervös zum Himmel. Es war Mittwacht, die Sonne begann ihren langsamen Abstieg.

Istar würde den Sonnenuntergang nicht mehr erleben.

Daran dachte Caramon und auch, daß er selbst niemals wieder die roten Sonnenstrahlen im Meer erlöschen oder in den Kronen der Vallenholzbäume leuchten sehen würde, und er spürte Tränen in den Augen brennen. Er weinte nicht so sehr um sich, sondern um die beiden, die neben ihm standen und an diesem Tag sterben würden, und um all die Unschuldigen, die umkommen würden, ohne den Grund zu verstehen.

Er weinte auch um seinen Bruder, den er geliebt hatte, aber seine Tränen für Raistlin galten einer Person, die vor langer Zeit gestorben war.

»Kiiri, Pheragas«, sagte Caramon mit leiser Stimme, als der Minotaurus nach vorne stolzierte, um sich zu verbeugen, »ich weiß nicht, was der Magier euch erzählt hat, aber ich habe euch niemals verraten.«

Kiiri weigerte sich, ihn anzusehen. Er sah ihre Lippen sich kräuseln. Pheragas blickte aus einem Augenwinkel zu ihm her, sah das tränenverschmierte Gesicht Caramons, zögerte, runzelte die Stirn und wandte sich dann ebenfalls ab.

»Es spielt wirklich keine Rolle«, fuhr Caramon fort, »ob ihr mir glaubt oder nicht. Ihr könnt einander wegen des Schlüssels umbringen, wenn ihr wollt, denn ich finde meine Freiheit auf meine Weise.«

Jetzt sah Kiiri ihn an, und ihre Augen weiteten sich zweifelnd. Die Menge hatte sich erhoben und jubelte dem Minotaurus zu, der durch die Arena schritt, seinen Dreizack über dem Kopf schwingend.

»Du bist verrückt!« flüsterte Kiiri, so laut sie konnte. Ihr Blick glitt bedeutungsvoll zu Raag. Wie immer versperrte der Oger mit seinem riesigen gelblichen Körper den einzigen Ausgang.

Caramon folgte ihrem Blick, sein Gesicht änderte nicht seinen Ausdruck.

»Unsere Waffen sind echt, mein Freund«, warf Pheragas barsch ein. »Deine nicht!«

Caramon nickte, schwieg aber.

»Tu es nicht!« Kiiri trat zu ihm. »Wir helfen dir hier in der Arena, die Sache vorzutäuschen. Ich... ich denke, wir beide haben dem Schwarzgekleideten nicht geglaubt. Du mußt zugeben, daß es komisch war, als du versuchtest, uns zu überreden, wir sollten die Stadt verlassen! Wir dachten, daß du den Preis für dich allein haben willst. Hör zu, täusche frühzeitig vor, richtig verletzt zu sein. Schlepp dich davon. Heute nacht werden wir dir helfen zu entkommen...«

»Es wird keine Nacht mehr geben«, unterbrach Caramon sie leise. »Nicht für mich, nicht für einen von uns. Mir bleibt nicht mehr viel Zeit. Ich kann es nicht erklären. Ich bitte nur darum – versucht nicht, mich aufzuhalten.«

Pheragas holte Luft, aber die Worte erstarben auf seinen Lippen, als ein weiteres, heftigeres Beben den Boden erschütterte.

Jetzt bemerkte es jeder. Die Arena schwankte auf ihren Pfeilern, die Brücken über den Totengruben knirschten, der Boden hob und senkte sich, warf den Roten Minotaurus fast um. Kiiri bekam Caramon zu fassen. Pheragas versteifte seine Beine wie ein Matrose an Bord eines stampfenden Schiffes. Die Zuschauer in den Tribünen verstummten plötzlich, während ihre Sitze unter ihnen schwankten. Einige schrien, als sie das Holz krachen hörten. Andere erhoben sich sogar. Aber das Beben hörte genauso schnell auf, wie es begonnen hatte.

Alles war nun ruhig, zu ruhig. Caramon spürte, wie sich seine Nackenhaare sträubten und seine Haut prickelte. Kein Vogel sang, nicht einmal ein Hund bellte. Die Menge schwieg, wartete ängstlich. Ich muß hier heraus, dachte Caramon. Seine Freunde spielten keine Rolle mehr, nichts spielte eine Rolle. Er hatte nur ein festes Ziel – er mußte Raistlin aufhalten.

Und er mußte unverzüglich handeln, bevor das nächste Beben einsetzte. Caramon sah sich schnell um. Raag stand am Ausgang, das gelbe fleckige Gesicht des Ogers wirkte verwirrt, sein langsames Gehirn versuchte zu verstehen, was vor sich ging. Arak erschien plötzlich an seiner Seite und sah sich um, wahrscheinlich in der Hoffnung, nicht gezwungen zu sein, den Zuschauern ihr Geld zurückzugeben. Diese begannen sich wieder zu beruhigen, obwohl viele sich unbehaglich umschauten.

Caramon holte tief Luft, dann nahm er Kiiri in seine Arme, hob sie mit seiner ganzen Kraft hoch und schleuderte die erschreckte Frau auf Pheragas, so daß beide zu Boden stürzten.

Als er sie stürzen sah, wirbelte Caramon herum, warf sich auf den Oger und trieb seine Schulter in Raags Magen mit der ganzen Kraft, die er in monatelangem Training gesammelt hatte. Für einen Mensch wäre dieser Schlag tödlich gewesen, aber er riß den Oger nur um.

Verzweifelt versuchte Raag, nach Luft zu schnappen, während Caramon die Keule des Ogers packte. Aber als er sie gerade Raags Griff entrissen hatte, erholte sich der Oger. Vor Wut aufheulend, schlug er seine Füße auf Caramons Kinn mit einer Kraft, die den großen Krieger zurück in die Arena fliegen ließ.

Caramon prallte hart auf dem Boden auf. Von dem Schlag benommen, gewannen seine Kriegerinstinkte jedoch die Oberhand. Er nahm zu seiner Linken eine Bewegung wahr und warf sich zur Seite, gerade als der Dreizack des Minotaurus an der Stelle heruntersauste, wo sein Schwertarm gelegen hatte. Er konnte den Minotaurus in bestialischer Wut knurren und schnaufen hören.

Caramon stand mühsam auf und schüttelte den Kopf, um wieder zu sich zu kommen, wußte aber, daß keine Hoffnung bestand, dem zweiten Streich des Minotaurus zu entkommen. Aber plötzlich tauchte ein schwarzer Körper zwischen ihm und dem Roten Minotaurus auf. Stahl blitzte auf, als Pheragas' Schwert den Stoß des Dreizacks aufhielt, der Caramon ein Ende bereitet hätte. Taumelnd trat Caramon zurück, um Atem zu holen, und spürte Kiiris kühle Hände, die ihn stützten.

»Bist du in Ordnung?« murmelte sie.

»Eine Waffe!« rief Caramon; sein Kopf dröhnte noch vom Schlag des Ogers.

»Nimm meine«, antwortete Kiiri und gab ihm ihr Kurzschwert. »Ruh dich aus. Ich kümmere mich um Raag.«

Der Oger, vor Wut kochend und im Kampfrausch, raste auf sie zu.

»Nein! Du brauchst sie...«, widersprach Caramon, aber Kiiri grinste ihn nur an.

»Paß auf!« sagte sie gleichmütig, dann sprach sie seltsame Worte, die Caramon an die Sprache der Magie erinnerten.

Und plötzlich war Kiiri verschwunden. An ihrer Stelle stand

eine riesige Bärin. Caramon stöhnte auf, einen Augenblick unfähig zu begreifen, was geschehen war. Dann erinnerte er sich – Kiiri war eine Sirene, mit der Gabe gesegnet, ihre Gestalt zu verändern!

Sich auf den Hinterbeinen aufrichtend, ragte die Bärin über den Oger. Raag blieb stehen, seine Augen weiteten sich beunruhigt. Kiiri brüllte vor Zorn, ihre scharfen Zähne blitzten auf. Das Sonnenlicht spiegelte sich in ihren Klauen, als eine ihrer Riesenpranken zuschlug und über Raags fleckiges Gesicht fuhr. Der Oger heulte vor Schmerz auf, gelbliches Blut sickerte aus den Klauenspuren. Die Bärin sprang den Oger an.

Die Menge, die zu Beginn vor Entzücken gegrölt hatte, wurde sich plötzlich bewußt, daß dieser Kampf keine Imitation war. Dies hier war echt. Leute sollten sterben. Kurz herrschte schockiertes Schweigen, dann jubelte hier und dort jemand auf. Bald war der Beifall ohrenbetäubend.

Caramon jedoch vergaß schnell die Zuschauer auf den Tribünen. Er sah seine Chance. Jetzt blockierte nur noch der Zwerg den Ausgang, und Araks Gesicht war vor Zorn und Angst verzerrt. Caramon konnte mühelos an ihm vorbeikommen...

Doch da hörte er den Minotaurus grunzen. Caramon drehte sich um und sah, daß Pheragas vor Schmerzen in sich zusammensackte, das untere Ende des Dreizacks stak in seiner Magengrube. Der Minotaurus zog den Dreizack heraus und hob ihn zum Töten, aber Caramon schrie laut auf und hielt den Minotaurus so von dem Hieb ab.

Der Minotaurus wandte sich der neuen Herausforderung zu; ein Grinsen lag auf seinem rotem Fellgesicht. Als er Caramon nur mit einem Kurzschwert bewaffnet sah, wurde das Grinsen des Minotaurus noch breiter. Er sprang auf Caramon zu, wollte den Kampf schnell beenden. Aber Caramon trat geschickt zur Seite. Er hob einen Fuß, stieß zu und schlug gegen die Kniescheibe des Minotaurus. Es war ein lähmender Schlag, der den Minotaurus zu Boden stürzen ließ.

Da sein Feind zumindest einige Augenblicke außer Gefecht gesetzt war, eilte Caramon zu Pheragas. Der schwarze Mann krümmte sich auf dem Boden und hielt seinen Bauch umklammert.

»Hallo«, brummte Caramon und legte den Arm um ihn. »Ich habe gesehen, daß du einen Schlag abbekommen hast. Wie geht es dir?«

Aber es kam keine Antwort. Der Körper des Mannes zuckte krampfhaft, und die glänzende schwarze Haut war schweißnaß. Dann sah Caramon drei blutende Wunden, die der Dreizack geschlagen hatte...

Pheragas sah zu seinem Freund hoch. An Caramons entsetztem Blick erkannte er, daß er verstand. Von dem Gift zuckend, das durch seine Adern jagte, lag Pheragas da. »Nimm... nimm mein Schwert.« Pheragas würgte. »Schnell, du Narr!« Caramon zögerte nur eine Sekunde, dann nahm er das lange Schwert aus Pheragas' zitternder Hand. Pheragas wand sich vor Schmerzen.

Das Schwert umklammernd, von Tränen blind, erhob sich Caramon, wirbelte herum und parierte den überraschenden Hieb des Minotaurus. Obwohl er auf einem Bein hinkte, war die Kraft des Minotaurus so gewaltig, daß er die schmerzhafte Verletzung mühelos ausgleichen konnte. Außerdem wußte er, daß er seinem Opfer nur einen Kratzer zufügen mußte, damit es starb. Und Caramon mußte in Reichweite des Dreizacks kommen, um sein Schwert überhaupt benutzen zu können.

Langsam pirschten die zwei aufeinander zu, umkreisten sich immer wieder. Caramon hörte nicht länger das wilde Stampfen, Pfeifen und Jubeln der erregten Menge angesichts des echten Blutes. Er dachte nicht mehr an Flucht, er hatte nicht einmal eine Ahnung, wo er sich befand. Seine Kriegerinstinkte hatten die Herrschaft übernommen. Er wußte nur eins. Er mußte töten.

Und so wartete er. Pheragas hatte ihn gelehrt, daß Minotaurier einem großen Irrtum unterlagen. Da sie sich allen anderen Rassen überlegen fühlten, unterschätzten sie im allgemeinen ihren Gegner. Und wenn man abwartete, machten sie Fehler. Der Minotaurus bildete keine Ausnahme. Seine Gedanken waren Caramon klar ersichtlich – Schmerz und Wut, Zorn über die Beleidigung und die Gier, das Leben dieses dummen erbärmlichen Menschen zu beenden.

Die zwei kamen immer näher zu der Stelle, wo Kiiri in eine wilde Schlacht mit Raag verwickelt war, wie Caramon dem Knurren und Kreischen des Ogers entnehmen konnte. Plötzlich rutschte Caramon in einer Pfütze gelben schleimigen Blutes aus. Der Minotaurus heulte vor Freude auf und sprang vor, um Caramon mit dem Dreizack aufzuspießen.

Aber das Ausrutschen war nur gespielt gewesen. Caramons Schwert blitzte im Sonnenlicht auf. Der Minotaurus erkannte, daß er genarrt worden war. Aber er hatte sein verletztes Knie vergessen. Es konnte sein Gewicht nicht tragen, und er stürzte zu Boden. Caramons Schwert schnitt in den Tierkopf.

Als Caramon sein Schwert herausriß, hörte er ein entsetzliches Knurren hinter sich, drehte sich rechtzeitig um und sah, wie sich der riesige Kiefer der Bärin in Raags breiten Nacken grub. Kiiri biß tief in die Drosselvene. Der Mund des Ogers öffnete sich weit zu einem Schrei, den er niemals ausstoßen sollte.

Caramon hastete auf sie zu, als er zu seiner Rechten eine Bewegung wahrnahm. Er drehte sich schnell um, und Arak schoß an ihm vorbei. Das Gesicht des Zwergs war eine häßliche Maske der Trauer und der Wut. Caramon sah den Dolch in der Hand des Zwergs aufblitzen und eilte nach vorn, aber es war zu spät. Er konnte die Klinge nicht mehr aufhalten, die in die Brust der Bärin stieß. Rotes, warmes Blut spritzte über die Hand des Zwergs. Die riesige Bärin brüllte vor Schmerz und Zorn auf. Mit ihrer letzten zuckenden Kraft ergriff sie den Zwerg, hob ihn hoch und schleuderte ihn über die Arena. Der Körper des Zwergs prallte gegen den Freiheitsturm, an dem der Goldene Schlüssel hing, und wurde an einem der verzierten Vorsprünge aufgespießt. Der Zwerg gab ein furchterregendes Kreischen von sich, dann stürzte er in die flammenden Gruben.

Kiiri fiel zu Boden, Blut strömte aus der klaffenden Wunde in ihrer Brust. Die Menge schrie Caramons Namen. Der große Mann hörte es nicht. Er beugte sich hinunter und nahm Kiiri in seine Arme. Der Zauber löste sich auf. Die Bärin war verschwunden, und er hielt Kiiri an seiner Brust.

»Du hast gewonnen, Kiiri«, flüsterte Caramon. »Du bist frei.«

Kiiri sah zu ihm auf und lächelte. Dann weiteten sich ihre Augen, das Leben verschwand aus ihnen. Ihr Blick blieb zum Himmel gerichtet, fast erwartungsvoll, als ob sie wüßte, was nun geschehen würde.

Behutsam legte er ihren Körper auf den blutdurchtränkten Boden und erhob sich. Er sah Pheragas' Körper in qualvollen Todeskrämpfen erstarren. »Dafür wirst du büßen, mein Bruder«, flüsterte er.

Hinter seinem Rücken hörte er ein vielstimmiges Murmeln. Grimmig drehte sich Caramon um, bereit, dem nächsten Feind gegenüberzutreten. Aber es war kein Feind, es waren die anderen Gladiatoren. Beim Anblick von Caramons blutbeflecktem Gesicht traten sie nacheinander zur Seite, um ihm den Weg freizumachen.

Als Caramon sie musterte, begriff er, daß er endlich frei war. Frei, seinen Bruder zu finden, frei, diesem Bösen für immer ein Ende zu bereiten. Seine Seele schwang sich empor. Der Tod machte ihm keine Angst mehr.

Nach Rache lechzend, lief Caramon zum Rand der Arena, bereit, die Stufen hinabzugehen, die zu dem unterirdischen Korridor führten, als das erste der Erdbeben die dem Untergang geweihte Stadt Istar erschütterte.

18

Crysania sah und hörte Tolpan nicht. Ihr Geist war geblendet von den unzähligen Farben, die in seinen Tiefen wirbelten, wie herrliche Juwelen funkelten, denn plötzlich begriff sie. Paladin hatte sie nicht in die Vergangenheit geschickt, damit sie das Andenken des Königspriesters rette, sondern um aus seinen Fehlern zu lernen. Und sie wußte, daß sie gelernt hatte. Sie konnte die Götter anrufen, und sie würden ihr antworten, nicht mit Zorn, sondern mit Kraft! Die kalte Dunkelheit in ihr brach auf, und die befreite Kreatur sprang aus ihrer Schale, platzte ins Sonnenlicht.

In einer Vision sah sie sich – eine Hand hielt das Medaillon von Paladin hoch, das Platin blitzte in der Sonne. Mit der anderen Hand rief sie Legionen von Gläubigen herbei, die mit entzücktem Gesichtsausdruck um sie schwärmten, während sie die Scharen in wunderschöne, jenseits der Vorstellungskraft liegende Länder führte.

Sie besaß noch nicht den Schlüssel, um die Tür aufzuschließen, das wußte sie. Und hier konnte es auch nicht passieren, denn der Zorn der Götter war zu gewaltig. Aber wo sollte sie den Schlüssel, wo die Tür finden? Die tanzenden Farben machten sie schwindelig, sie konnte weder sehen noch denken. Und dann hörte sie eine Stimme, eine leise Stimme, und sie spürte Hände ihre Roben berühren. »Raistlin...«, hörte sie die Stimme sagen, der Rest der Worte ging verloren. Aber plötzlich klärte sich ihr Geist. Die Farben verschwanden, so wie das Licht, und ließen sie allein in der Dunkelheit, die nun für ihre Seele beruhigend und tröstend war.

»Raistlin«, murmelte sie. »Er hat versucht, es mir zu sagen...«

Die Hände berührten sie immer noch, und sie schob sie beiseite. Raistlin würde sie mit zum Portal nehmen, er würde ihr helfen, den Schlüssel zu finden. Elistan hatte gesagt, daß sich das Böse gegen sich selbst richte. Raistlin würde ihr also wider Willen helfen. Crysanias Seele sang eine frohe Hymne an Paladin. Wenn ich in meiner Pracht zurückkehre, wenn all das Böse auf der Welt besiegt ist, dann wird Raistlin meine Macht sehen, er wird allmählich begreifen und glauben.

»Crysania!«

Der Boden unter Crysanias Füßen erbebte, aber sie bemerkte es nicht. Sie hörte eine Stimme ihren Namen rufen, eine sanfte Stimme, gebrochen von Hustenanfällen.

»Crysania.« Wieder ertönte sie. »Beeil dich!«

Raistlins Stimme! Crysania blickte sich verstört um, sah aber niemanden. Und dann erkannte sie, daß er zu ihrem Geist sprach, sie führte. »Raistlin«, murmelte sie. »Ich höre dich, ich komme.« Sie wandte sich um und lief in den Korridor hinaus, in den Tempel. Der Ruf des Kenders stieß auf taube Ohren.

»Raistlin?« fragte Tolpan verwirrt. Dann begriff er. Crysania wollte zu Raistlin! Auf irgendeine magische Weise hatte er sie gerufen, und sie war nun dabei, ihn zu finden! Tolpan schoß hinter Crysania hinaus in den Korridor. Sicherlich konnte sie Raistlin dazu bringen, das Gerät zu reparieren...

Im Korridor sah Tolpan in beide Richtungen und entdeckte Crysania sofort. Aber sie lief so schnell, daß sie schon fast das Ende des Korridors erreicht hatte.

Er überzeugte sich noch einmal, daß die zerbrochenen Teile des magischen Geräts in seinem Beutel waren, dann rannte er Crysania nach. Aber gleich darauf verschwand sie um eine Ecke.

Der Kender lief, wie er noch nie gelaufen war. Sein Haarknoten flatterte, seine Beutel sprangen heftig auf und ab, verloren ihren Inhalt, ließen eine glitzernde Spur von Ringen, Armbändern und Nippsachen zurück.

Den Beutel mit dem magischen Gerät fest im Griff, erreichte Tolpan das Ende des Korridors und bog um die Kurve. In seiner Hast prallte er auf die gegenüberliegende Wand.

Der Korridor wimmelte von Klerikern, alle in weiße Roben gekleidet. Wie sollte er Crysania ausfindig machen! Dann erspähte er sie, ungefähr in der Mitte des Korridors, ihr schwarzes Haar glänzte im Fackellicht. Er sah auch, daß Kleriker ihr nachschrien oder finstere Blicke zuwarfen, während sie vorbeilief.

Tolpan nahm die Verfolgung auf, Hoffnung erfüllte ihn wieder. Crysanias wilde Flucht mußte sich zwangsläufig in der Menschenmenge des Tempels verlangsamen. Der Kender huschte an den Klerikern vorbei, überhörte die zornigen Schreie, wich den greifenden Händen springend aus. »Crysania!« schrie er verzweifelt.

Die Kleriker im Korridor wurden zahlreicher, alle eilten herbei, um herauszufinden, was es mit dem seltsamen Zittern des Bodens auf sich hatte.

Tolpan sah Crysania mehr als einmal anhalten und sich ihren Weg durch die Menge bahnen. Sie hatte sich gerade wieder befreit, als Quarat um die Ecke bog und nach dem Königspriester rief. Blind weiterhastend, lief Crysania ihm in die Arme, und er hielt sie fest.

»Laß mich los!« Crysania wand sich in seinem Griff.

»Sie ist vor Angst verrückt geworden! Helft mir, sie festzuhalten!« rief Quarat mehreren Klerikern zu.

Plötzlich fiel Tolpan auf, daß Crysania wirklich verrückt aussah. Er konnte ihr Gesicht deutlich sehen, als er sich ihr jetzt näherte. Ihr schwarzes Haar war eine wirre Masse, ihre Augen hatten ein tiefes Grau, die Farbe von Sturmwolken, und ihr Gesicht war vor Anstrengung ganz rot. Sie schien nichts zu hören, keine Stimme erreichte ihr Bewußtsein, außer vielleicht einer.

Kleriker hielten sie auf Quarats Befehl fest. Schreiend kämpfte Crysania auch mit ihnen. Verzweiflung verlieh ihr Kraft, mehr als einmal kam sie der Flucht nahe. Ihre weißen Roben zerrissen in den Händen der Kleriker. Tolpan glaubte auf mehr als einem Klerikergesicht Blut zu sehen. Er wollte gerade auf den ihm zunächst stehenden Kleriker einschlagen, als er von einem strahlenden Licht geblendet wurde, das alle – sogar Crysania – einhalten ließ.

Niemand rührte sich.

»Die Götter kommen«, ertönte jetzt eine melodische Stimme mitten aus dem Licht, »auf meinen Befehl...«

Der Boden unter Tolpans Füßen hüpfte hoch in die Luft, schleuderte den Kender wie eine Feder nach oben. Der Boden senkte sich schnell, während Tolpan hochflog, dann hob er sich wieder, um ihn aufzunehmen, als er wieder nach unten fiel.

Schreie erfüllten die Luft. Tolpan konnte nichts anderes tun als nach Atem ringen. Er lag auf dem Marmorboden, der sich unter ihm schüttelte, und sah, wie Säulen bröckelten, Mauern aufrissen, Pfeiler zusammenfielen und Menschen starben.

Der Tempel von Istar stürzte zusammen.

Tolpan kroch auf Händen und Füßen voran und versuchte verzweifelt, Crysania im Auge zu behalten. Sie schien nicht zu merken, was um sie herum passierte. Jene, die sie festhielten, ließen sie in ihrem Entsetzen los, und Crysania, immer noch nur Raistlins Stimme hörend, setzte ihren Weg fort. Tolpan kreischte auf, als Quarat ihr nachsprang, aber während der Kleriker zu ihr eilte, schwankte eine riesige Marmorsäule neben ihr und stürzte ein.

Tolpan hielt den Atem an. Kurz konnte er nichts sehen, dann legte sich der Marmorstaub. Quarat lag als blutige Masse auf dem Boden. Crysania, offenbar unverletzt, stand bei ihm und starrte benommen auf den Elf, dessen Blut über ihre weißen Roben gespritzt war.

»Crysania!« schrie Tolpan heiser. Aber sie bemerkte ihn nicht. Sie drehte sich um, stolperte durch die Trümmer, sah nichts, hörte nichts außer der Stimme, die sie nun dringender als zuvor zu sich rief.

Sich mühsam aufrappelnd, lief Tolpan ihr nach. Als er sich dem Ende des Korridors näherte, sah er Crysania nach rechts abbiegen und eine Treppe hinabsteigen. Bevor er folgte, riskierte Tolpan aus Neugier einen schnellen Blick zurück.

Das strahlende Licht erfüllte immer noch den Korridor, beleuchtete die Körper der Toten und der Sterbenden. Risse klafften in den Tempelwänden, die Decke hing durch, Staub verstopfte die Luft. Und in dem Licht konnte Tolpan immer noch die Stimme hören, nur war es keine liebliche Melodie mehr. Die Stimme klang schrill.

»Die Götter kommen…«

Die große Arena hinter sich lassend, mühte sich Caramon durch die im Todeskampf liegenden Straßen Istars. Wie Crysania hörte auch er in seinem Geist Raistlins Stimme. Aber sie rief ihn nicht zu sich. Nein, Caramon hörte sie, wie er sie in der Gebärmutter gehört hatte; er hörte die Stimme seines Zwillingsbruders, die Stimme des Blutes, das sie teilten.

Und folglich schenkte Caramon den Schreien der Sterbenden keine Beachtung, und auch nicht den Bitten jener, die zwischen den Trümmern gefangen waren. Er nahm gar nicht wahr, was um ihn herum vorging. Gebäude fielen neben ihm ein, Steine stürzten auf die Straßen herab, verfehlten ihn nur knapp.

Aber er hielt nicht inne. Er kletterte über Schutt, hob riesige Holzbalken hoch und bahnte sich langsam seinen Weg durch die sterbenden Straßen Istars, zum Tempel, der vor ihm in der Sonne glänzte. In seiner Hand hielt er ein blutbeflecktes Schwert.

Tolpan folgte Crysania immer tiefer in das Innere der Erde – so schien es dem Kender zumindest. Er fragte sich, wie er all diese verborgenen Treppen bei seinen vielen Streifzügen verfehlt haben konnte. Er fragte sich auch, wieso Crysania von ihnen wußte. Sie ging durch geheime Türen, die nicht einmal für Tolpans Kenderaugen sichtbar waren.

Das Erdbeben hatte sich gelegt, und Ruhe kehrte wieder ein. Draußen herrschte Tod und Chaos, aber hier war alles still und stumm. Tolpan kam es vor, als ob alles auf der Welt den Atem anhielte und wartete...

Hier unten bemerkte Tolpan kaum Schäden, vielleicht weil es so tief unter der Erde war. Staub vernebelte die Luft, das Atmen und Sehen waren beschwerlich, und gelegentlich erschien ein Riß in einer Wand, oder eine Fackel fiel zu Boden. Aber die meisten Fackeln befanden sich noch in ihren Halterungen an der Wand und brannten unheimlich im treibenden Staub.

Crysania hielt niemals an oder zögerte, sondern drängte schnell weiter. Tolpan hatte bald jede Orientierung verloren und wußte nicht mehr, wo er war. Es war ihm zwar bis jetzt gelungen, mit ihr Schritt zu halten, aber seine Müdigkeit wurde immer stärker, und er hoffte, daß sie bald ihr Ziel erreichten. Seine Rippen schmerzten, und jeder Atemzug brannte wie Feuer.

Er folgte Crysania eine weitere Marmortreppe hinunter. Sie hatten nun einen dunklen schmalen Gang erreicht, der in eine Wand und nicht in eine weitere Treppe mündete, wie er dankbar feststellte.

Hier brannte eine einzige Fackel in einer Halterung über einer Türöffnung.

Mit einem erfreuten Aufschrei eilte Crysania durch die Tür und verschwand in der Dunkelheit.

»Natürlich!« erkannte Tolpan. »Raistlins Laboratorium! Es muß hier unten sein.« Er eilte weiter und hatte fast die Tür erreicht, als eine große dunkle Gestalt sich ihm von hinten näherte und ihm ein Bein stellte. Tolpan stürzte zu Boden.

Den Schmerz in seinen Rippen unterdrückend, sah er hoch.

Eine goldene Rüstung blitzte auf, und das Fackellicht fiel auf die Klinge eines Schwertes. Er erkannte den bronzefarbenen muskulösen Körper des Mannes wieder, aber das Gesicht des Mannes – das Gesicht, das ihm eigentlich hätte vertraut sein müssen – war das Gesicht eines Menschen, den Tolpan noch nie gesehen hatte.

»Caramon?« flüsterte er, als der Mann an ihm vorbeieilte. Aber Caramon sah und hörte ihn nicht. Tolpan versuchte aufzustehen.

Dann begann ein Nachbeben, und der Boden schaukelte unter Tolpans Füßen. Gegen eine Mauer taumelnd, hörte er ein Krachen über sich und sah, daß die Decke nachgab. »Caramon«, schrie er. Aber da traf ihn ein Stein an der Schläfe, und er verlor das Bewußtsein.

In ihrem Geist Raistlins ruhige Stimme vernehmend, die sie unwiderstehlich anzog, lief Crysania, ohne zu zögern, in das Zimmer, das tief unter dem Tempel lag. Sie sah sich um.

Gegenüber dem Einsturz des Tempels war sie blind gewesen. Selbst jetzt, als sie das Blut an ihrem Kleid sah, konnte sie sich nicht erinnern, wie es dorthin gekommen war. Aber hier in dem Laboratorium traten die Dinge mit lebhafter Klarheit hervor, auch wenn es nur von dem Licht des Kristalls am magischen Stab beleuchtet wurde.

Plötzlich hörte sie ein Geräusch und spürte eine Berührung an ihrem Arm. Beunruhigt herumwirbelnd, sah sie dunkle, formlose Kreaturen, die in Käfigen gefangengehalten waren. Crysanias warmes Blut riechend, bewegten sie sich im Licht des Stabes, und es war die Berührung einer dieser greifenden Hände gewesen, die Crysania gespürt hatte. Schaudernd wich sie zurück und stieß gegen etwas Festes.

Es war ein offener Korb, in dem ein Körper lag, der einst einem jungen Mann gehört haben konnte. Aber die Haut spannte sich wie Pergament über seine Knochen, sein Mund war in einem stummen Schrei geöffnet. Der Boden unter ihren Füßen gab nach, und der Körper im Korb sprang wild auf und starrte sie aus leeren Augenhöhlen an.

Crysania wollte schreien, aber kein Ton kam aus ihrer Kehle, ihr Körper war mit kaltem Schweiß bedeckt. Doch dann hörte sie eine sanfte Stimme.

»Komm, meine Liebe«, sagte die Stimme, die sie auch in ihrem Geist gehört hatte. »Komm. Du bist jetzt in Sicherheit. Die Kreaturen von Fistandantilus können dir nichts antun, solange ich bei dir bin.«

Crysania spürte das Leben in ihren Körper zurückkehren. Raistlins Stimme brachte Trost. Der Boden hörte zu beben auf, der Staub legte sich.

Dankbar öffnete Crysania die Augen. Raistlin stand in einiger Entfernung von ihr, musterte sie aus dem Schatten seiner Kapuze, und seine Augen funkelten im Licht seines Stabes. Aber während Crysania ihn ansah, erhaschte sie einen Blick auf die sich krümmenden eingesperrten Kreaturen. Schaudernd hielt sie den Blick auf Raistlins blasses Gesicht gerichtet. »Fistandantilus?« fragte sie mit trockenen Lippen. »Er hat das hier eingerichtet?«

»Ja, dies ist sein Laboratorium«, erwiderte Raistlin kühl. »Er hat es vor vielen Jahren eingerichtet. Es war allen Klerikern unbekannt. Mit seiner mächtigen Magie grub er wie ein Wurm unter dem Tempel, verwandelte festen Stein in Treppen und geheime Türen und schützte sie mit Zaubersprüchen, so daß nur wenige von ihrer Existenz wußten.«

Crysania sah ein höhnisches Lächeln über Raistlins Gesicht gleiten, als er sich dem Licht zuwandte.

»Im Laufe der Jahre hat er es nur wenigen gezeigt. Nur einer Handvoll Lehrlingen wurde es überhaupt gestattet, sein Geheimnis zu teilen.« Raistlin zuckte die Schultern. »Und keiner von ihnen überlebte, um etwas auszuplaudern. Er zeigte es einem jungen Lehrling, einem zerbrechlichen, scharfzüngigen jungen Mann, der jede Drehung und Wendung der verborgenen Korridore beobachtete und auswendig lernte, der jedes Zauberwort, mit dem die Geheimtüren zu öffnen sind, studierte, sie immer wieder aufsagte, sie vor dem Einschlafen, Nacht für Nacht, wiederholte. Und folglich stehen wir hier, du und ich – für den Augenblick sicher vor dem Zorn der Götter.«

Mit einer Handbewegung forderte er Crysania auf, in den hinteren Teil des Zimmers zu treten, wo er neben einen großen, mit Schnitzereien verzierten Holzschreibtisch trat. Dort lag ein in Silber gebundenes Zauberbuch, in dem er gelesen hatte. Silberner Puder war kreisförmig um den Schreibtisch verstreut. »Du hast recht. Halte die Augen ruhig auf mich gerichtet. Die Dunkelheit ist dann nicht mehr so beängstigend, nicht wahr?«

Crysania konnte nicht antworten. Sie stellte fest, daß sie ihm wieder einmal ihre Schwäche gezeigt hatte. Sie errötete und sah schnell weg. »I... ich war nur erschreckt, das ist alles«, sagte sie. Aber sie konnte nicht den Schauder unterdrücken, als sie wieder auf den Korb blickte. »Was ist oder was war das?« flüsterte sie entsetzt.

»Einer von Fistandantilus' Lehrlingen«, antwortete Raistlin. »Der Magier saugte die Lebenskraft aus ihm, um sein eigenes Leben zu verlängern. So etwas hat er häufig getan.«

Raistlin hustete. Sein Blick verdunkelte sich angesichts einer entsetzlichen Erinnerung, und Crysania sah, wie sein gewöhnlich leidenschaftsloses Gesicht vor Angst zuckte. Aber bevor sie weitere Fragen stellen konnte, ging die Tür. Der schwarzgekleidete Magier gewann schnell die Fassung wieder. Sein Blick ging an Crysania vorbei. »Ah, tritt ein, mein Bruder. Ich habe gerade an die Prüfungen gedacht, und dann denke ich natürlich auch an dich.«

Caramon! Erleichtert wandte sich Crysania um und wollte den großen Mann, dessen freundliches Gesicht sie tröstete, begrüßen. Aber die Grußworte erstarben ihr auf den Lippen. Sie wurden von der Dunkelheit verschluckt, die mit dem Eintreten des Kriegers noch dichter zu werden schien.

»Da wir gerade bei Prüfungen sind, bin ich erfreut, daß du deine überlebt hast, Bruder«, sagte Raistlin, und sein höhnisches Lächeln kehrte zurück. »Diese Dame« – er wies auf Crysania – »wird einen Leibwächter nötig haben dort, wohin wir reisen. Ich kann dir gar nicht sagen, wieviel es mir bedeutet, eine Person dabei zu haben, die ich kenne und der ich vertrauen kann.«

Crysania sah Caramon zusammenzucken, als ob Raistlins Worte winzige Giftpfeile wären, die in sein Fleisch schossen. Der Magier schien es jedoch nicht zu bemerken, oder es kümmerte ihn nicht. Er las wieder in seinem Zauberbuch, murmelte Worte und zeichnete mit seinen Händen Symbole in die Luft.

»Ja, ich habe deine Prüfung überlebt«, erwiderte Caramon ruhig. Er ging in den Raum und trat in das Licht des Stabes.

Crysania hielt vor Angst den Atem an. »Raistlin!« schrie sie dann, als der große Mann sich mit dem blutigen Schwert in der Hand näherte. »Raistlin, paß auf!« Sie stolperte gegen den Schreibtisch dicht an der Stelle, wo der Magier stand, und trat unwissend in den silbernen Kreis. Silberstaub hing am Saum ihrer Robe und schimmerte im Licht des Stabes.

Über die Unterbrechung verärgert, sah der Magier auf.

»Ich habe deine Prüfung überlebt«, wiederholte Caramon, »so wie du die Prüfung im Turm überlebt hast. Dort hat man deinen Körper zerstört. Hier hast du mein Herz zerstört. An seiner Stelle ist nichts mehr, nur eine kalte Leere, so schwarz wie deine Roben. Und wie diese Schwertklinge ist sie mit Blut befleckt. Ein erbärmlicher Minotaurus ist an dieser Klinge gestorben. Ein Freund gab sein Leben für mich, ein anderer starb in meinen Armen. Du hast den Kender in den Tod geschickt, nicht wahr? Und wieviel sind noch gestorben, nur um deine verruchten Pläne zu fördern?« Caramons Stimme sank zu einem Flüstern herab. »Damit ist es jetzt zu Ende, mein Bruder. Niemand mehr wird deinetwegen sterben. Außer einem – und das bin ich. Das paßt dir doch, Raist? Wir sind zusammen auf die Welt gekommen, und zusammen werden wir sie verlassen.«

Er trat einen weiteren Schritt vor. Raistlin schien etwas sagen zu wollen, aber Caramon unterbrach ihn. »Du kannst mich mit deiner Magie nicht aufhalten, nicht jetzt. Ich weiß über diesen Zauber Bescheid. Ich weiß, daß er deine ganze Kraft, deine ganze Konzentration in Anspruch nehmen wird. Wenn du nur einen Bruchteil deiner Magie gegen mich anwendest, wirst du keine Kraft mehr haben, diesen Ort zu verlassen, und mein Ziel wird erreicht sein. Wenn du nicht durch meine Hände stirbst, dann durch die Hände der Götter.«

Raistlin sah seinen Bruder schweigend an, dann zuckte er die Schultern und wandte sich ab, um weiter in seinem Buch zu lesen. Erst als Caramon noch einen Schritt machte und seine goldene Rüstung klirrte, seufzte der Magier auf und warf seinem Zwillingsbruder einen finsteren Blick zu. Seine Augen, die aus seiner Kapuze hervorglitzerten, schienen die einzigen Lichtpunkte im Zimmer zu sein. »Du irrst dich, mein Bruder«, sagte er sanft. »Es wird noch jemand sterben.« Sein Blick glitt zu Crysania hin. Ihre weißen Roben schimmerten in der Dunkelheit zwischen den beiden Brüdern.

Caramons Augen wurden weich vor Mitleid, als auch er zu Crysania hinsah, aber er blieb entschlossen. »Die Götter werden sie zu sich nehmen«, sagte er leise. »Sie ist eine wahre Klerikerin. Kein wahrer Kleriker ist bei der Umwälzung gestorben. Darum hat sie Par-Salian hierher in die Vergangenheit geschickt.« Er streckte seine Hand aus. »Schau, dort steht jemand und wartet.«

Crysania brauchte sich nicht umzudrehen, sie spürte Loralons Gegenwart.

»Geh zu ihm, Verehrte Tochter«, sagte Caramon zu ihr. »Dein Platz ist im Licht, nicht in der Dunkelheit.«

Raistlin sagte nichts und rührte sich nicht. Er stand ruhig am Schreibtisch; seine schlanke Hand lag auf dem Zauberbuch.

Crysania bewegte sich nicht. Sie hörte die Worte, aber sie hatten keine Bedeutung für sie. Sie konnte nur sich selbst sehen, wie sie in der Hand das glänzende Licht trug und das Volk anführte. Der Schlüssel... Das Portal... Sie sah Raistlin den Schlüssel in der Hand halten, er winkte sie zu sich. Wieder spürte sie die Berührung von Raistlins Lippen, die auf ihrer Stirn brannten.

Ein Licht flackerte auf und erstarb. Loralon war verschwunden.

»Ich kann nicht«, versuchte Crysania zu sagen, aber sie brachte keinen Ton hervor. Es war auch nicht notwendig.

Caramon begriff. Er sah sie lang an, dann seufzte er. »Dann soll es so sein«, sagte er kühl, als auch er in den silbernen Kreis trat. »Noch ein Tod wird uns nicht weiter stören, nicht wahr, mein Bruder?«

Crysania starrte fasziniert auf das blutbeschmierte Schwert, das im Licht des Stabes glänzte. Lebhaft stellte sie sich vor, wie es sich durch ihren Körper bohrte, und als sie in Caramons Augen sah, erkannte sie, daß er sich das Gleiche vorgestellt hatte und daß es ihn nicht abschreckte. Sie war nichts für ihn, bloß ein Hindernis, das ihn von seinem eigentlichen Ziel abhielt, seinem Bruder.

Welch entsetzlicher Haß, dachte Crysania, und als sie tief in Caramons Augen sah, die den ihren jetzt so nah waren, hatte sie eine plötzliche Einsicht – welch entsetzliche Liebe!

Caramon sprang mit ausgestreckter Hand auf sie zu, wollte sie ergreifen und zur Seite schleudern. In ihrer Panik wich Crysania seinem Griff aus und stolperte nach hinten gegen Raistlin. Caramons Hand erfaßte einen Ärmel ihrer Robe und riß ihn entzwei. In seiner Wut warf er den weißen Stoff auf den Boden, und jetzt wußte Crysania, daß sie sterben würde. Immer noch stand sie zwischen ihm und seinem Bruder.

Caramons Schwert blitzte auf.

In ihrer Verzweiflung umklammerte Crysania das Medaillon von Paladin, das um ihren Hals hing. »Halt!« schrie sie und schloß vor Angst die Augen. Ihr Körper zuckte zusammen, wartete auf den schrecklichen Schmerz, wenn der Stahl sich durch ihr Fleisch schneiden würde. Dann hörte sie ein Stöhnen und das Klirren eines Schwertes, das zu Boden fiel. Erleichterung strömte durch ihren Körper, ließ sie kraftlos werden.

Aber schlanke Hände fingen sie auf und hielten sie fest, Arme umschlossen sie, eine sanfte Stimme sagte triumphierend ihren Namen. Crysania war in warme Schwärze eingehüllt, ertrank in warmer Schwärze. Und in ihrem Ohr hörte sie ein Flüstern in der seltsamen Sprache der Magie.

Wie liebkosende Hände krochen Raistlins Worte über ihren Körper. Silbernes Licht flackerte auf, verschwand wieder. Der Griff von Raistlins Armen um Crysania wurde in Ekstase fester, und sie wirbelte umher, gefangen in dieser Ekstase, wirbelte mit ihm fort in die Schwärze.

Sie legte die Arme um ihn, schmiegte den Kopf an seine Brust und ließ sich in die Dunkelheit sinken. Als sie fiel, vermischten sich die Worte der Magie mit dem Gesang ihres Blutes und dem Gesang der Steine im Tempel...

Aber durch all dies drang ein unharmonischer Ton – ein rauhes, herzzerreißendes Stöhnen.

Tolpan Barfuß hörte die Steine singen, und er lächelte verträumt. Plötzlich erwachte er. Er lag auf einem kalten Steinboden, der mit Staub und Schutt bedeckt war. Der Boden unter ihm begann wieder zu beben. Tolpan wußte aufgrund des seltsamen Gefühls der Angst, das sich in seinem Inneren erhob, daß die Götter es dieses Mal ernst meinten. Dieses Mal würde das Erdbeben nicht aufhören. »Crysania! Caramon!« schrie er, aber er hörte nur das Echo seiner schrillen Stimme, die hohl gegen die zitternden Wände prallte.

Sich aufrappelnd, den Schmerz in seinem Kopf unterdrükkend, sah Tolpan die Fackel immer noch über der dunklen Türöffnung leuchten, durch die Crysania getreten war; sie war der scheinbar einzige Teil des ganzen Gebäudes, der von dem krampfhaften Sichheben des Bodens unberührt geblieben war. Tolpan ging hinein und erkannte Zauberutensilien wieder. Er suchte nach Lebenszeichen, aber alles, was er sah, waren die entsetzlichen eingesperrten Kreaturen, die sich gegen ihre Zellentüren warfen, die wußten, daß das Ende ihrer qualvollen Existenz nahte, und dennoch nicht gewillt waren, das Leben aufzugeben, auch wenn es noch so schmerzhaft war.

Tolpan starrte verstört um sich. Wo waren alle hingegangen? »Caramon?« fragte er mit leiser Stimme. Aber es kam keine Antwort, nur ein entferntes Rumoren, als das Beben des Bodens schlimmer wurde. Dann erhaschte Tolpan im düsteren Schein der Fackel einen Blick auf etwas Metallisches, das auf dem Boden neben dem Schreibtisch glänzte. Er stolperte durch das Zimmer.

Seine Hand schloß sich um den goldenen Knauf des Schwertes eines Gladiators. Er lehnte sich gegen den Schreibtisch und starrte auf die silberne, mit schwarzem Blut befleckte Klinge. Dann hob er noch etwas auf, das neben dem Schwert auf dem Boden lag, einen Fetzen weißen Stoffes. Er sah goldene Stickereien, das Symbol Paladins darstellend, im Fackellicht undeutlich glänzen. Auf dem Boden war mit Puder ein Kreis gezeichnet, Puder, der einst silbern gewesen sein konnte, aber jetzt schwarzverbrannt war.

»Sie sind gegangen«, sagte Tolpan leise zu den gefangenen Kreaturen. »Sie sind gegangen... Ich bin allein.«

Ein plötzliches Schaukeln des Bodens ließ den Kender zu Boden stürzen. Ein Krachen ertönte, so laut, daß er fast taub wurde. Als er zur Decke blickte, riß sie weit auf. Der Stein zersprang. Die Grundmauern des Tempels teilten sich. Und dann stürzte der ganze Tempel zusammen. Die Mauern flogen auseinander. Der Boden brach auf.

Unfähig, sich zu bewegen, beschützt von einem mächtigen Zauber, stand Tolpan im Laboratorium von Fistandantilus und sah zum Himmel empor.

Und er sah, wie vom Himmel Feuer regnete.